Carène Ponte lebt mit ihrer Familie im Norden Frankreichs und hat bereits mehrere Romane veröffentlicht. *Versprich mir zu lieben* ist ihr erster Roman, der auf Deutsch erscheint.

Carène Ponte

Versprich mir zu lieben

Roman

Aus dem Französischen
von Brigitte Lindecke

PENGUIN VERLAG

Die französische Originalausgabe erschien 2017 unter dem Titel »Tu as promis que tu vivrais pour moi« bei Michel Lafon, Paris.

MIX
Papier aus verantwortungsvollen Quellen
FSC® C014496

Verlagsgruppe Random House FSC® N001967

PENGUIN VERLAG

1. Auflage 2019

Umschlag: www.buerosued.de
Redaktion: Caro Kania
Satz: Uhl + Massopust, Aalen
Druck und Bindung: GGP Media GmbH, Pößneck
Printed in Germany
ISBN 978-3-328-10317-2
www.penguin-verlag.de

Dieses Buch ist auch als E-Book erhältlich.

Prolog

30. Oktober 2015

Als der Wecker klingelt, vergrabe ich meinen Kopf unter dem Kissen. Ich konnte dieses Ding noch nie besonders leiden, das nur dazu erfunden wurde, um mich aus meinen süßen Träumen zu reißen. Aber heute Morgen ist es noch schlimmer als sonst.

Ich fühle mich, als hätte ich das Bett seit Tagen nicht verlassen. Warum kann nicht einfach alles nur ein böser Traum sein? Aus dem ich schweißgebadet hochschrecke, um sogleich erleichtert festzustellen, dass all das nicht wirklich passiert ist? Ich möchte wieder fünf Jahre alt sein. Damals konnte ich mich auf den Traumfänger verlassen, den meine Mutter über meinem Bett aufgehängt hatte und der mich vor dreiköpfigen Ungeheuern und schrumpeligen Hexen beschützte. Womöglich würde er mich heute auch vor so etwas beschützen.

Der Wecker klingelt erneut. Wütend packe ich ihn und schleudere ihn durchs Zimmer. Der Schreck verschlägt ihm die Sprache.

Vielleicht sollte ich einfach liegen bleiben. Wenn ich diesen Tag gar nicht erst beginne, kann ich so tun, als wäre meine beste Freundin nicht für immer von mir gegangen. Ich will mich nicht endgültig von ihr verabschieden. Schon gar nicht in einer eiskalten Kirche voller weinender Menschen.

Ich will nicht, dass für mich künftig jeder Freitag mit dem Bild eines verschlossenen Sarges verbunden sein wird. Das übersteigt einfach meine Kräfte.

Ich will nicht aufhören zu glauben, dass sie und ich gleich spazieren oder ins Kino gehen werden. Wenn ich die Augen schließe, sehe ich ihr Gesicht deutlich vor mir, ihre kurzen Haare, ihre großen braunen, lachenden Augen. Und wenn ich mich richtig konzentriere, höre ich sicher auch ihr Lachen und spüre ihre Gegenwart.

Wie kann man mit nur einunddreißig Jahren sterben? Wer kann so herzlos sein und entscheiden, dass eine so großartige junge Frau wie Marie innerhalb weniger Monate von einer Scheißkrankheit dahingerafft wird? Wer?

Marie und ich kannten uns seit so vielen Jahren. Fünfundzwanzig, um genau zu sein. Also sozusagen schon immer.

Es war ein herrlicher Tag, und wir waren gerade in das Haus gezogen, das meine Eltern gekauft hatten. Ich war außer mir vor Freude, weil ich zum ersten Mal einen Garten haben würde. Ich, die ich bis dahin nur den

Spielplatz vor unserem Mietshaus kannte. Einen Garten, einen richtigen Garten. Mit einer Schaukel, das hatte Papa mir versprochen.

Sobald ich also aus dem Umzugswagen geklettert war, rannte ich los, um dieses so herbeigesehnte Paradies in Augenschein zu nehmen.

Was ich erblickte, war ein Stück Rasen voller Unkraut und Brennnesseln … Mir war das gleich: Ich fand es wunderbar.

Am Ende des Gartens entdeckte ich ein Törchen, das unser Haus von dem der Nachbarn trennte. Und hinter dem Törchen war ein Mädchen. Hoch konzentriert und mit einem Stock in der Hand hockte sie da.

Nach anfänglichem Zögern siegte meine Neugier, und ich trat an das Törchen. Das Mädchen war gerade dabei, Schnecken in eine Flasche zu locken, in der sich Salatblätter befanden.

»Was machst du da?«

»Das wird eine Schneckenzucht.«

»Eine Schneckenzucht? Was willst du denn mit Schnecken?«

»Ich will sie meinem kleinen Bruder ins Bett tun. Dann geht er vielleicht weg.«

»Ich hab keinen Bruder und eine Schwester auch nicht.«

»Wenn du magst, kannst du meinen haben. Der heult immer nur, und spielen darf ich auch nicht mit ihm. So ein Bruder taugt zu gar nichts.«

»Stimmt. Der taugt wirklich zu nichts …«

Sie hatte den Kopf gehoben und ihre Aufmerksamkeit von den Schnecken abgewandt, die, entzückt über diesen Glücksfall, so schnell sie konnten, davonkrochen.

»Wie heißt du?«

»Molly.«

»Mit einem M, genau wie ich! Ich heiße Marie. Und wie alt bist du?«

»Viereinhalb. Aber bald habe ich Geburtstag, und dann bin ich fünf!«

»Ich bin sechs. Willst du mit mir Ritter und Prinzessin spielen? Aber ich entscheide, wer der Ritter und wer die Prinzessin ist, weil ich größer bin. Okay?«

»Okay!«

»Also, ich bin der Ritter, und du bist die Prinzessin. Mein Papa hat mir aus Holz ein Schwert gemacht. Ich zeig's dir gleich.«

Sie hatte gelächelt. Vorne fehlte ihr ein Zahn. Die Glückliche! Die Zahnfee war schon bei ihr gewesen.

Eine Freundschaft von fünfundzwanzig Jahren. Eine gemeinsame Vergangenheit, unzählige Erinnerungen und plötzlich, von einem Moment auf den anderen – nichts mehr.

Das kleine Mädchen hinter dem Gartentor weicht immer mehr der Freundin, die ich vor ein paar Tagen in einem Krankenhausbett habe sterben sehen. Die Bilder verschwimmen, als wollte mein Geist mir die Erinnerung daran ersparen.

Stattdessen sind die letzten Momente, in denen zwischen uns noch ein richtiger Austausch stattgefunden hat, auf ewig in mein Gedächtnis eingebrannt. Sie liegen inzwischen ein paar Wochen zurück, aber ich erinnere mich noch an jedes einzelne Wort. Und an das, worum sie mich gebeten hat …

Als ich an jenem Tag in ihr Zimmer kam, saß sie aufrecht im Bett. Sie war schon so blass und abgemagert, und trotzdem empfing sie mich mit einem strahlenden Lächeln.

»Na endlich! Ich habe mich schon gefragt, wo du bleibst! Ich muss dir unbedingt von dem neuen Pfleger erzählen, der mir heute Morgen die Spritze gegeben hat. Der Typ ist der Hammer! Das sind die Momente, in denen ich mich ärgere, dass ich meine Ausbildung zur Krankenschwester abgebrochen habe …«

»Du bist unverbesserlich. Der wievielte Pfleger ist das, in den du dich verknallst?«

»Ach weißt du, Molly, niemand außer dir kommt auf die Idee, sich mit nicht mal dreißig auf einen solchen Langweiler einzulassen. Ich will mein Leben genießen …«

Für einen Augenblick schien sich zwischen uns ein kleiner Misston eingeschlichen zu haben.

»Germain ist kein Langweiler.«

»Doch, ist er. Ich werde ja schon müde, wenn ich nur den Namen höre. Also ehrlich, *Molly und Germain* … Merkst du denn gar nicht, dass das nicht passt? Eine Molly verdient einen John oder einen Brad! Aber ein

Germain … Wenn ich nur daran denke, dass meine Mutter ihn dir vorgestellt hat! Ich könnte heulen.«

Ich hatte zu lachen begonnen, mich aber sofort zusammengerissen, weil mir mit einem Schlag wieder die ganze Tragik der Situation eingefallen war.

»Warum machst du so ein Gesicht?«

»Weil … Na ja … Weil eben …«

»Weil eben was? Weil ich sterbe? Na und? Soll mich das etwa davon abhalten, mit meiner besten Freundin zu lachen? Ihr von meinem megaheißen Pfleger zu erzählen? Oder ihr zu sagen, dass ihr Freund so interessant ist wie eine Arte-Doku mit Untertiteln?«

»Aber …«

»Ehrlich, Molly, wenn du gekommen bist, um mich zu bemitleiden, kannst du gleich wieder gehen. Das macht meine Mutter schon. Und eine Person, die die ganze Zeit heult, wenn sie hier ist, reicht mir. Ich will mal wieder was zu lachen haben. Und dieses Krankenhaus, dieses Zimmer und diese Scheißkrankheit vergessen.«

Etwas plump versuchte ich, das Gespräch auf ein anderes Thema zu lenken.

»Also, was ist jetzt mit dem Pfleger? Erzähl mal.«

Sie hatte gelächelt, und der restliche Nachmittag verlief so, als ob alles ganz normal wäre. Als ob meine beste Freundin nicht am Ende ihres Lebens stünde. Als ob sie nicht zehn Kilo und all ihre Haare verloren hätte. Als ob da nicht diese Schmerzen wären, die sie das Gesicht verziehen ließen und die sie hinter einem oftmals verzerrten Lächeln zu verbergen versuchte.

Am Ende seiner Schicht war der Pfleger noch einmal aufgetaucht, um ihr eine Spritze zu geben, irgendein Medikament, das sie mehr entspannte als heilte. Er war wirklich der Hammer. Die Besuchszeit war fast zu Ende.

»Hör mal, Molly, ich möchte dich um einen Gefallen bitten.«

Wir lagen nebeneinander auf dem Bett, Kopf an Kopf.

»Was immer du willst …«

»Du und ich, wir beide wissen, dass ich hier nicht mehr lebend rauskomme. Ich wollte noch so viele Herzen brechen, aber was soll man machen, so ist es nun mal …«

Sie hatte mir das Gesicht zugewandt. Eine Träne lief mir über die Wange, und ich wischte sie rasch fort.

»Molly, bitte. Es ist wichtig. Ich denke schon seit Tagen darüber nach. Ich … ich möchte, dass du für mich lebst. Machst du das?«

Ich stützte mich auf einen Ellbogen.

»Für dich leben? Ich verstehe nicht …«

»Ganz einfach. Ich will, dass du für uns beide lebst. Dass du an meiner Stelle das Leben genießt. Dann hätte ich das Gefühl, dass ich nicht ganz sterbe.«

»Aber … ich weiß überhaupt nicht …«

»Wir sind Freundinnen, seit ich sechs war, Molly. Ich kenne dich besser als jeder andere. Und ich weiß, dass so viel mehr in dir steckt … Du hast so viel mehr verdient als dieses enge Leben, auf das du gerade zusteuerst, mit deiner beschissenen Angst vor dem Alleinsein.«

»Aber ich bin sehr glücklich so!«

»Wirklich? Mit dieser Schlaftablette Germain? Als Kellnerin in diesem Restaurant?«

»…«

»Und was ist mit der Molly, die davon geträumt hat, Solotänzerin zu werden? Wo ist die geblieben? Ich weiß, dass sie immer noch da ist, tief in dir drin. Und da man einer Sterbenden ihren letzten Wunsch nicht abschlagen soll, befehle ich dir, sie wieder zu ihrem Recht kommen zu lassen.«

»Hm, äh, na ja. Zu Germain sag ich jetzt mal nichts, er findet vor deinen Augen sowieso keine Gnade. Was das Tanzen betrifft, das ist eine alte Geschichte, du weißt ganz genau, dass das längst Vergangenheit ist … Und mein Leben ändern? Alles ändern? Ich möchte dich mal an meiner Stelle sehen.«

»Zufällig werde ich nicht mehr wirklich Zeit dazu haben … Also … Sagen wir, du hast ein Jahr. Genau, sagen wir ein Jahr. Um einen Job zu finden, der deine Augen zum Leuchten bringt, und nicht nur Geld auf dein Konto. Um Germain den Laufpass zu geben, um glücklich zu sein. Und du wirst mir alles erzählen. So wie wir es immer gemacht haben. Als würde ich noch leben.«

»Aber …«

»Versprich es mir, Molly.«

Ich hatte es versprochen. Drei Wochen später war sie tot.

Wir haben heute den dreißigsten Oktober. Und ich gehe zur Beerdigung meiner besten Freundin. Ich weiß nicht mal, wie ich diesen Tag überleben soll.

Und da verlangt sie von mir, dass ich für uns beide lebe …

1

»Bist du bereit, Häschen?«

Seit einer halben Stunde stehe ich vor dem Badezimmerspiegel und kämpfe mit meinen störrischen roten Locken, die einfach nicht in dem Dutt bleiben wollen. Genau wie in meiner Zeit als Nachwuchstänzerin an der Pariser Oper, als ich diese Tortur mit der Bürste, die an den Haaren zog, und mit den piksenden Haarnadeln, die den akkuraten Dutt an Ort und Stelle halten sollten, jeden Morgen über mich ergehen lassen musste, damit auch ja keine Strähne entwischte.

Ich wirble herum und werfe Germain einen vernichtenden Blick zu.

»Sehe ich etwa so aus, als wäre ich bereit? Außerdem spielt es keine Rolle, ob ich bereit bin oder nicht! Wir gehen schließlich nicht tanzen. Wir beerdigen heute Marie. Was für eine bescheuerte Frage. Für so etwas werde ich nie bereit sein. Und sag nicht dauernd ›Häschen‹ zu mir, du bist ja nicht mein Tierarzt!«

»Entschuldige, Molly, ich hab's nicht so gemeint …«, versucht Germain, mich zu beschwichtigen, und mir wird bewusst, dass ich ihn verletzt habe. Er ist definitiv der netteste Typ, den ich kenne. Stets zuvorkommend und aufmerksam. Er lässt immer mich entscheiden und macht alles mit, worauf ich Lust habe.

Und selbst jetzt, da ich ihn ungerecht behandle, entschuldigt er sich. Doch was mich rühren und besänftigen sollte, steigert meine Wut heute aus irgendeinem unerfindlichen Grund noch.

Germain und ich sind seit fast sechs Monaten zusammen, und beinah ebenso lange wohne ich schon mit ihm in der kleinen Wohnung im achten Pariser Arrondissement, die ihm seine Großeltern überlassen haben. Die Frage, ob wir zusammenziehen wollten, hatte sich gar nicht gestellt. Ich war gerade von Hugo verlassen worden und wieder bei meinen Eltern eingezogen, und obwohl ich sie von Herzen gernhabe, war das auf die Dauer kein Zustand, weder für sie noch für mich.

Gerade einmal zwei Wochen nach der Trennung hatte Maries Mutter, die als leitende Angestellte bei einer Verwaltungs- und Finanzdienstleistungsgesellschaft arbeitet, mir Germain, ihren neuen Praktikanten, vorgestellt. Marie musste bei ihr im Büro vorbeischauen, um ihr ein Buch zurückzubringen, und wir hatten uns dort verabredet, um anschließend shoppen zu gehen.

Als ich am Kaffeeautomaten vorbeikam, hatte Germain schüchtern gelächelt, und dabei hatten sich auf seinen Wangen Grübchen gebildet. Ich fand ihn süß, mit seinen großen blauen Augen.

Zwei Tage nach dieser Begegnung schickte er mir

eine SMS, in der er mir vorschlug, zusammen etwas trinken zu gehen. Er hatte Maries Mutter überredet, ihm meine Telefonnummer zu geben. Ich hatte die Einladung angenommen. Nach und nach hatte ich meine Sachen zu ihm gebracht und mein altes Kinderzimmer in dem Einfamilienhaus in der Pariser Vorstadt, in dem ich groß geworden bin, endgültig geräumt.

»Wenn du mich brauchst – ich bin nebenan.«

Ja, Germain ist wirklich ein netter Kerl. Er macht die Badezimmertür leise hinter sich zu, und ich beziehe wieder vor dem Spiegel Stellung.

Als könnte ich bereit sein!

Vielleicht sollte ich einfach gar nicht hingehen. Sie wäre mir bestimmt nicht böse. Außerdem bekommt sie es ohnehin nicht mehr mit.

Die Tränen, die ich seit dem Aufstehen zurückgehalten habe, beginnen, ungehindert zu fließen. Wie gut, dass ich beschlossen habe, heute auf Schminke zu verzichten. Das Gefühl der Leere in der Magengrube macht sich jetzt vollends breit, mein Schluchzen wird heftiger. Ich kriege kaum Luft. Voller Wut fege ich mit der Hand alles von dem Frisiertischchen vor mir herunter und achte gar nicht auf das Klirren der Parfüm- und Nagellackfläschchen, die auf dem Boden zu Bruch gehen.

Die Badezimmertür öffnet sich lautlos, und ich spüre Germains Hand, die ungeschickt über mein wild zerzaustes Haar streicht.

»Das wird schon wieder, mein Häschen, das wird schon wieder.«

Als wir die Kirche betreten, ist sie bereits voller Menschen. Ich habe letztendlich auf den Dutt verzichtet, und Germain hält meine Hand, vielleicht aus Angst, ich könnte mitten im Gang zusammenbrechen.

Um mich herum sind jede Menge unbekannte Gesichter, aber ich bin ganz froh darüber, denn jedes Mal, wenn ich ein vertrautes Gesicht in der Menge ausmache, beginnen die Tränen, erneut zu laufen.

Charlotte, Maries Mutter, kauert in sich zusammengefallen in der ersten Reihe. Erst vor fünf Jahren hat sie ihren Mann verloren, und heute muss sie ihre Tochter beerdigen. Ihr Gesicht ist unendlich blass, was durch ihre feinen Züge noch verstärkt wird. Innerhalb weniger Tage ist sie um Jahre gealtert. Neben ihr erkenne ich Sacha, vierundzwanzig, Maries Bruder. Kerzengerade und mit verkniffenem Mund sitzt er da und stützt seine Mutter, die in ihrer Verzweiflung bei ihm Halt sucht. Er ist der Einzige, der ihr geblieben ist.

Ich weiche ihren Blicken aus; ich würde den Schmerz darin nicht ertragen, obwohl der zweifellos auch in meinem Blick zu lesen ist. Ich versuche, nicht zum Sarg hinzusehen, der vor der versammelten Menge aufragt. Versuche, nicht daran zu denken, was sich darin befindet.

Ich setze mich auf die Bank hinter Maries Familie und zwinge mich, das Zittern meiner Beine unter Kontrolle zu bringen. Ich schließe die Augen und versuche, meine Gedanken in die Ferne schweifen zu lassen, fort von diesem Ort. Doch sofort taucht vor meinem geistigen Auge Maries Bild auf. Klein und dunkelhaarig, jungenhafter Kurzhaarschnitt, immer fröhlich, voller Leben.

»Wie geht es dir, Liebes?«

Die Stimme meiner Mutter reißt mich aus meiner Benommenheit. Sie hat sich mit meinem Vater hinter uns gesetzt. Die Freundschaft, die meine Eltern mit Maries Eltern verbindet, ist ebenso alt wie unsere und fast ebenso eng.

Zu unser aller Freude haben wir unsere Samstagabende gemeinsam mal bei ihnen, mal bei uns verbracht. Während unsere Eltern sich über aktuelle Themen ereiferten und meine Mutter versuchte, ihrer amerikanischen Sicht auf die Dinge Geltung zu verschaffen, spielten Marie und ich miteinander, und oft gesellte sich Sacha zu uns, der als Kind eine unglaubliche Nervensäge war.

Ich weiß, wie tief der Tod von Henri, Maries Vater, vor fünf Jahren meine Eltern erschüttert hat. Seitdem unterstützen sie Charlotte, so gut es geht.

Ich kann nicht sagen, wie lange die Zeremonie gedauert hat. Immer wieder bin ich aufgestanden und habe mich gesetzt, im vorgegebenen Rhythmus. Dabei habe ich mein Taschentuch so lange geknetet, bis es sich in einen kleinen Klumpen verwandelt hat, der ganz sicher nichts mehr trocknen kann. Reden und Huldigungen reihen sich aneinander. Keiner von denen, die über Marie sprechen, kannte sie so gut wie ich, aber es übersteigt meine Kräfte, das Wort zu ergreifen.

Als der Moment kommt, in dem ich den Sarg segnen und mich von meiner besten Freundin verabschieden soll, verweigern meine Beine mir den Dienst. Ich sehe zu, wie sich alle in die Schlange stellen und sich Schritt für Schritt vorwärtsbewegen. Ich denke daran, wer sie war, was sie mir bedeutet hat. Mein gesamter Körper wehrt sich gegen das, was sich vor meinen Augen abspielt.

Sie hat mich gebeten, für sie zu leben. Und dort, in dieser Kirche, lebe ich nicht, lebt sie nicht. Dort, in dieser Kirche, wird plötzlich alles zu schwer für mich. Eine tonnenschwere Last drückt mich nieder, ich bekomme keine Luft mehr. Ich muss raus, fort von diesem Ort, an dem es nur Kummer und Tod gibt. Nur Verzweiflung und Worte des Abschieds, die man niemals sollte aussprechen müssen.

Ich schaue mich um, blicke in verschlossene Gesichter, sehe feuchte Augen, die mit Taschentuchzipfeln abgetupft werden, meine Eltern, die die weinende Charlotte vor dem Sarg stützen.

Das ist mehr, als ich ertragen kann.

Meine Beine, die sich eben noch verweigert haben, heben mich mit einem Mal hoch. Ich taumle ein paar Schritte durch den Mittelgang auf den Altar zu, mache dann auf dem Absatz kehrt und laufe Richtung Ausgang. Nichts wie raus hier.

Ich höre Germain in meinem Rücken irgendetwas murmeln, meine zu verstehen, dass er mich fragt, wo ich hinwill. Ganz egal, wohin, nur möglichst weit weg.

Ich stemme mich gegen die schweren Kirchentüren und finde mich einen Augenblick später auf dem Vorplatz wieder. Der kalte Oktoberwind peitscht mir ins Gesicht. Rasch eile ich die Treppe hinunter und laufe geradeaus weiter.

»Du solltest besser nicht allein sein.«

Viviane ist soeben aus dem Auto gestiegen. Nach Marie ist sie meine zweitbeste Freundin. Die beiden mochten sich allerdings nie besonders, vielleicht, weil sie zu unterschiedlich waren. Viviane ist vernünftig, organisiert und rational. Marie dagegen war quirlig, chaotisch, unberechenbar.

Während sie auf mich zukommt, betrachte ich Viviane, und das bringt mich wieder auf den Boden der Tatsachen zurück.

»Sie ist nicht mehr da, Viv…«

»Ich weiß, Molly, ich weiß.«

Etwas unbeholfen, vermutlich, weil es für sie ungewohnt ist, nimmt sie mich in die Arme. Einige lange Sekunden weine ich stumm. Viviane sagt kein Wort.

Eine Windböe weht mir meinen Mantel zwischen die Beine. Eine Gruppe Jugendlicher geht an uns vorbei, ich höre ihr Lachen, das sich nach und nach entfernt.

Dann legt sich der Wind, und es lässt sich sogar ein schüchterner Sonnenstrahl blicken.

Viviane lockert ihre Umarmung. Meine Tränen haben aufgehört, und ich löse mich von ihr. Mit den Fingern versuche ich, mein von den Elementen aufgeplustertes Haar zu kämmen. Auf der anderen Straßenseite rutscht ein Typ auf irgendetwas aus und kann sich im letzten Moment fangen, indem er wie wild mit den Armen rudert.

Aus den Tiefen meines Bauches bahnt sich ein hysterisches Lachen seinen Weg. Ich versuche, es zu unterdrücken, aber es ist so übermächtig, dass ich es schließlich zulasse, und ich lache, bis ich Seitenstiche bekomme.

Viviane sieht mich an, und ihr verwirrtes Gesicht steigert meine Heiterkeit nur noch.

Ich werde leben, Marie, ich werde leben. Das verspreche ich dir.

2

5. November

Ich bin allein zu Hause und wirble seit Stunden in der Wohnung herum, als wäre sie noch nie gründlich geputzt worden. Seit ich eingezogen bin, juckt es mir in den Fingern, am liebsten würde ich alles aus den Schubladen holen, die Wandschränke ausräumen und diese Wohnung, die den Muff der Siebziger atmet, endlich etwas auffrischen.

Das hatte ich schon lange vor, aber bisher hat mir immer die Zeit dazu gefehlt. Der Kellnerjob raubt mir wirklich jede Energie.

Nun aber habe ich zwei Wochen Urlaub vor mir und bin fest entschlossen, sie sinnvoll zu nutzen. Vielleicht werde ich sogar die gammelige Blumentapete abkratzen und die Wände streichen. Ich habe Lust auf Gelb und Grau, hier und da ein bisschen Türkis, dazu heller Holzboden und weiße Möbel.

Zwei Wochen Urlaub am Stück, das hatte ich seit mindestens fünf Jahren nicht mehr. Nicht seit ich im *Au grand gourmet* arbeite, einer schicken Brasserie im fünften Arrondissement, die von Monsieur Patterson geführt wird.

Monsieur Patterson ist ein alter Jugendfreund meiner Mutter. Sie sind zusammen in einem Wohnviertel von Chicago aufgewachsen, bis meine Mutter mit achtzehn Jahren fortging.

Sie haben sich auf Facebook wiedergefunden, nachdem meine Mutter ihren Account eingerichtet und wie besessen alle möglichen Leute kontaktiert hat, an die sie sich vage erinnerte, mit denen sie vielleicht irgendwann einmal ein paar Worte gewechselt hatte.

Dauernd fragte sie mich, ob ich mich noch an diesen oder jenen erinnerte, meine Klassenlehrerin aus der Grundschule, den Friseur, der mich im zarten Alter von dreizehn entstellt hat (und von dem sie hoffte, dass er pleitegegangen war, sozusagen als ausgleichende Gerechtigkeit), oder die kleine Auszubildende aus der Bäckerei.

Wochenlang redete sie von nichts anderem mehr und machte mir Vorwürfe, weil ich sie nicht schon früher dazu überredet hatte, sich anzumelden. Unfassbar.

Monsieur Patterson, James mit Vornamen, hatte immer davon geträumt, in Paris ein Restaurant zu eröffnen. Nachdem er meiner Mutter davon erzählt hatte, setzte sie sich in den Kopf, ihm sofort Bescheid zu geben, sobald sie in irgendeinem Schaufenster der französischen Hauptstadt ein »Zu verkaufen«-Schild sehen würde. Als schließlich Monsieur Dutreil, der Besitzer des Au grand gourmet, in den Ruhestand ging, hatte meine Mutter ihn sofort informiert, dass ein alter Freund an seinem Lokal interessiert sein könnte. Wir waren Stammgäste, und Monsieur Dutreil war von der Idee, sein Restaurant einem Amerikaner zu überlassen, mehr als angetan. Der Charme meiner Mutter, ihre großen grünen Augen und ihr langes rotes Haar taten ein Übriges.

Am Abend stürzte sie sich sofort auf Facebook, um James über die großartige Neuigkeit in Kenntnis zu setzen, und lobte dabei die Brasserie, die Lage, die Klientel in höchsten Tönen. James ließ alles stehen und liegen, übernahm im Alter von fünfundfünfzig Jahren das Restaurant und erfüllte sich so seinen Lebenstraum.

Wie machen Menschen das nur? Von einem Tag auf den anderen einfach alles zurücklassen und in eine Stadt ziehen, in die sie noch nie einen Fuß gesetzt haben? Schon beim Gedanken daran läuft es mir kalt den Rücken runter.

Jedenfalls hatte Monsieur Patterson Monsieur Dutreils Nachfolge angetreten und ich eine Stelle als Kellnerin.

Ich schlug mich damals mehr oder weniger durchs Leben. Nach einem Jahr an der Uni in Jura und einem weiteren in Psychologie versuchte ich mich in diversen belanglosen Jobs. Also bat meine Mutter ihren alten Freund, mich einzustellen. Auch diesmal waren ihre großen grünen Augen und ihre roten Locken ausgesprochen hilfreich.

So war ich also Kellnerin geworden. Natürlich nur

übergangsweise, hatte ich mir gesagt. Nur, bis ich mir darüber im Klaren sein würde, was ich aus meinem Leben machen wollte, und mich in eine richtige Karriere stürzen würde.

In Gedanken rechne ich nach. In vier Monaten sind es sechs Jahre. Oha, doch schon so lange …

Ein Staubtuch in der einen, einen Müllsack in der anderen Hand, wende ich mich wieder dem Großreinemachen zu. Wozu bewahrt jemand zehn Jahrgänge abgelaufener Fernsehzeitschriften auf? Und eine ganze Schublade voller Broschüren von Pizzabringdiensten? Wo man doch sowieso immer die erste Nummer auf dem Stapel anruft? Ab in den Mülleimer damit!

Mit leiser Verzweiflung blicke ich mich um. Es ist, als würde ich den Ort, an dem ich seit Monaten lebe, zum ersten Mal wirklich sehen.

Die vergilbten Vorhänge, die Teppiche mit geometrischen Mustern, das veloursbezogene Sofa, die Möbel aus dunklem Holz. Die Wohnung, in der Germains Großeltern gewohnt haben und die so aussieht, als würden sie noch immer darin wohnen.

Vor mittlerweile fast drei Jahren sind die beiden in eine Seniorenresidenz gezogen und haben die Wohnung ihrem Enkel überlassen. Warum Germain sich nie die Mühe gemacht hat, auch nur ansatzweise etwas zu verändern, ist mir ein Rätsel.

Gestern Abend habe ich ihm meine Ideen für die Umgestaltung unterbreitet: »Was hältst du davon, wenn wir die Tapeten abreißen und alles streichen? Und das

Sofa … Ich hab bei Ikea ein super Vintage-Sofa gesehen. Hast du Lust, dass wir es uns mal ansehen?«

»Natürlich, Häschen. Wenn es dir Freude macht und dich auf andere Gedanken bringt.«

»Aber was hältst *du* davon? Hast du eine Vorliebe für eine bestimmte Farbe?«

»Ach weißt du … Mir ist das eigentlich egal. Ich vertraue dir. Was dir gefällt, gefällt mir auch.«

Ich hatte nicht übel Lust, mir ein Kissen zu schnappen und es Germain auf den Kopf zu hauen, aber schließlich begnügte ich mich damit, es mir mit meinem MacBook auf dem Schoß auf dem Sofa bequem zu machen und im Internet zu surfen.

Zwei Wochen Urlaub, so lange würde ich mindestens brauchen, um die Wohnung in einen halbwegs annehmbaren Zustand zu bringen.

Nicht dass Monsieur Patterson auf einmal mir gegenüber besonders großzügig gewesen wäre. Ihm taten vor allem seine Gäste leid, denen ich pausenlos in den Kaffee weinte. Denn seit Maries Tod …

Ich schüttle den Kopf. Bloß nicht an sie denken! Nicht zulassen, dass all die Erinnerungen wieder hochkommen. Einfach nur aufs Putzen und Ausmisten konzentrieren und auf sonst gar nichts! Vielleicht sollten wir die Wand zwischen Küche und Wohnzimmer einreißen und einen einzigen großen Raum daraus machen? Man müsste nur diese weiße Resopalküche, die so traurig aussieht wie ein vegetarischer Salat ohne Soße, ein bisschen dekorieren.

Das Klingeln der Gegensprechanlage reißt mich aus meinen Schöner-Wohnen-Träumen.

»Ja, bitte?«

»Hallo, der Postbote. Ich habe ein Einschreiben für Sie.«

Ein Einschreiben? Na so was … Ich erwarte doch gar nichts. Hoffentlich nichts Unangenehmes. Ich hatte immer schon Horror vor Einschreiben.

»Ich komme runter.«

Was kann das sein? Geblitzt worden bin ich sicher nicht, ich bin seit Wochen nicht Auto gefahren. Und mein Konto ist auch im Plus, glaube ich zumindest …

Ich öffne die Haustür, unterschreibe und nehme den schweren braunen Umschlag entgegen, den mir der Briefträger hinhält. Als ich einen Blick auf die Schrift werfe, setzt mein Herz einen Schlag aus.

3

Seit gefühlt mehreren Stunden starre ich auf den Umschlag, der vor mir auf dem Couchtisch liegt.

Auf die beiden kleinen Herzchen links oben in der Ecke, auf die Adresse, die fast den ganzen Platz einnimmt, mit lila Filzstift geschrieben. *Dem* lila Filzstift. Den sie stets bei sich hatte, in ihrer Tasche, und den sie immer wieder neu kaufte, sobald er leer war. »Dieser Stift ist mein Markenzeichen«, hatte sie mal gesagt. »Er kündigt mich schon an, bevor ich meinen Namen geschrieben habe.«

Und diese Schrift … Ich würde sie unter Tausenden erkennen. So oft habe ich sie gesehen. Marie.

Aber warum schickt sie mir einen Brief? Und warum ist der Umschlag so schwer? Vor allem aber: Wie ist das möglich? Sie ist tot …

Wie jedes Mal, wenn ich an sie denke und es nicht schaffe, meine Gedanken schnell auf etwas anderes zu lenken, füllen meine Augen sich mit Tränen.

Es klopft dreimal kurz an die Wohnungstür. Das muss Viviane sein. In meiner Panik habe ich sie sofort angerufen, nachdem der Postbote weg war, schaffte es aber vor lauter Schluchzen kaum, einen ganzen Satz herauszubringen. Sie hat versprochen, zwischen zwei Gerichtsterminen vorbeizukommen.

Viviane ist Anwältin für Familienrecht. Wobei »Familienrecht« eigentlich eine etwas irreführende Bezeichnung ist, da ihr Alltag ja vor allem von Scheidungsfällen bestimmt wird, von Paaren, die einander zerfleischen. Aber gut, nennen wir es mal Familie.

Seit dem Tag der Beerdigung, an dem ich sie vor der Kirche beinah umgerannt habe, kümmert sie sich rührend um mich. Sie schickt mir dauernd Nachrichten, in denen sie fragt, wie es mir geht. Auch wenn sie und Marie sich nie besonders gut verstanden haben, wusste sie doch, wie viel Marie mir bedeutete, und ich spüre, dass auch sie bekümmert ist.

Ich habe Viviane in Assas kennengelernt, an der Fakultät für Rechtswissenschaften. Ich war eher zufällig dort gelandet, sie hingegen aus Leidenschaft. Sie hieß wie Julia Roberts in *Pretty Woman,* ich war rothaarig. Wir waren wie füreinander geschaffen.

Allerdings hatte ich schnell begriffen, dass Jura nicht gerade meine Berufung war. Das ständige Auswendiglernen, das Pauken von Paragrafen – es war zum Gähnen langweilig. Aber ich mochte Viviane, und so blieb ich. Sie hatte ihr erstes Jahr mit Feuereifer gemeistert, und ich hatte mich – nicht ganz ohne Eifer – an der Fakultät für Psychologie eingeschrieben.

Seither sind wir Freundinnen. Heute hat sie einen Beruf, der wie für sie gemacht ist. Und ich, ich serviere

Blätterteigpastete mit Ziegenkäse und zusammengefallene Apfeltörtchen.

»Was ist los, Molly? Stimmt etwas nicht?«

Die Anwaltsrobe, die sie über dem Arm trägt, bestätigt mir, dass sie tatsächlich zwischen zwei Gerichtsverhandlungen steckt. Der schwarze Hosenanzug und die viereckige Aktentasche aus dunklem Leder vervollständigen das Bild. So kenne ich Viviane. Klassisch schlicht.

»Es ist …«

Weiter komme ich nicht. Mit dem Kinn deute ich auf den Umschlag auf dem Couchtisch. Viviane geht näher heran, um ihn in Augenschein zu nehmen.

»Dieser Umschlag versetzt dich in einen solchen Zustand?«

»Nicht der Umschlag. Die, die ihn mir geschickt hat.«

»Wieso das?«

»Da, auf dem Umschlag … Das ist Maries Handschrift.«

»Marie? Die Marie, die …?«

»Genau. Die Marie, die gestorben ist. Welche Marie denn sonst?«

Viviane öffnet den Mund, um etwas zu erwidern, besinnt sich aber dann eines Besseren. Eine sprachlose Anwältin, das ist so ungewöhnlich, dass mir klar wird, dass meine Stimme eine Spur zu gereizt klingt.

»Entschuldige, Viv. Ich bin ein bisschen … Na ja, du siehst ja. Sie ist nicht mehr da, und heute bekomme ich diesen Brief. Ich versuche die ganze Zeit, nicht an sie zu denken, und sie, sie schickt mir … das.«

»Und hast du den Brief geöffnet? Vielleicht gibt es ja einen guten Grund dafür, dass sie ihn dir geschickt hat.«

»Ich hatte noch nicht den Mut dazu.«

Ich beginne, wieder zu schluchzen. Viviane nimmt mich am Arm und zieht mich zum Sofa. Dann geht sie in die Küche, um mir ein Glas Wasser zu holen.

»Trink einen Schluck, das wird dich beruhigen.«

Ohne den Umschlag anzusehen, nehme ich einen großen Schluck Wasser, dann noch einen. Ich versuche, wieder zu Atem zu kommen.

»Soll ich ihn für dich aufmachen?«, schlägt Viviane vor. »Dann kann ich dich warnen, falls Fotos drin sind. Und du entscheidest, ob du sie ansehen willst oder nicht.«

Ich nicke, das Wasserglas noch immer fest umklammert. Ich sehe Viviane zu, wie sie langsam nach dem Umschlag greift und ihn umdreht, um ihn zu öffnen. Sofort schließe ich die Augen.

»Da ist ein Brief drin. Und noch mehr Umschläge«, verkündet sie nach ein paar Sekunden. »Kein Foto. Glaub ich zumindest.«

Ich versuche zu erraten, was wohl in diesem Brief stehen mag, um mir zu ersparen, ihn zu lesen. Aber mir fällt nichts ein. Ich öffne die Augen wieder und wende den Kopf zu Viviane.

»Soll ich ihn dir vorlesen?«, fragt sie.

»Nein … Oder doch, ja … Ich weiß nicht so recht. Was würdest du an meiner Stelle tun?« Dumme Frage, jeder andere an meiner Stelle würde den Brief natürlich lesen. »Ja, lies du ihn, lies ihn mir vor, Viv, bitte«, stammle ich also, ehe sie antwortet.

Als sie zu lesen beginnt, legt sich ihre ruhige und feste Stimme über die eher chaotischen Worte von Marie.

Molly,
ja, ich weiß, ich bin tot, und du fragst dich, wie du heute einen Brief von mir bekommen kannst. Keine Sorge, das ist kein schlechter Witz. Ich weiß, dass ich manchmal einen etwas merkwürdigen Humor habe, aber das hat hiermit nichts zu tun, vertrau mir.

Ich habe meine Mutter gebeten, diesen Umschlag nach meinem Tod abzuschicken. Auch sie hat es nicht recht verstanden, glaube ich. Mach dich also darauf gefasst, dass sie dich anrufen wird, sobald du den Umschlag erhalten hast. Ich wollte es ihr nicht erklären. Also, kurzum: Das tut mir leid.

Ich muss an dieses Versprechen denken, das du mir gegeben hast. Für uns beide zu leben. Endlich deinen Traum, Tänzerin zu werden, zu verwirklichen, glücklich zu sein … Und außerdem denke ich an diesen Film, den wir zusammen gesehen haben. Weißt du noch, den mit dem Mann, der stirbt und seiner Frau Briefe hinterlässt? Gott, was haben wir geheult!

Es gibt so viele Dinge, für die ich keine Zeit mehr hatte. So viele … Erinnerst du dich zum Beispiel, dass wir gesagt haben, wir würden eines Tages einmal Fallschirm springen? Ich weiß, es war eher meine Idee. Aber selbst du wirst zugeben, dass es ein unglaublicher

Rausch sein muss, aus einem Flugzeug zu springen und minutenlang zu schweben!

Seit Kurzem lässt mich der Gedanke nicht mehr los, dass ich von all dem, was ich noch vorhatte, nichts mehr verwirklichen kann. Mir ist bewusst, dass ich dich gleich um eine ganze Menge bitten werde. Aber du hast es versprochen!

Du hast versprochen, dass du für mich leben wirst. Und niemand außer dir kann das für mich tun. Vor allem aber möchte ich niemand anderen darum bitten. Du bist meine beste Freundin, seit ich sechs war. Meine einzige richtige Freundin.

Ich habe nachgedacht und eine Liste der Dinge erstellt, die ich so gerne noch gemacht hätte – darunter auch ein paar völlig banale Dinge. In diesem Umschlag findest du weitere kleine Umschläge, auf denen jeweils ein Monat steht. Jeder dieser Umschläge enthält einen Wunsch, einen lang gehegten Traum. Und damit du sie für mich realisieren kannst, habe ich etwas Geld beigelegt. Ich habe das Geld aus der Lebensversicherung meines Vaters nie angerührt. Und ich kann mir keine bessere Verwendung dafür vorstellen.

Ein Umschlag für jeden Monat. Ein Jahr lang jeden Monat ein kleines Stück von mir …

Küsschen,

Marie

Nachdem sie den Brief vorgelesen hat, zieht Viviane all die kleinen Umschläge heraus.

»Es sind genau zwölf. Was soll das heißen, dass du für euch beide leben sollst? Was ist das wieder für ein morbider Schwachsinn? Du machst das doch hoffentlich nicht mit?«

»Was würdest du denn tun, wenn du mit dreißig erfahren würdest, dass du stirbst?«

»Jedenfalls nicht so was! Und was soll das bedeuten, ›deinen Traum, Tänzerin zu werden, verwirklichen‹ und ›glücklich zu sein‹? Bist du etwa nicht glücklich? Hast du Probleme mit Germain? Nicolas hat gar nichts erzählt …«

Nicolas, Vivianes Mann, hatte sofort einen Draht zu Germain. Sie treffen sich oft und gehen jeden Sonntag zusammen laufen.

»Aber nein, es ist alles in Ordnung. Es ist nur, dass … Marie dachte, dass er ist nicht der Richtige für mich ist.«

»Das solltest du doch am besten wissen, oder?«, entgegnet sie trocken.

»Hör zu, Viv, ich weiß, dass du Marie nie verstanden hast, und ich bitte dich auch jetzt nicht darum, sie zu verstehen. Ich bin dir wirklich dankbar, dass du gekommen bist, aber bitte hör auf, sie immer zu verurteilen.«

»Entschuldige. Aber du musst doch zugeben, dass es ein bisschen schräg ist, oder?«

Schräg? Nicht wirklich. Das ist eben Marie. Ich erkenne ihren Lebenshunger wieder. Sie hat es sich nicht anmerken lassen, aber ich kann mir gut vorstellen, wie sehr sie bei dem Gedanken gelitten haben muss, auf halbem Weg zu sterben. Ja genau, dieser Brief, diese Umschläge – das alles ist sie, Marie, wie sie leibt und lebt.

»Nein, es ist überhaupt nicht schräg. Und um deine Frage zu beantworten, natürlich werde ich tun, was sie mir in diesen Briefen aufträgt. Das ist doch das Mindeste, oder?«

Nachdem Viviane gegangen ist, zurück zu ihrem Leben mit Ausgleichsleistungen und Gütertrennung, mache ich mich wieder an das Aufräumen der Wohnung.

Die Umschläge liegen noch immer gut sichtbar auf dem Couchtisch. Ordentlich gestapelt. Nicht eine Ecke guckt raus. Ich frage mich, wie Nicolas sie erträgt. Ich liebe Viviane, aber mit ihr zusammenzuleben, muss ganz schön schwierig sein. Ich stelle mir das Drama vor, wenn er das Handtuch nach Gebrauch nicht wieder exakt zusammenlegt oder – oh Schreck – das Etikett rausschaut.

Ich könnte sie aufmachen, die Umschläge … Das erfährt ja schließlich keiner. Nein, das wäre nicht richtig. Beherrsche dich, Molly. Marie hatte sicher ihre Gründe dafür, dass sie genau zwölf vorbereitet hat, die ich nacheinander aufmachen soll.

Einen Tee, genau, ich brauche jetzt erst mal eine Tasse Tee. Während der Wasserkocher kocht, entscheide ich mich für einen Roibuschtee Schoko-Vanille.

Ich muss lächeln, als ich mir vorstelle, was Marie sagen würde: »Hör mit deinen komischen Tees auf, Darjeeling ist das einzig Wahre.«

Nur um sie zu ärgern und ihre flammende Predigt über den richtigen Tee aus ihr herauszukitzeln, habe ich ihr jedes Mal, wenn sie mich besuchen kam, eine neue

Sorte angeboten, eine haarsträubender als die andere. Die heftigste Reaktion habe ich vermutlich mit Erdbeertee ausgelöst …

Und wenn ich bloß einen einzigen Umschlag öffne? Den ersten, den für Dezember? Nur um eine Vorstellung davon zu bekommen, was mich erwartet. Einfach kurz aufmachen, schnell überfliegen und – schwuppdiwupp – gleich wieder zumachen. Das wäre doch kein richtiges Pfuschen, oder etwa doch?

Ich gieße das heiße Wasser über das Teeei und setze mich wieder ins Wohnzimmer. Der Briefstapel, der immer noch dort ist, wo ich ihn zurückgelassen habe, ist die reinste Provokation. Er fordert mich geradezu heraus. Ein Brief erscheint mir besonders dick. Was kann Marie da reingetan haben?

Okay, ihr habt gewonnen. Ich entscheide mich, den ersten aufzumachen. Den für Dezember.

Ich nehme den obersten Brief vom Stapel und blicke mich automatisch um. Als ob mich jemand sehen könnte. Als ob Marie mich sehen könnte.

Vorsichtig fahre ich mit dem Finger unter der Lasche entlang. Im Umschlag befinden sich ein klein gefaltetes Blatt Papier und fünf Zwanzigeuroscheine. Ich falte das Blatt auseinander.

Haha! Ich wusste, dass du zu neugierig bist und nicht abwarten kannst, bis du den ersten Umschlag öffnen darfst!

Zu meiner Überraschung kann ich mir ein Lachen nicht verkneifen. Das ist Marie.

Du fragst dich jetzt, woher ich das weiß. Falls ich dich erinnern darf: Ich kenne dich seit meinem sechsten Lebensjahr! Und lass mich raten: Du hast einen deiner fürchterlichen Tees getrunken, bevor du den Umschlag geöffnet hast! Wie oft muss ich es dir noch sagen? Darjeeling! Darjeeling, und nichts als Darjeeling!!!

Aber auch wenn der Umschlag jetzt offen ist, wirst du bis nächsten Monat warten müssen, bevor du mir meinen ersten Wunsch erfüllen kannst. Du hast doch wohl nicht ernsthaft geglaubt, dass ich mich von dir reinlegen lasse?!

Ich habe immer davon geträumt, einmal einen echten Weihnachtsbaum zu haben und nicht einen aus Plastik wie den, den meine Mutter jedes Jahr mit Hingabe schmückt.

Eine echte Tanne mit natürlichem Duft. Und groß muss er sein! Mindestens zwei Meter. Mit jeder Menge Lichterketten. Wenn ich nur die Zeit gehabt hätte, einen bei mir aufzustellen …

Also, kaufst du einen Weihnachtsbaum für mich?

PS: Und lass dich bloß nicht dabei erwischen, dass du vor Januar den nächsten Umschlag öffnest. Sonst verfolgt dich mein Geist, das schwöre ich dir.

PS 2: Du wirst mir fehlen, Molly.

PS 3: Dein Tee allerdings nicht …

Ich lächle und wische mir die Tränen ab. Ein Weihnachtsbaum, natürlich. Sie hat jedes Jahr den Baum bewundert, den meine Eltern aufgestellt haben, konnte ihre Mutter aber nicht zu einem ebensolchen überreden, denn die störte sich an den vielen Nadeln auf dem Boden.

»Du fehlst mir auch, Marie. Ich werde dir einen Weihnachtsbaum kaufen. Den größten, den ich bei Truffaut finden kann, du wirst sehen!«

4

8. November

»Ein Weihnachtsbaum? Was ist das wieder für ein Unsinn?«, spottet Nicolas.

Wir haben uns gerade erst hingesetzt, und Germain konnte es sich nicht verkneifen, gleich den Inhalt des ersten Umschlags herauszuposaunen.

»Der neueste Einfall von Marie! Ich versuche ja schon lange nicht mehr, sie zu verstehen.«

Ich werfe Germain einen vernichtenden Blick zu. Ein wenig verlegen fährt er fort: »Gib doch zu, Häschen, dass diese Geschichte mit den Briefen ein bisschen neben der Spur ist. Abgesehen davon, hilft dir das auch nicht gerade, mit deiner Trauerarbeit fertigzuwerden.«

»Wer sagt denn, dass ich das überhaupt will? Mit seiner Trauerarbeit fertigwerden ist gleichbedeutend mit Vergessen. Und ich will gar nicht vergessen. Ich will gar nicht *nicht* an sie denken. Dank dieser Umschläge wird sie noch zwölf Monate bei mir sein. Es geht doch nur um zwölf Monate. Ist das so schwer zu verstehen?«

Ich bin wohl etwas laut geworden, denn ich ernte strafende Blicke vom Nachbartisch. Lautes Reden ist in diesem Nouvelle-Cuisine-Restaurant im sechzehnten Arrondissement offenbar nicht üblich.

Ich erhoffe mir etwas Beistand von Viviane, lese aber auch in ihrem Blick nichts als Unverständnis.

»Hör mal, Molly, es gibt keinen Grund, so wütend zu werden. Man darf das ruhig ein bisschen schräg finden. Ein halbwegs normaler Mensch … Na ja, also kein Mensch macht so etwas, wenn er stirbt.«

Drei gegen einen.

»Ich verlange gar nicht, dass ihr es versteht. Ich bitte euch nur, es nicht zu verurteilen. Ich werde diesen Weihnachtsbaum kaufen, ihn in unsere Wohnung bringen und mit Unmengen von Lichterketten schmücken. Ende der Diskussion.«

Die Unterbrechung durch den Kellner, der an unseren Tisch kommt, um unsere Bestellung aufzunehmen, ist uns sehr willkommen, denn inzwischen hat sich echtes Unbehagen zwischen uns breitgemacht.

»Worauf hast du Lust, Häschen?«, fragt Germain, um das Thema zu wechseln und die Lage zu entspannen.

»Ich glaube, ich nehme Ravioli mit Ricotta und eine Krabbensuppe.«

»Oh ja, das nehme ich auch. Zweimal bitte, Monsieur«, sagt er zum Kellner und klappt die Karte zu.

Etwas anderes hätte mich auch gewundert … Was ist nur plötzlich los mit mir? Auf einmal scheint mich alles an Germain zu stören.

Eine Molly verdient einen John oder einen Brad …

Warum musstest du mir das sagen, Marie? Was soll ich damit jetzt anfangen? Und du bist nicht einmal mehr da.

»Ich nehme das Trüffel-Risotto«, fährt Viviane fort.

»Und ich den gebratenen Kabeljau«, schließt Nicolas. Als der Kellner fort ist, starren wir alle auf unsere Gläser. Seit Wochen redet Viviane von diesem Restaurant, von dem ihre Klienten in höchsten Tönen schwärmen. Seit Wochen bearbeitet sie mich, damit wir zusammen herkommen, »du weißt doch, wenn du in New York bist, mach es wie die New Yorker«.

Das Restaurant ist von eher schlichter Eleganz, kleine runde Tische, weiße Tischdecken, altes Parkett, Holztäfelung. Nicht gerade das Ambiente, in dem ich mich wohlfühle. Ich betrachte das durchchoreografierte Ballett der Kellner, und mir wird bewusst, was für eine Dilettantin ich bin, ich, die Kellnerin des Au grand gourmet. Aber ehrlich gesagt fehlt mir auch der Ehrgeiz, ihnen nachzueifern.

»Sag mal, Molly«, knüpft Viviane wieder an, »du hast mir nie erzählt, dass du davon geträumt hast, Tänzerin zu werden.«

»Das ist lange her. Ich … Es sind nicht nur positive Erinnerungen, deshalb spreche ich nicht gern darüber.«

»Klar. Außer mit Marie natürlich …«

Fast will ich etwas Bissiges erwidern, aber an Vivianes Tonfall merke ich, wie sehr sie die Vertrautheit verletzt, die mich mit Marie verband. Und nicht mit ihr.

Marie und ich kannten uns nun einmal schon so lange. Aber Viviane ist ebenfalls eine wichtige Freundin für mich, und es wäre nicht fair, ihr diesen Teil meines Lebens vorzuenthalten.

»Ich ... Also, ich habe jahrelang Ballett gemacht. Ich habe es geliebt. Am liebsten wäre ich den ganzen Tag in meinem weißen Tutu rumgelaufen. Ich habe davon geträumt, Solotänzerin zu werden. Doch dann ... Nun ja, eines Tages habe ich begriffen, dass diese Welt nichts für mich ist, und habe aufgehört. Seitdem habe ich nie wieder meine Spitzenschuhe angezogen.«

»Aber warum?«, fragt Viviane. »Ist irgendwas passiert?«

»Nicht wirklich. Ich hatte irgendwann die Nase voll davon, mein ganzes Leben für das Tanzen zu opfern. Klassischer Tanz ist superanspruchsvoll. In jeder Hinsicht. Und dann der ewige Konkurrenzkampf, diese Eifersucht unter den Mädchen ... Ich hab es einfach nicht mehr ertragen.«

Lange in meiner Erinnerung vergrabene Bilder drängen mit einem Mal wieder an die Oberfläche.

Ich bin siebzehn und liege in meinem Mädchenzimmer schluchzend auf dem Bett. Es klopft, und kurz darauf steckt Marie ihren Kopf zur Tür herein.

»Darf ich reinkommen?« Ohne auf eine Antwort zu warten, setzt sie sich schon neben mich auf das Bett. »Was ist los, Molly? Deine Mutter hat mich total panisch angerufen. Sie sagt, du hast seit Stunden dein Zimmer nicht verlassen. Sie dachte, wir beide hätten uns gestritten.«

»Es ist nichts.«

»Das kannst du jemand anderem erzählen! Du siehst fürchterlich aus! Mir machst du nichts vor. Ist es wegen einem Typ? Oder hat es mit der Schule zu tun? Na komm schon, erzähl es mir!«

»Es ist nur … Ich glaube, ich werde mit dem Tanzen aufhören.«

»Was?! Aber warum denn? Seit zehn Jahren liegst du mir mit deinen Geschichten von der Oper in den Ohren! Du hast doch immer davon geträumt, Solotänzerin zu werden. Und jetzt willst du einfach aufhören?«

»Ich … ich kann nicht mehr. Und außerdem … die anderen Mädchen … Ich weiß nicht, wie lange ich diese Gehässigkeit noch ertragen kann. Vorhin hab ich in einem meiner Schuhe Glasscherben gefunden. Kannst du dir das vorstellen?«

»Im Ernst? Das ist ja wie im Film!«

»Ganz genau. Zum Glück habe ich sie bemerkt, bevor ich die Schuhe angezogen habe. Wer macht so was? Ich habe mich entschieden, ich höre auf!«

»Wegen so einem Blödsinn? Morgen ist die Welt wieder in Ordnung, du wirst sehen. Und dann quatschst du mich wieder voll mit deinem *Schwanensee*.«

»Nein, die Welt ist morgen nicht wieder in Ordnung. Ich habe schon seit einer ganzen Weile die Nase voll. Tanzen, tanzen, immer nur tanzen. Bloß nicht dicker werden. Jeden Tag Dehnübungen machen. Es macht mir keinen Spaß mehr. Irgendwie ist es mittlerweile … Es ist zu einem Zwang geworden. Verstehst du, was ich meine?«

Ein paar Wochen später hatte ich endlich den Mut, meinen Eltern zu sagen, dass ich aufhören wollte. Auch sie haben es nicht verstanden. Seitdem habe ich nicht mehr wirklich daran gedacht, oder, besser gesagt, ich habe jeden Gedanken daran sofort verdrängt, um nur ja keine Reue aufkommen zu lassen.

»Fehlt es dir nicht?«

Es ist Germain, der die Frage gestellt hat. Auch ihm habe ich nie etwas davon erzählt.

»Doch, manchmal schon. Aber ehrlich gesagt habe ich nie richtig darüber nachgedacht.«

»Aber da ja unsere liebe Marie nun alles auf den Tisch gebracht hat …«, murmelt Viviane.

»Hör auf, Viv. Bitte. Ich bin so schon unglücklich genug. Deinen Sarkasmus kann ich nicht auch noch gebrauchen. Ihr werdet euch damit abfinden müssen, dass ich euch in den nächsten Monaten damit belästigen werde. Wenn es euch zu viel ist, könnt ihr ja gehen.«

Wieder habe ich meine Stimme erhoben, worauf mich das Hüsteln an den Nachbartischen aufmerksam macht. Was kommt als Nächstes? Ziehen gleich alle empört die Augenbrauen hoch?

Dieses Abendessen war keine gute Idee. Keiner von uns hatte wirklich Lust dazu, die anderen so wenig wie ich.

»Ich denke, ich lasse euch lieber allein. Anscheinend bin ich nicht in der richtigen Stimmung für dieses Etablissement. Schönen Abend noch.«

Bevor sie etwas einwenden können, stehe ich auf.

Mit energischen Schritten stapfe ich durch den Saal auf den Ausgang zu, als ich spüre, wie mich jemand am Arm zurückhält. Sieh an, das hätte ich Germain gar nicht zugetraut. Ein warmes Gefühl durchströmt mich. Ich drehe mich um.

»Germain … Ach du bist es, Nicolas.«

Ich hatte mich schon gewundert.

»Also ehrlich, Molly, manchmal bist du wirklich ungerecht.«

»Ich? Ungerecht?«

»Ja, du. Ich weiß, dass du unglücklich bist und dass es schlimm sein muss, die beste Freundin zu verlieren, aber Viviane hat es nicht verdient, dass du sie so behandelst.«

»Ich finde nicht, dass …«

»Hör auf, Molly. Sie war für dich da, am Tag der Beerdigung. Und als du sie heulend angerufen hast wegen der Briefe, ist sie sofort losgerannt. Ich finde, du bist nicht fair zu ihr.«

Ich will etwas erwidern, aber ich bringe kein Wort heraus. Im Grunde hat er recht. Ich verhalte mich wirklich kindisch und bringe Viviane gegen mich auf.

»Na los, komm schon«, fährt er in sanfterem Ton fort, »gehen wir wieder zurück.«

Er greift energisch meine Hand und führt mich ins Restaurant zurück. Ich setze mich und sehe verstohlen zu Viviane hinüber. Sie wirkt aufrichtig bedrückt. Ich beuge mich über den Tisch und nehme ihre Hand.

»Verzeih mir, Viv. Ich hätte mich nicht so gehen lassen dürfen.«

Sie lächelt mich an.

»Sprechen wir nicht mehr davon! Ich muss mich auch entschuldigen, ich bin eben manchmal … Na, du weißt schon …«

Ich lächle ebenfalls.

»Sieh mal, Häschen, da kommen unsere Ravioli. Ich sterbe vor Hunger. Ihr etwa nicht?«

5

14. November

Jahrelang habe ich keinen Gedanken mehr ans Tanzen verschwendet, und nun denke ich seit Tagen an nichts anderes. Daran, wie viel Freude es mir bereitet hat, den Rhythmus der Musik in jedem Muskel zu spüren.

Als ich gestern allein zu Hause war, habe ich das Radio eingeschaltet und mich dabei überrascht, wie ich die Augen geschlossen habe und mein Körper von ganz allein begonnen hat, sich zu bewegen. Zunächst ganz langsam, als wäre er ein wenig eingerostet, und dann immer schneller. Ein Lied folgte aufs andere, und ich habe getanzt, einfach so, ganz alleine, bestimmt zwanzig Minuten oder länger.

Als ich aufgehört habe, weil ich ein wenig außer Atem war, hatte ich ein Lächeln auf dem Gesicht.

Wie hatte ich vergessen können, wie sehr ich das Tanzen liebe?

Nun weiß ich nicht so recht, was ich tun soll. Soll

ich wieder ernsthaft mit dem Tanzen anfangen oder nur von Zeit zu Zeit, rein zum Vergnügen, tanzen? Eines jedenfalls ist sicher: Ich werde wieder tanzen.

Nur nicht heute, denn ich bin wieder im Restaurant. Monsieur Patterson ist ein verständnisvoller und netter Mensch, aber sein Geschäft muss natürlich laufen. Und ohne Kellnerin ist das schwierig.

Seit Schichtbeginn ist er überaus zuvorkommend. Mindestens zwanzigmal hat er mich schon gefragt, wie es mir geht und ob ich mich besser fühle. Zum Glück – für ihn – gelingt es mir inzwischen, meine Tränen zurückzuhalten.

Ich habe nie wirklich an das Klischee geglaubt, dass die Zeit alle Wunden heilt. Aber inzwischen muss ich doch zugeben, dass die Zeit tatsächlich dein Verbündeter sein kann. Und auch der Alltag ist eine gute Hilfe.

Gegen dreizehn Uhr betritt zu meiner Überraschung meine Mutter das Restaurant.

»Hallo, Liebes! Ich habe gehört, dass du heute wieder arbeitest, da dachte ich, ich komme zum Mittagessen vorbei, und wir plaudern ein bisschen.«

Ich nehme mir fest vor, nie wieder einen Job anzunehmen, bei dem irgendein Freund oder Bekannter meiner Mutter involviert ist. Ich muss nur husten, und sie bekommt schneller davon Wind, als Usain Bolt hundert Meter sprinten kann.

Monsieur Patterson eilt auf sie zu und drückt ihr einen Kuss auf die Wange. Ein wenig zu lang für meinen Geschmack. In seiner Gegenwart ist meine Mutter immer ein bisschen kokett. Ich weiß, dass seine Zuvorkommenheit ihr einfach nur schmeichelt, aber dennoch ist mir wegen meines Vaters meist etwas unwohl zumute, wenn ich solche Szenen beobachte.

»Lieb von dir, Mama, aber ich hab dir schon tausendmal gesagt, dass ich keine Zeit habe, mit dir zu reden, wenn ich im Dienst bin.«

»Aber es ist doch kaum jemand da!«, erwidert sie, wobei sie sich umsieht.

Sie hat recht, als Massenauflauf kann man das wirklich nicht bezeichnen. Seit ich meine Schicht begonnen habe, habe ich höchstens zehn Essen serviert, und momentan sind nur drei Tische besetzt. Für einen Samstag eher ungewöhnlich.

»Das ist wegen dem, was gestern passiert ist«, erklärt Monsieur Patterson meiner Mutter mit ernstem Gesicht. »Die Leute trauen sich nicht, das Haus zu verlassen. Das erinnert mich an den Anschlag vom elften September. Damals hat die Angst das ganze Land erfasst.«

»Kanntest du jemand von den Opfern?«, fragt meine Mutter mich.

Sie ist blass geworden. Ich weiß, dass sie einen weiteren Verlust fürchtet …

»Nein, Mama, keine Sorge. Ich kannte niemanden.«

»Gott sei Dank! All diese armen Menschen, die getötet wurden. Und die niemandem etwas getan haben. Es ist wirklich fürchterlich.«

Sie schweigt ein paar Sekunden lang, dann wendet sie sich an Monsieur Patterson.

»Nun, James, was kannst du uns heute Gutes empfehlen? Ich habe einen Bärenhunger!«

Er hakt sich bei meiner Mutter unter und führt sie zu einem leeren Tisch im hinteren Teil des Restaurants.

Fast beneide ich sie darum, wie sie so ohne Umschweife vom Anschlag im Bataclan am Abend zuvor zum Tagesmenü springen kann.

Obwohl sie seit Jahrzehnten in Frankreich lebt, ist meine Mutter in ihrem Herzen und in ihren Reaktionen ganz Amerikanerin geblieben. Es ist seltsam zu sehen, dass sie sich auch nach so langer Zeit nie wirklich betroffen fühlt, während sie nach dem Boston-Attentat tagelang vor dem Fernseher gesessen und CNN geguckt hat und ihr alles andere vollkommen gleichgültig war.

Als das Restaurant schließlich leer ist und keine neuen Gäste zu erwarten sind, setze ich mich zu meiner Mutter.

Sie hat das Tagesgericht bestellt, eine Blätterteigpastete mit Lachs, die ihr zu schmecken scheint.

»Was ich dich fragen wollte, Mama, wie geht es eigentlich Maries Mutter?«

Jedes Mal, wenn ich Maries Namen ausspreche, läuft mir ein Schauer über den Rücken. Bisher habe ich mich nicht getraut, Maries Mutter anzurufen, um sie selbst zu fragen. Sie muss mit ihrem eigenen Kummer genug zu tun haben.

»Es ist nicht leicht für sie, Liebes, das kannst du dir ja denken. Dein Vater und ich gehen jeden Tag bei ihr vorbei. Und Sacha kümmert sich auch sehr. Er ist ein guter Junge. Sie versucht, sich auf die kleinen Dinge des Alltags zu konzentrieren.«

Der Alltag … Immer wieder der Alltag.

»Sie hat das Haus mal so richtig aufgeräumt.«

Aufräumen … Sieh an. Ich lächle innerlich.

»Du solltest sie besuchen, weißt du. Das würde ihr Freude machen. Es ist nicht schlimm, wenn du anfängst zu weinen. Ihr beide standet Marie ja am nächsten.«

»Ja, du hast natürlich recht. Ich werde sie morgen anrufen. Ach, und übrigens, was ich dich noch fragen wollte … Hast du eigentlich meine letzten Tanzschuhe noch?«

»Was willst du denn damit?«

»Ach, eigentlich nichts. Ich hab vorgestern daran gedacht und mich gefragt, ob du sie wohl weggeworfen hast.«

»Aber nein, natürlich nicht! Das würde ich nie tun! Sie sind in einem Karton unten in deinem alten Kleiderschrank. Ich dachte, du würdest sie eines Tages vielleicht haben wollen.«

Ich nehme die Hand meiner Mutter.

»Ich glaube, ich möchte wieder tanzen.«

Das Gesicht meiner Mutter hellt sich auf; sie hat immer bedauert, dass ich aufgehört habe, auch wenn sie nie ernsthaft versucht hat, mich umzustimmen. Doch dann legt sich erneut Traurigkeit über ihren Blick.

»Wegen Marie, stimmt's?«

»Ja. Wenn du wüsstest, wie sehr sie mir fehlt, Mama …«

»Ich weiß, Liebes, ich weiß. Geh Charlotte besuchen, das wird dir guttun, ganz sicher. Ich werde dir nachher deine Tanzsachen rauslegen.«

6

16. November

Als ich Maries Mutter gestern angerufen habe, war sie aufrichtig erfreut, meine Stimme zu hören. Sie war sofort einverstanden mit meinem Vorschlag, sie zu besuchen. Ich glaube, sie kann es kaum erwarten, mit mir in Erinnerungen zu schwelgen. Schließlich sind sie das Einzige, was uns geblieben ist.

Aber nun, da ich vor ihrem Haus stehe, bin ich wie gelähmt.

Mit jeder Sekunde, die vergeht, taucht ein neues Bild aus der Vergangenheit auf. Ich blinzle und sehe zwei kleine Mädchen im Garten Fangen spielen und dabei aus vollem Halse lachen. Plötzlich stolpert eine von ihnen über eine Stufe auf dem Gartenweg und schlägt der Länge nach auf den Beton. Sie blutet und vergießt heiße Tränen.

Mechanisch fasse ich mir ans Kinn und berühre die kleine Narbe, die mich seitdem begleitet.

Ich blinzle erneut, und nun liegen zwei junge Mädchen unter dem großen Kastanienbaum im Gras. Sie tragen beide einen Badeanzug und füllen einen Psychotest in einer Frauenzeitschrift aus. Das ist ihre liebste Freizeitbeschäftigung. Das und von Justin Timberlake schwärmen.

»Willst du nicht reinkommen?«

Wieder blinzle ich, und nun liegt keiner mehr auf dem Rasen. Ich stehe vor dem Tor, und Charlotte, Maries Mutter, hat soeben die Eingangstür geöffnet.

»Ich beobachte dich schon seit ein paar Minuten. Nun komm schon rein, sonst erkältest du dich noch.«

Da ich immer noch keinen Ton von mir gebe, fragt sie nun schon etwas drängender und sichtlich beunruhigt: »Fühlst du dich nicht gut, Molly?«

»Entschuldige, Charlotte. Doch, doch, es geht schon. Ich war nur … Na ja …«

»Ich verstehe. Mir geht es genauso.«

Als wir schließlich im Haus sind, umfangen mich die vertrauten Gerüche, und mir ist, als müsste Marie jeden Moment die Treppe herabgesprungen kommen, die zu ihrem Zimmer führt.

»Und, Molly? Wie geht es dir?«

Die Frage erscheint mir etwas unpassend, aber aus Charlottes Blick spricht der feste Wille, sich nicht unterkriegen zu lassen. Nur nicht in Selbstmitleid zu verfallen. Nicht zu weinen. Denn das wäre zu schwierig, für sie wie für mich.

»Ich habe letzte Woche wieder zu arbeiten begonnen. Ach ja, und ich habe angefangen, die Wohnung mal richtig aufzuräumen und zu putzen!«

Ich sehe, wie sie sich entspannt.

»Haha, richtig. Germain hat es mir erzählt. Anscheinend willst du sie völlig umgestalten. Er würde alles tun, um dir eine Freude zu machen, weißt du?«

»Ja, ich habe plötzlich meine Leidenschaft für Innendekoration entdeckt! Aber du hast die Wohnung auch noch nicht gesehen. Sie sieht aus, als würden jeden Moment Germains Großeltern aus einer Ecke hervorspringen.«

»Ich habe auch angefangen, alles auszumisten«, sagt sie, während sie mich Richtung Wohnzimmer zieht. »Es ist unglaublich, was sich über die Jahre ansammelt. Halt dich fest! Ich habe sogar eine Fernsehzeitung von 1995 gefunden!«

»Echt? Und was gab's damals im Fernsehen?«

»Nichts! In der Hinsicht hat sich nicht viel verändert.«

Ich lache und setze mich in einen der beiden Sessel im Wohnzimmer. Diese Sessel habe ich immer schon geliebt. Sessel mit Armlehnen und hoher Rückenlehne, in denen man richtig schön versinkt. In die man sich hineinkuscheln kann.

Ich blinzle. Zwei junge Mädchen kommen zur Eingangstür herein und stürmen nach oben. Eine von ihnen hat gerade den süßesten Typ der ganzen Schule geküsst, Paul Buisson. Die andere kann es kaum erwarten, alles haarklein berichtet zu bekommen.

Dann wird die Erinnerung wieder davongeweht.

»Hier, Molly, dein Tee.«

Darjeeling. Natürlich.

»Danke, Charlotte. Marie würde ihren Augen nicht trauen, wenn sie sehen könnte, dass ich diesen Tee trinke«, sage ich und führe die Tasse zum Mund.

»Ach wirklich? Und warum?«

»Sie hat einzig und allein auf Darjeeling geschworen, und ich hab immer alle möglichen Tees ausprobiert. Das hat sie richtig auf die Palme gebracht.«

Ein paar Sekunden lang scheint Charlotte in Gedanken woanders.

»Charlotte? Ist alles in Ordnung?«

»Ja, ja. Es ist nur, dass ich neulich, als ich ihr Zimmer ausgemistet habe, einen kleinen Koffer mit allen möglichen Sorten Tee gefunden habe. Ich habe mich gefragt, was das soll, aber jetzt verstehe ich. Sie muss ihn für dich gekauft haben …«

Meine Augen füllen sich mit Tränen, und ich unterdrücke ein Schluchzen.

»Entschuldige, Molly, ich … Das wollte ich nicht.«

»Das macht doch nichts, Charlotte. Es liegt an mir. Ich komme mir so dumm vor, dass ich wegen einer blöden Teegeschichte heule. Es geht gleich wieder. Gib mir nur ein paar Sekunden.«

»Sie fehlt dir, nicht wahr?«

Unendlich. Mehr als ich ihrer Mutter eingestehen will.

»Ja.«

Ich muss wieder an die Briefe denken und wundere mich, dass Charlotte mich noch nicht danach gefragt hat. Immerhin hat sie sie abgeschickt.

»Erinnerst du dich an den Umschlag, den du mir schicken solltest?«

Ihre Augen beginnen zu leuchten.

»Ja …«

»Darin waren mehrere Umschläge. Zwölf, um genau zu sein. Für jeden Monat einer. Und in jedem bittet sie mich, etwas zu tun, was sie gern getan hätte. Sie möchte, dass ich es an ihrer Stelle tue. Du wirst es bestimmt komisch finden. Niemand versteht es …«

»Das ist eben Marie. Darf ich fragen, was ihre erste Bitte ist? Aber wenn du es lieber für dich behalten willst, kann ich es auch verstehen …«

»Sie möchte, dass ich einen echten Weihnachtsbaum kaufe.«

Sie blinzelt.

Ein zehnjähriges Mädchen blickt sich ängstlich um; hinter ihrem Rücken versteckt sie eine Schere. Die Schere, die normalerweise auf dem Schreibtisch ihrer Mutter liegt und die sie nicht nehmen darf. Sie geht zum Weihnachtsbaum, dem aus Plastik, den sie mehr verabscheut als alles andere. Sie sagt sich, dass ihre Eltern, wenn sie ein paar Zweige abschneidet, ihn im nächsten Jahr werden ersetzen müssen und dass sie sie dann vielleicht überzeugen kann, einen echten Baum zu kaufen …

7

5. Dezember

»Aber, Häschen, Baum ist Baum, einer ist wie der andere … Nimm einfach den, der vor dir steht. Der sieht doch gut aus.«

»Kommt nicht infrage! Ich muss den *perfekten* Baum finden. Den sie ausgewählt hätte. Lass mir die Zeit, sie alle anzusehen.«

»Aber wir sind doch schon beinah …«

Ich werfe Germain einen strafenden Blick zu.

»Schon gut, schon gut. Ich gehe gegenüber einen Kaffee trinken. Schick mir eine SMS, wenn du fertig bist.«

Ich wusste, dass er das sagen würde. Deshalb habe ich ihm vorgeschlagen, zu Hause zu bleiben. Aber nein, er musste mich unbedingt begleiten, um mir zu helfen. So was nennt er helfen!

Außerdem bin ich gar nicht traurig. Im Gegenteil. Ich freue mich total, dass ich das für Marie machen kann. Es ist, als wäre sie in diesem Moment bei mir. Sie liebte

Weihnachten, auch wenn der Tod ihres Vaters ihre Freude an dieser Jahreszeit etwas getrübt hatte.

Einen nach dem anderen ziehe ich die Bäume hervor, um sie in Augenschein zu nehmen, und dann ist er endlich da, der perfekte Weihnachtsbaum. Groß und schön dicht. Ich gebe dem Verkäufer ein Zeichen, der auch schon verzweifelt darauf gewartet hat, dass ich mich entscheide.

Jetzt noch die Lichterketten und der Christbaumschmuck.

Fünfzehn Minuten später stehe ich beladen wie ein Packesel vor der Kassiererin. Ich habe so viel genommen, dass ich mindestens drei Bäume schmücken könnte. Wenn man sich nicht entscheiden kann – dann entscheidet man sich eben nicht. Ich öffne meine Handtasche und hole den Umschlag mit dem Geld heraus, das Marie mir hinterlassen hat. Als ich die Wohnung verlassen habe, habe ich einen Moment gezögert, ehe ich den Umschlag eingesteckt habe. Irgendwie kam es mir unpassend vor, es für etwas auszugeben, was ich mir locker selbst hätte leisten können.

»Das macht hundertzweiundsechzig Euro neunundneunzig, bitte.«

Vielleicht habe ich mit den Lichterketten doch etwas übertrieben … Ich reiche der Kassiererin die Geldscheine und meine Kreditkarte. Auf einem Ständer hinter der Kasse sind kleine Notizbüchlein mit Blumenmuster ausgestellt. Mein Blick bleibt an den ineinander verschlungenen Buchstaben in der Ecke oben rechts hängen: M&M.

»Ich nehme auch eins von diesen Notizbüchlein.«

»Das macht vier Euro neunundneunzig.«

Ich frage mich, ob die Dame auf alle Fragen mit einem Preis antwortet. Das wäre wirklich lustig. »Wie geht es dir, Gertrude?« – »Das macht sechs Euro neunundneunzig.« – »Und die Kinder?« – »Das macht zweiunddreißig Euro fünfundneunzig.« Ich lachte laut auf und hole einen Fünfeuroschein aus meinem Portemonnaie.

»Ach ja, und ich wollte noch fragen, ob Sie den Baum auch liefern können. Er ist ziemlich groß, und ich bin mit der Metro gekommen … Ich habe Angst, dass die Leute komisch gucken.«

»Das macht neunzehn Euro neunundneunzig für die Lieferung.«

Ich versuche ein Lächeln, sie gibt mir meine Kreditkarte zurück. Ich nehme die Einkaufstüten mit dem Weihnachtsbaumschmuck, stecke die Kreditkarte wieder in meine Handtasche und gehe nach draußen zu Germain. Meine Beziehung zu der Kassiererin wird sich wohl nicht weiterentwickeln.

»Willst du die ganze Stadt schmücken?«

»Red keinen Unsinn! Du wirst sehen, der Baum wird toll aussehen mit den ganzen Lichterketten.«

Ich betrachte Germain, mit seinen großen blauen Augen, aus denen die ganze Liebe spricht, die er für mich empfindet, und mit seinen schnuckeligen Grübchen. Dann drücke ich ihm schnell einen Kuss auf die Lippen. Ob wir einen Spaziergang machen sollten? Es ist zwar kalt, aber es ist ein wunderschöner, sonniger Tag. Wir könnten eine Runde durch den Jardin du Luxembourg drehen, Hand in Hand. Und danach vielleicht ins Kino und anschließend ins Restaurant? Seit Wochen habe ich mich nicht mehr so gut gefühlt. Wozu brauche ich einen John oder einen Brad? Ein Germain tut es doch auch.

»Fahren wir nach Hause, Häschen? Ich würde gern ein kleines Mittagsschläfchen machen.«

Verdammt …

Befriedigt[1] betrachte ich seit einer Weile den strahlenden[2] Weihnachtsbaum. Sobald der Lieferdienst kam, habe ich Farbeimer und Pinsel stehen und liegen lassen und mich voll und ganz dieser Aufgabe gewidmet.

Selbst der letzte Zweig ist mit einer Lichterkette versehen. Und die blinken nun in allen Farben um die Wette. Genauso, wie Marie es gewollt hätte, da bin ich mir sicher. Es gibt kein Konzept, keine Symmetrie, aber das macht nichts. Er ist üppig, er leuchtet, er duftet nach Tanne – was will man mehr.

Da noch Schmuck übrig ist, dekoriere ich noch hier und da die Wohnung und sogar den Balkon. Meine Mutter hat ihre Liebe zu Weihnachten an mich weitergegeben. In Amerika ist Weihnachten eine echte Institution.

1 Versucht gar nicht erst, einen Zusammenhang zwischen »befriedigt« und »Mittagsschläfchen« herzustellen. Ihr wärt enttäuscht.
2 Was habe ich euch gesagt!

Kein Haus, das nicht geschmückt wäre, innen wie außen. Ich erinnere mich, dass es mir, als ich zum ersten Mal nach Chicago geflogen bin, um die Cousins und Cousinen meiner Mutter zu besuchen, beim Anblick der Häuser im Viertel regelrecht die Sprache verschlagen hat. Damals dachte ich, dass die Leute ungeheuer reich sein mussten, um sich so viele Lichterketten leisten zu können.

Immer noch in meiner Malerlatzhose, setze ich mich im Schneidersitz auf den Boden und lehne mich selig lächelnd an das Sofa. Meine Handtasche liegt auf dem Couchtisch, und mein Blick fällt auf das vorhin erstandene Notizbüchlein, das daraus hervorlugt.

Ich robbe zum Tisch hinüber, um es herauszuholen, und grabe in meiner Tasche nach einem Kuli.

Ich fahre mit dem Finger sanft über die beiden hervorspringenden, ineinander verschlungenen Ms, schlage das Büchlein auf der ersten Seite auf und beginne zu schreiben:

5. Dezember

Marie,
ja, ich weiß, es ist erst der 5. Dezember, bis Weihnachten ist es noch lange hin, aber ich konnte nicht widerstehen. Du wirst sehen, er ist so schön! Ach, und die Kassiererin im Gartencenter, die hätte dir gefallen!

Du fehlst mir.

Küsschen,

Molly

PS: Ich habe bei deiner Mutter Darjeeling getrunken, was beweist, dass nichts unmöglich ist. Sie schlägt sich tapfer, mach dir keine Sorgen.

8

24. Dezember

Wieder und wieder drehe ich mich vor dem Spiegel, um wieder und wieder den Schnitt dieses wundervollen Kleides zu bewundern, das ich in letzter Minute aufgestöbert habe. Ein Kleid aus grünem Satin, das mir bis knapp übers Knie reicht, mit einem hübschen Brigitte-Bardot-Ausschnitt, der meine schlanken Arme zur Geltung bringt. Grün ist schwer zu tragen, sagt man. Aber es passt perfekt zu meinen roten Haaren, meinem blassen Teint und den grauen Augen.

Ich habe dazu hohe Schuhe probiert, bei meinen eins fünfundsiebzig komme ich mir damit allerdings vor wie eine Riesin. Außerdem hatte ich immer schon Angst, größer zu sein als die Männer, mit denen ich ausgehe. Als würde das von schlechtem Geschmack zeugen, was natürlich Unsinn ist. Aber da Germain nicht sehr groß ist, habe ich doch auf schlichte schwarze Ballerinas zurückgegriffen.

Auch Germain hat sich in Schale geworfen. Er trägt

einen dunklen Anzug und dazu ein weißes Hemd und eine mitternachtsblaue Krawatte, mit der er schon seit Minuten kämpft.

»Man könnte meinen, du wärst nervös. Wir essen doch heute nicht zum ersten Mal bei meinen Eltern.«

»Das nicht, aber heute ist ein wichtiger Tag.«

Ich lache laut auf.

»Weil der Weihnachtsmann kommt? Glaubst du in deinem Alter immer noch an den netten alten Herrn mit rotem Mantel und weißem Bart?«

Er dreht sich zu mir um, die Krawatte nach wie vor ungebunden um den Hals.

»Mach dich nur lustig! Ich kann nichts Schlechtes daran finden, wenn man einen guten Eindruck machen möchte.«

»Da brauchst du meiner Mutter nur Komplimente über ihre Kochkünste zu machen. Vor allem solltest du die Truthahnfüllung loben. Dann wird sie dich für den Rest deines Lebens anbeten.«

»Ich meine es ernst, Häschen. Mir ist wichtig, was deine Eltern von mir denken.«

»Ich meine es auch ernst. Na los, komm her, ich helfe dir mit deiner Krawatte.«

Er macht ein paar Schritte auf mich zu, und ich versuche, mich zu erinnern, was mein Großvater mir vor Jahren gezeigt hat.

Eine Frau muss ihrem Mann die Krawatte binden können, hat er immer zu mir gesagt. Zur großen Verzweiflung meiner Mutter, die unaufhörlich gegen seine

Versuche ankämpfte, aus mir eine perfekte Gattin und Hausfrau zu machen. »Siehst du denn nicht, Papa, dass deine Enkelin Solotänzerin werden wird?! Sie muss nicht wissen, wie man eine Krawatte bindet. Wenn überhaupt, wird ihr Ehemann *ihr* die Tanzschuhe binden!«

»Bitte sehr, so ist es perfekt!«

»Danke, mein Häschen.«

Er zieht mich an sich und küsst mich. Seine Hände an meinem Rücken sind feucht. Vielleicht fürchtet er, gleich neben einem Klavier zu stehen und Weihnachtslieder singen zu müssen. Er singt tatsächlich total schief.

»Entspann dich! Du brauchst wirklich vor nichts Angst zu haben.«

Er lockert seine Umarmung und sieht mir tief in die Augen, als suche er dort nach etwas.

»Eigentlich wollte ich noch warten … Aber ich …«

Mit seiner rechten Hand wühlt er in der Innentasche seines Jacketts und holt schließlich ein kleines, mit rotem Samt bezogenes Etui hervor.

»Häschen, ich meine, Molly, ich weiß, dass wir noch nicht so lange zusammen sind, aber ich liebe dich und muss nicht noch jahrelang warten, um mir sicher zu sein, dass du diejenige bist, mit der ich den Rest meines Lebens verbringen will.«

Mit theatralischer Geste öffnet er das Etui, und ein Ring mit funkelndem Diamanten kommt zum Vorschein. Einem großen Diamanten.

»Er gehörte meiner Großmutter«, fährt er fort, zweifellos als Antwort auf meine Stielaugen.

»Germain … Der Ring ist ja traumhaft! Also, wenn ich das gewusst hätte. Aber wir, na ja …«

»Lass dir Zeit, du musst mir nicht sofort eine Antwort geben.«

Mein Blick kann sich nicht von dem Schmuckstück lösen. Es ist Heiligabend, wir sind festlich gekleidet, und der Mann, mit dem ich mein Leben teile, seit einer Weile jedenfalls, hält um meine Hand an. Fehlt nur noch der Schnee draußen und leise Musik, und fertig wäre die romantische Komödie für die ganz große Leinwand.

Eine Molly verdient einen John oder einen Brad …

Sofort verscheuche ich den Gedanken. In meinem Leben gibt es keinen John und auch keinen Brad. Dafür einen Germain. Einen Germain, der mich liebt und der sein Leben mit mir verbringen möchte. Genügt das nicht, um jemanden zu heiraten? Und außerdem ist er *so* nett …

»Ich … Ja. Ich will deine Frau werden.«

Ein breites Lächeln bringt Germains Gesicht zum Strahlen. Er zieht mich an sich.

»Du wirst sehen, ich werde alles tun, um dich glücklich zu machen, mein Häschen. Alles.«

Ich spüre, wie seine Hände beginnen, den Reißverschluss meines Kleides zu öffnen, sein Mund knabbert an meinem Ohrläppchen, um dann meinen Hals hinabzuwandern. Eine leichte Hitze steigt in mir auf. Dieser Teil erscheint mir doch sehr angenehm.

»Germain … Wir kommen zu spät …«

Mein Reißverschluss ist ebenso schnell wieder zu, wie

er auf war, und mit einem Schlag ist auch die Hitze verflogen.

»Du hast recht. Ich will meine zukünftigen Schwiegereltern nicht warten lassen. Und wenn wir verheiratet sind, haben wir noch unser ganzes Leben, um uns lieb zu haben[3].«

Unser ganzes Leben …

»Das ist ja wunderbar, Liebes! *I'm so happy for you, guys!*«

Kaum waren wir bei meinen Eltern angekommen, da hat Germain bei meinem Vater schon um meine Hand angehalten. Als wären wir im Jahr 1830. Und dann haben die beiden sich sofort ungelenk umarmt, wie Männer das so machen, begleitet von einem Augenzwinkern nach dem Motto »Willkommen im Club«. Fehlte nur noch der Händedruck, wie um ein Geschäft zu besiegeln.

Meine Mutter ist angesichts des Rings ganz hingerissen.

»Er gehörte seiner Großmutter.«

»Habt ihr schon ein Datum festgelegt? Ich meine ja nur, es gibt schließlich eine Menge zu organisieren, damit die Familie aus Chicago kommen kann.«

»Aber, Mama, es ist doch alles ganz frisch, darüber haben wir noch gar nicht nachgedacht …«

»Ich dachte eigentlich an den siebzehnten Septem-

3 Seltsame Umschreibung für so was. Zumindest, wenn man nicht mehr in der Grundschule ist.

ber«, fällt mir Germain ins Wort, der sich zu mir umdreht. »Ich habe mich informiert. Im Standesamt und in der Kirche sind noch Termine frei.«

»Der siebzehnte September? Nächstes Jahr? Kirche?«

»Wenn dir ein anderes Datum lieber ist, erkundige ich mich natürlich noch einmal, mein Häschen.«

»Äh ... nein ... Aber vielleicht sollten wir das vorher noch mal gemeinsam besprechen.«

»Der siebzehnte September, das sollte machbar sein«, mischt sich nun wieder meine Mutter ein. »Ich muss unbedingt deine Tante anrufen. Die wollte doch immer schon mal nach Paris kommen. Ach, ich ruf sie einfach sofort an und erzähle ihr die Neuigkeit.«

»Aber, Mama ...«

Mein Protest ist zwecklos, sie wählt bereits die Nummer, als glücklicherweise Charlotte und Sacha an der Tür klingeln. Sofort legt meine Mutter wieder auf, ohne einen Gedanken daran zu verschwenden, dass auf der anderen Seite des Atlantiks vielleicht schon jemand abgehoben hat.

»Charlotte! Das glaubst du nie! Unsere Molly wird heiraten! Germain hat ihr heute Abend einen Antrag gemacht. Ist das nicht wundervoll? *And so romantic!*«

Charlotte und Germain zwinkern sich nun ihrerseits wissend zu. Ist das eine Art Codewort für einen Geheimclub, oder was? Sie war also auf dem Laufenden. Sacha hat kein Wort gesagt, lässt mich jedoch nicht aus den Augen.

»Glückwunsch, euch beiden. Ich bin sicher, dass Marie

sich sehr für dich gefreut hätte«, sagt Charlotte zu mir und küsst mich herzlich auf die Wange.

Da wäre ich mir nicht so sicher …

»Ich hoffe, du und Sacha habt am siebzehnten September noch nichts vor?«, will meine Mutter von Charlotte wissen. »Das ist das Datum, das sie festgelegt haben.«

Also gut, ich glaube, ich werde dann wohl doch am siebzehnten September heiraten.

9

25. Dezember

»Du hast gar nichts zu meiner Hochzeit gesagt …«

Sacha und ich sind in der Küche meiner Eltern und räumen die schmutzigen Teller in die Spülmaschine, während aus dem Wohnzimmer ausgelassenes Gelächter zu uns herüberschallt. Es ist fast zwei Uhr morgens. Der Abend war nett, Germain hat meinen Rat befolgt und die Kochkünste meiner Mutter gelobt. Mit dem Ergebnis, dass sie ihn nun bei jeder Gelegenheit mit »mein Schwiegersohn« anspricht.

»Was soll ich dazu sagen?«, entgegnet Sacha und lehnt sich an die Arbeitsplatte, die Beine überkreuzt.

»Dass du dich für mich freust, zum Beispiel. Dass es eine tolle Neuigkeit ist. Du bist schließlich ein bisschen wie mein kleiner Bruder.«

»Die entscheidende Frage ist doch, ob du glücklich bist. Wenn das der Fall ist, freue ich mich für dich.«

»Natürlich bin ich glücklich! Warum hätte ich sonst Ja gesagt?«

»Ich weiß es nicht. Sag du es mir.«

Ich suche nach einer überzeugenden Antwort, aber ich fühle mich ausgetrocknet wie ein alter Schwamm, den jemand auf dem Spülbeckenrand vergessen hat.

»Weißt du, was? Du bist wirklich ein kleines Arschloch. Marie hatte recht.«

»Na also.«

»Wie, ›na also‹?«

»Marie. Du bist sauer, weil du genau weißt, was sie von Germain gehalten hat. Und du möchtest, dass ich dich beglückwünsche, denn das würde es in gewisser Weise wiedergutmachen.«

»Du redest nur Unsinn! Du liegst komplett daneben, du Ärmster. Nur weil Marie der Meinung war, dass Germain nicht der Richtige für mich ist, muss sie noch lange nicht recht haben. Und wenn ich dich nach deiner Meinung gefragt habe, dann nur deshalb, weil du für mich auch wichtig bist. Das ist alles. Und jetzt kannst du ruhig weiter den Hobbypsychologen spielen, das ist mir so was von egal.«

Energisch knalle ich die Klappe der Spülmaschine zu und verlasse im Sturmschritt die Küche. Warum rege ich mich überhaupt so auf? Mir doch egal, was Sacha denkt. Germain ist ein liebenswürdiger Typ, er würde alles tun, um mich glücklich zu machen. Warum also hätte ich seinen Heiratsantrag ablehnen sollen? Welche halbwegs normale junge Frau würde nicht ihr Leben mit einem Mann teilen wollen, der sie so sehr liebt?

»Stimmt etwas nicht, mein Häschen?«

»Nein, nein, alles in Ordnung. Ich bin nur etwas müde. Es ist spät. Ich gehe schlafen.«

Nachdem ich ihm und meinen Eltern einen Kuss auf die Wange gegeben und Charlotte umarmt habe, gehe ich hinauf in mein Zimmer.

Da es so spät geworden ist, haben wir entschieden, über Nacht hierzubleiben.

Das Zimmer ist noch genau so, wie ich es verlassen habe. Noch immer dieselbe Blumentapete, dieselben lavendelfarbenen Vorhänge. Meine Mutter hat nichts verändern wollen, selbst die mit Reißzwecken befestigten Fotos von Justin Timberlake hängen nach wie vor über dem Schreibtisch. Ich begutachte ihn für einen Moment; der kleine Justin war ein ganz schöner Schnuckel, das muss man schon sagen.

Auf dem Bett steht ein Karton; ich nähere mich ihm, um ihn in Augenschein zu nehmen. Und bin zu meiner Überraschung überwältigt, als ich sehe, was darin ist. Meine Tanzschuhe. Und mein Tutu. Ich nehme die Schuhe heraus, um ihren Geruch in mich aufzusaugen. Ich schließe die Augen. Und auf einmal springe ich fünfzehn Jahre in der Zeit zurück. In meinem Kopf erklingen die ersten Noten von *Schwanensee*.

»Bist du sicher, dass alles in Ordnung ist?«

Hinter mir steht Germain und schlingt seine Arme um mich. Ich lege die Schuhe in den Karton zurück und stelle ihn auf den Boden.

»Aber ja. Es ist nur ...«

»Wegen der Hochzeit? Wäre es dir lieber gewesen, ich hätte deinen Eltern nichts gesagt?«

»Nein, das ist es nicht. Meine Eltern sind überglücklich, das hast du gut gemacht.«

»Und du, Molly? Bist du glücklich?«

Ich drehe mich zu ihm um und lege die Arme um seinen Hals.

»Natürlich bin ich glücklich. Wer wäre es nicht an meiner Stelle?«

Er drückt seine Lippen auf meine. Ein sanfter Kuss, der zunehmend drängender wird. Seine Hände in meinem Rücken machen sich erneut an meinem Reißverschluss zu schaffen.

»Hier? Bei meinen Eltern?«

»Molly«, flüstert er, ohne aufzuhören, mich zu küssen, »keine Sorge, die Tür ist abgeschlossen. Und außerdem haben wir was zu feiern. Ich habe solche Lust auf dich. Du bist so schön in diesem Kleid.«

Als der Reißverschluss offen ist, schiebt er sanft den Stoff von meinen Schultern, und das Kleid gleitet zu Boden. Sein Blick ist voller Verlangen. Er liebt mich und hat mich gebeten, ihn zu heiraten. Wir tun also nichts Schlimmes.

Mit gekonntem Griff dirigiert er mich zum Bett, hakt meinen BH auf, und sein Mund löst sich von meinem, um sich meinen Brüsten zu widmen. Ich versuche, mich gehen zu lassen, nicht daran zu denken, dass wir in meinem alten Kinderzimmer sind. Er knabbert an meinen Brustwarzen, ein bisschen zu fest für meinen Geschmack, es tut fast weh. Dann schiebt er die Hand unter den Bund meiner Unterhose, um sie mir auszuziehen. Seine Hand wandert langsam meinen Oberschenkel hinauf, und dann legt er sich auf mich. Wir werden heiraten. Am siebzehnten September. Seine Liebkosungen werden bestimmter, dann spüre ich ihn in mir. Das war keine gute Idee, es hier zu machen.

Er flüstert mir ins Ohr, dass er mich liebt, dann wird er von Lust überwältigt.

Er liebt mich.

Und ich liebe ihn.

Glaube ich zumindest.

Als ich am nächsten Morgen in die Küche komme, bin ich ein wenig verlegen. Meine Mutter hat sich bereits am Herd zu schaffen gemacht. Und wenn sie uns gehört haben? Obwohl ich eigentlich nicht glaube, dass wir sehr laut waren, und falls doch, dann jedenfalls nicht sehr lange.

»Guten Morgen, Mama. Und frohe Weihnachten!«

»Ach, du bist schon auf, Liebes? Warum bleibst du denn nicht mit deinem zukünftigen Ehemann noch ein bisschen im Bett liegen?«, fragt sie und zwinkert mir verschwörerisch zu.

»Mama!«

»Was denn? Es ist doch die natürlichste Sache der Welt, sich von seinem Mann ein bisschen verwöhnen zu lassen …«, fügt sie hinzu und greift nach den Toastbrotscheiben, um sie in den Toaster zu stecken. »Germain ist so ein netter Junge. Du bist wirklich ein Glückspilz. Als du gestern in der Küche warst, hat er uns die ganze Zeit erzählt, wie sehr er dich liebt und dass er gut für dich sorgen will.«

»Nur dass ich kein Haustier bin«, murmle ich.

»Was hast du gesagt, Liebes?«, fragt meine Mutter.

»Nichts, Mama, nichts. Du hast recht, ich bin wirklich ein Glückspilz.«

»Hör mal, ich dachte, dass wir für die Hochzeit einen Gospelchor engagieren könnten. Neulich hab ich beim Metzger einen Aushang gesehen, wenn du willst, ruf ich da mal an.«

»Wir haben doch noch Zeit, oder? Ich heirate ja nicht morgen.«

Meine Mutter dreht sich um, um das Rührei, dessen Geheimrezept nur sie kennt, auf die Teller zu verteilen, die bereits auf dem Tisch stehen.

»Es ist ganz schnell September. Nicht mal ein Jahr, um eine Hochzeit zu organisieren, das ist nicht viel Zeit. Also, je eher, desto besser. Ich freue mich so. Meine einzige Tochter heiratet!«

Ich senke den Blick auf den Diamanten, der meinen Ringfinger schmückt. Nicht mal mehr ein Jahr. Ich sehe schon die Dankschreiben vor mir. Monsieur und Madame Germain Delatour freuen sich, dass sie Sie am siebzehnten September in der Kirche Sowieso zu ihren Gästen zählen durften. Sie bedanken sich, dass Sie diesen Freudentag mit ihnen geteilt haben und so weiter und so fort …

»Du bist ja in Gedanken ganz woanders, Liebes.«
»Hm, was hast du gesagt, Mama?«
»Ich habe gefragt, ob du auch ein paar verlorene Eier möchtest.«

Verloren? Stimmt, so fühle ich mich gerade …
Verloren wie eine einsame Socke im Wäschekorb.
Aber mit einem dicken Diamanten am Finger.

10

Januar 2016

Ich bin verloren. Total verloren. Wenn man mich so sehen würde, käme kein Mensch darauf, dass ich verlobt bin und den Mann heiraten werde, den ich liebe. Ich schleppe mich durch die Gegend, als hinge mir ein Mühlstein um den Hals.

Germain dagegen war noch nie glücklicher. Glaube ich zumindest, jedenfalls haben wir noch nie so oft miteinander geschlafen wie jetzt, seit er mir den Antrag gemacht hat. Wobei das »miteinander« es nicht so ganz trifft … Meistens schläft er mit mir. Denn ich … begnüge mich damit, zur rechten Zeit die richtigen Laute von mir zu geben. Und meine Schuldgefühle werden mit jedem Tag größer. Ich fühle mich, als säße ich in der Falle, und ich habe niemanden, dem ich mich anvertrauen kann.

Meine Mutter ruft mich zurzeit viermal am Tag an, um mir brühwarm ihre neuesten Ideen für unsere Hochzeit aufzutischen. Aktueller Neuzugang: in einer Kutsche vorfahren. Die Tochter einer ihrer Freundinnen hat das auch gemacht, und das war einfach *lovely*, hat sie mir gestern aufgeregt erzählt. »Du brauchst eine Kutsche, Molly!« Kutsche, Fahrrad, meinetwegen auch ein Panzer, mir ist das völlig schnuppe. Je mehr Zeit vergeht, umso klarer wird mir, dass Heiraten wirklich das Letzte ist, wozu ich Lust habe. Und ich möchte nun lieber nicht »Germain« hinzufügen. Obwohl genau das das Problem ist.

Jeden Tag füge ich der Liste der Dinge, die ich an ihm einfach furchtbar finde, etwas Neues hinzu. Zum Beispiel seine Manie, mir dauernd vorschreiben zu wollen, dass ich Socken anziehen soll. »Zieh dir Socken an, mein Häschen, du erkältest dich noch.« Sehe ich aus wie achtzig? Eben! Mir gefällt es halt, barfuß zu laufen.

Ach ja, und heute Morgen hat er mir einen Vortrag darüber gehalten, wie wichtig es ist, einen Bausparvertrag abzuschließen. Mir hat sich mein Marmeladentoast im Magen umgedreht. Warum nicht auch gleich eine Zusatzrente? Man kann schließlich nicht vorsichtig genug sein.

Nicht zu vergessen seine Vorliebe für Joe Dassin. Geht's noch?! An einem Karaokeabend meinetwegen, das lass ich mir ja noch gefallen, aber als Hintergrundmusik beim Abendessen … Joe Dassin und Bausparverträge – da wird einem ja ganz anders!

Und dann Viviane! Sie hat einen Freudenschrei ausgestoßen, als sie meinen Ring gesehen hat. Den sie, nebenbei bemerkt, sofort registriert hat, ich hatte mich im Restaurant gerade erst hingesetzt.

»Das ist nicht wahr! Sag, dass es nicht das ist, was ich denke!«

»Oh, ach das … Das ist ein Verlobungsring. Germain hat mir einen Heiratsantrag gemacht.«

»Du hast natürlich Ja gesagt«, fuhr sie fort und bedachte mich mit einem breiten Grinsen – natürlich erst, nachdem sie einen weiteren Schrei ausgestoßen hatte.

»Wieso bist du dir da so sicher?«

»Na ja, du trägst immerhin schon den Ring, das ist wohl ein ziemlich eindeutiges Zeichen. Außerdem ist Germain genau der Richtige für dich. Er ist nett, aufmerksam, er würde sich für dich vierteilen. Wirklich jedes Mädchen an deiner Stelle wäre verrückt vor Freude. Quod erat demonstrandum.«

Such dir niemals eine Anwältin als Freundin aus.

»Wenn du meinst …«

Sofort zählte sie sämtliche Dinge auf, an die man am Tag X unbedingt denken und die man tunlichst vermeiden sollte, und erläuterte in allen Einzelheiten die Vorbereitungen für ihre Hochzeit mit Nicolas.

Kurz, es war wohl nicht der richtige Zeitpunkt für Zweifel der Braut, wie in *Vier Hochzeiten und ein Todesfall*.

Das Einzige, worüber ich mich seit dem Heiratsantrag wirklich freue, ist die neue Farbe einer der Wohnzimmerwände, und zwar jener Wand, die das Wohnzimmer vom Schlafzimmer trennt. Wobei das jetzt eigentlich nichts zur Sache tut, ich weiß.

Nach langer Überlegung und Stunden vor dem Regal mit den Farbeimern im Baumarkt habe ich mich für einen Blauton entschieden, aber nicht irgendeinen Blauton, sondern ein Pfauenblau, das perfekt zum hellgrauen Parkett passt, das ich legen lassen möchte. Und auch zu dem gelben Sofa, welches zu bestellen ich Germain überredet habe. In Wirklichkeit war es nicht besonders schwierig, ihn zu überzeugen. Eigentlich hat er nur gesagt: »Wenn es dir gefällt, gefällt es mir auch«, woraufhin ich ihm am liebsten die Augen ausgekratzt hätte. Natürlich habe ich das Gefühl sofort unterdrückt und durch Schuldgefühle ersetzt, denn mein Blick fiel auf den Diamanten, der nunmehr meinen Ringfinger ziert.

Als ich nun erneut diese wunderschöne Wand bewundere, die erste Wand in meiner Karriere als Anstreicherin und Raumausstatterin, fällt mir auf, dass der Weihnachtsbaum immer noch da steht. Er bietet mittlerweile einen etwas traurigen Anblick, mit seinen hängenden Zweigen, trocken wie ein Schwamm ohne Wasser und in einem herrlichen Gänsekackegrün. Höchste Zeit, ihn zu entsorgen.

Schweren Herzens mache ich mich daran, eine Lichterkette abzunehmen, und ohne dass ich etwas dagegen tun könnte, taucht Maries Bild vor mir auf. Oh, ich weiß, wie sie über diese Geschichte mit der Hochzeit denken würde. Sie würde nicht aufhören, mich zu bearbeiten, mir vorhalten, dass ich im Begriff bin, einen Fehler zu machen, dass man nicht einfach mit nicht einmal dreißig heiratet, dass Germain nicht der Richtige für mich ist. Alles an ihr würde Missbilligung ausdrücken. Aber sie ist nicht mehr da. Germain schon.

Als die Lichterketten wieder in ihren Kartons verstaut sind, ist der Weihnachtsbaum das genaue Abbild meiner Stimmung. Und das ist nicht schön anzusehen.

Ich lasse mich aufs Sofa sinken, ziehe die Knie an, und um etwas gegen die Stille im Raum zu unternehmen, schalte ich den Fernseher ein. Es ist fast zwanzig Uhr. Germain hat mir gesagt, dass er später nach Hause kommen würde, wegen einer Steuerprüfung bei einem Klienten oder so was in der Art. Kleiner Vorgeschmack auf mein Leben als zukünftige Ehefrau eines Steuerberaters.

»Guten Abend, meine Damen und Herren, willkommen zu den Nachrichten. Es ist der vierte Januar zweitausendsechzehn. Unsere Themen heute …«

Krieg? Ein Beziehungsdrama? Schwerer Hagelschlag, der mehrere Hundert Hektar Land zerstört hat? Ich ahne, dass ich mich nicht zu sehr darauf verlassen sollte, dass die kleine Dame hinter der Scheibe meine Laune deutlich verbessern wird.

»… noch nie da gewesen an einem vierten Januar …«

Na bitte, was hab ich gesagt? Doch plötzlich gehen in meinem Kopf die Alarmglocken an. Das Datum. Wir haben den vierten Januar! Marie! Die Umschläge! Ich stürze ins Schlafzimmer und ziehe die Schublade der Kommode neben dem Bett auf. Die Umschläge liegen ordentlich gestapelt darin und warten darauf, geöffnet zu werden. Ich nehme den Umschlag für den Januar heraus und reiße ihn ein wenig hektisch auf.

Molly,
ich wünsche dir ein tolles Neues Jahr!!! Ja, ich weiß, dass es ein bisschen komisch ist, dir das zu wünschen, wo ich ja tot bin … Aber für dich geht das Leben weiter, und ich bin mir sicher, dass 2016 ein gutes Jahr wird, schließlich hast du mir versprochen, dass du es in vollen Zügen genießen wirst. Ich hoffe, du hast damit bereits angefangen! Wenn ich nicht schon tot wäre, würde ich sterben vor Neugier zu hören, ob du Germain endlich einen Tritt in den Hintern gegeben hast. Uaahhh haha, verzeih meinen schwarzen Humor, aber wenn ich keine Witze über meinen Tod mache, wer dann …

Voller Unbehagen nestle ich an dem Ring an meinem Finger herum.

Was nun meinen Wunsch für Januar betrifft: Letztes Jahr war ich mit Sacha und ein paar Freunden von ihm eine Woche in den Bergen Ski fahren. Und richtig, jetzt, wo ich das hier schreibe, wird mir klar, wie jämmerlich es wirken muss, wenn man mit seinem kleinen Bruder und seinen Kumpels abhängt. Egal, so war es nun mal.

Ich hatte vor, dieses Jahr wieder dorthin zu fahren. Du wirst vielleicht sagen, dass ich es als Geist versuchen könnte, aber ich bin mir nicht sicher, ob das so gut funktioniert …

Und außerdem ist da Sacha. Er wird es vermutlich nicht zeigen, aber ich bin überzeugt, dass es sehr hart für ihn werden wird.

Also, ich möchte, dass du an meiner Stelle für ein Wochenende nach Grenoble fährst. Und ihn begleitest.

Oder, was wahrscheinlicher ist, dass du ihn zwingst zu fahren …

Schnee …

Geschwindigkeit …

Und ich, die ich noch nie auf Skiern gestanden habe. Ich kann es kaum erwarten.

11

5. Januar

»Bist du dir sicher, dass das meine Größe ist? Ich sehe aus, als hätte ich zum Frühstück jemanden verspeist.«

»Natürlich ist das deine Größe«, erwidert Viviane. »Dieser Skianzug steht dir hervorragend.«

Viviane ist nämlich nicht nur eine brillante Anwältin, sie ist auch noch ein großer Wintersportfan. Wintersport in Neonpink – das darf nicht unerwähnt bleiben.

»Aber warum diese Farbe, Viv? Gab es keinen etwas weniger … auffälligen Anzug? Schwarz, oder so? Schwarz wäre für mich perfekt.«

»Das ist wegen der Lawinen. So findet man dich schneller.«

»Was, Lawinen? Willst du etwa sagen, dass die Pisten nicht gesichert sind?«

Sie lacht.

»Ich halte ja nicht viel von Maries Idee mit den Briefen, aber ich muss zugeben, dass dein Gesichtsausdruck es allemal wert ist.«

Ich öffne den Verschluss und schäle mich mühsam aus dem Overall, der mich über verschneite Abhänge begleiten soll. Verschneit und folglich rutschig.

»Mach dich nur lustig über mich. Ich bin noch nie in meinem Leben Ski gefahren, und du redest von Lawinen. Da darf man ruhig mal ein bisschen panisch werden. Und überhaupt, wieso kannst du nicht mitkommen?«

»Ich hab's dir doch schon gesagt. Nicolas nimmt mit seinem Radclub an einem Rennen teil, und ich hab ihm versprochen, dass ich ihn anfeuern werde. In der Kanzlei geht es gerade drunter und drüber, und wir sehen uns kaum.«

»Er sitzt auf seinem Rad und saust in einem Sekundenbruchteil an dir vorbei. Zeit miteinander verbringen stell ich mir anders vor.«

Sie verdreht die Augen und fügt hinzu: »Und Germain? Will der nicht mit?«

»Er hat irgendwas mit seinen Steuerberaterkollegen[4].«

»Ah …«

»Genau, klingt spannend, was?«

»Na ja, gut. Hast du wenigstens mit Sacha gesprochen? Nach dem, was du mir vorgelesen hast, war vor allem das wichtig für Marie.«

»Ich wollte ihn schon hundertmal anrufen, aber ich hatte noch nicht den Mut dazu.«

»Warum das denn?«

»Als wir uns das letzte Mal gesehen haben, war es ir-

4 Schnarch …

gendwie … Er hat etwas zu mir gesagt, was mich ziemlich geärgert hat. Und auch wenn er im Grunde genommen recht hatte, haben wir uns ein bisschen gestritten.«

»Ich verstehe überhaupt nichts mehr.«

»Worum es ging, spielt auch keine Rolle. Aber ich hab ihn blöd behandelt, und jetzt ist mir nicht ganz wohl bei dem Gedanken, ihn anzurufen und ihm vorzuschlagen, gemeinsam ein Wochenende Ski fahren zu gehen.«

»Nein, das ist wirklich nicht hilfreich.«

Dennoch muss ich mich bald dazu entscheiden. Grenoble rückt mit Riesenschnitten näher. Und derzeit bin ich, abgesehen vom neonpinken Skianzug, mit meinen Vorbereitungen noch nicht sehr weit gekommen.

»Sag mal, Molly, was ich mich gefragt habe … Willst du wirklich alles machen, was Marie von dir verlangt?«, fragt Viviane mich plötzlich.

»Ach, Viv, lass uns nicht wieder damit anfangen …«

»Nein, entschuldige. Es ist nur, dass … Ich hab mich nur gefragt, ob … Na ja … Würdest du das alles auch für mich tun?«

Ich schlucke die etwas spöttische Bemerkung, die mir auf der Zunge liegt, herunter, als ich merke, dass es Viviane vollkommen ernst ist.

»Ich … Natürlich, Viv. Marie und du, ihr seid meine besten Freundinnen. Mit Marie war ich sehr eng, weil wir uns seit Ewigkeiten kannten. Wenn dir das passiert wäre … Natürlich würde ich es genauso machen. Ganz sicher.«

Ich trete zu ihr und nehme sie in die Arme. Nie im

Leben hätte ich es für möglich gehalten, dass diese Situation bei Viviane derartige Überlegungen auslösen würde. Sie, die immer so vernünftig, so ernst ist.

»Nun gut. Also, falls ich vor dir sterbe, mach dich auf was gefasst«, schließt sie mit einem Zittern in der Stimme. »Ich wollte immer schon mal eine Vogelspinne in der Hand halten.«

12

6. Januar

Es kann eigentlich wirklich nicht so schwer sein, mit Sacha über dieses Wochenende zu reden! Ist ja nicht so, als wollte ich ihn als Komplizen für eine Einbruchstour anheuern oder um einen Feind von Marie zu eliminieren.

Warum schaffe ich es dann nicht? Wenn ich nochmals über den Weihnachtsabend nachdenke, hat er mich doch nur gefragt, ob ich mich über Germains Heiratsantrag freue. Na gut, er hat mich daran erinnert, dass Marie es nicht gutgeheißen hätte. Aber er selbst hat kein Urteil gefällt. Und ich bin ausgerastet. Dabei hat er gerade seine Schwester verloren.

Ich stehe vor Charlottes Tür und entschließe mich endlich zu klopfen. Ich hoffe inständig, dass sie die Tür aufmacht, damit ich noch ein paar Minuten gewinne. Meine Hoffnung wird jedoch enttäuscht.

»Hallo, Sacha, störe ich?«

»Äh … Wenn du zu meiner Mutter willst, die ist nicht da. Sie müsste in einer Stunde wieder zurück sein.«

»Ich wollte nicht zu deiner Mutter, ich wollte zu dir.«

Überrascht tritt er beiseite, um mich reinzulassen.

»Können wir uns setzen? Ich muss mit dir über etwas sprechen.«

»Nach dir«, erwidert er und deutet in Richtung Wohnzimmer.

Ich setze mich in einen der Sessel und warte ein paar Sekunden, bis auch er Platz genommen hat.

»Ich weiß nicht, ob deine Mutter dir von Maries Briefen erzählt hat. Die, von denen ich jeden Monat einen öffnen soll.«

»Meine Mutter brauchte mir das nicht zu erzählen. Marie hat mich eingeweiht. Sie hat mich gefragt, was ich davon halte, und ich habe gesagt, dass ich es ein bisschen morbide finde.«

Ohne dass ich hätte erklären können, warum, bin ich ein wenig enttäuscht zu hören, dass noch jemand anders darüber Bescheid wusste.

»Ach, du wusstest es also … Na ja, im zweiten Umschlag bittet sie mich jedenfalls um etwas, was auch dich betrifft.«

»Sag bloß. Hat meine große Schwester dich gebeten, mich daran zu erinnern, dass sie tot ist?«

Sein Tonfall ist schneidend, was nicht so recht zu dem großen Kummer passen will, den ich in seinen Augen lese. Es hat keinen Sinn, noch länger um den heißen Brei herumzureden. Also springe ich ins kalte Wasser.

»Erinnerst du dich noch an euer Skiwochenende in Grenoble, letztes Jahr im Januar? Sie hat mich damit wochenlang genervt.«

»Und?«

»Ursprünglich war geplant, dass ihr dieses Jahr wieder hinfahrt. Das geht ja nun nicht mehr. Aber sie wollte, dass ich an ihrer Stelle fahre. Mit dir. Sie denkt, dass es dir guttun würde.«

Mit einem Satz springt er von seinem Sessel auf und geht zur Terrassentür in meinem Rücken, sodass ich nicht sehen kann, was ihn im Augenblick bewegt.

»Sacha ... Ich weiß, dass es dir merkwürdig vorkommen muss, aber ...«

»Als ob ich jetzt Lust hätte, Ski fahren zu gehen!«

Ich warte ein paar Sekunden.

»Mir fehlt sie auch, das weißt du. Und diese Briefe sind für sie einfach ein Mittel, um präsent zu bleiben. Ich kann es nicht erklären, aber irgendwie tut es mir gut. Als ich den Weihnachtsbaum gekauft habe, habe ich eine neue Kraft gespürt. So habe ich mich nicht mehr gefühlt, seit sie gestorben ist. Und offensichtlich möchte sie, dass ich mit dir nach Grenoble fahre.«

Da er nicht reagiert, füge ich hinzu: »Wenn es wegen dem ist, was an Weihnachten vorgefallen ist ...«

»Das hat damit nichts zu tun. Es ist nur ... Ich muss darüber nachdenken. Gib mir ein, zwei Tage. Aber ich kann nichts versprechen.«

»Natürlich, ich verstehe.«

Ich erhebe mich meinerseits, um zur Tür zu gehen.

Bevor ich den Raum verlasse, drehe ich mich noch einmal um: »Was ich sagen wollte ... Es tut mir leid wegen neulich. Ich bin ausgerastet. Das wäre nicht nötig gewesen. Du hast mich gefragt, ob ich mich freue. Tja, ich glaube nicht. Ist jetzt ein bisschen spät, sich das einzugestehen, oder?«

Diese letzte Frage galt vor allem mir selbst. Sacha antwortet nicht.

Sehr viel später, nachdem ich neben einem erschöpften und schnarchenden Germain vergeblich versucht habe, Schlaf zu finden, stehe ich leise auf und gehe ins Wohnzimmer. Dort ziehe ich das kleine Notizbüchlein aus meiner Handtasche.

6. Januar

Ich wollte dir nur sagen, dass ich es versuchen werde. Ich habe Sacha besucht. Aber wie du dir vorstellen kannst... Im Moment ist alles sehr schwierig für ihn. Keine Sorge, ich werde in jedem Fall für ihn da sein, Grenoble oder

Ein Piepton von meinem Handy unterbricht mich.

Wer kann mir um diese Uhrzeit eine Nachricht senden?

ES IST O.K. FÜR MICH. NÄCHSTES WOCHENENDE GRENOBLE. HOFFENTLICH BEREUE ICH ES NICHT. SACHA

DANKE. FÜR SIE. UND FÜR MICH. ES WIRD SUPER, GANZ BESTIMMT.

Bevor ich wieder schlafen gehe, schreibe ich zu Ende, was ich angefangen habe.

… Dein Bruder steckt voller Überraschungen! Juhu, Berge, wir kommen!

PS: Sollte ich mir etwas brechen, dann gnade dir Gott!

13

9. Januar

Ich schaffe das, ich schaffe das. Schließlich bin ich auch nicht blöder als andere. Ich bin jung und gelenkig. Also spricht nichts dagegen, dass ich es schaffen kann.

Ich sitze im Skilift und bete mir diese Sätze wie ein Mantra immer wieder vor, seit ich Kurs auf den Gipfel genommen habe.

In meinem neonpinken Skianzug, den passenden Handschuhen und mit meiner riesigen Skibrille und einer phänomenalen türkisblauen Mütze sehe ich aus wie ... Tja, also, da fällt mir wirklich nichts ein.

Ich versuche, meine Zehen zu lockern, die in Folterschuhen stecken, welche – pro Stück! – mindestens zehn Kilo wiegen. An dieser Stelle muss ich endlich mal der Wahrheit zu ihrem Recht verhelfen und verkünden, dass Skischuhe in Sachen Unbequemlichkeit und Schmerzen Spitzentanzschuhe bei Weitem schlagen.

Aus den Augenwinkeln sehe ich, dass Sacha mich mit einem spöttischen Grinsen beobachtet.

»Was ist? Willst du ein Foto?«

»Du machst dir in die Hose vor Angst, gib's zu!«

»Überhaupt nicht! Ich konzentriere mich bloß. Hast du noch nie jemanden gesehen, der sich konzentriert?«

Plötzlich bleibt der Skilift stehen.

»O mein Gott, was ist los? Das war's, wir werden sterben!«

Voller Angst, eine Lawine auf uns zurollen zu sehen, blicke ich mich um. Aber nichts in Sicht.

Der Typ hinter mir wirkt ganz ruhig. Das scheint also ganz normal zu sein. Vielleicht machen die das extra, damit man die Landschaft bewundern kann. Stimmt, man nimmt sich nie genügend Zeit dazu. Vor allem, wenn man hundert Meter über dem Abgrund baumelt.

Sacha kriegt sich kaum ein vor Lachen. Ich überlege, ob ich ihm meinen Skistock in sein freches Gesicht hauen soll oder doch lieber gleich meinen Schuh.

Als mein Sitz im Wind zu schaukeln beginnt, beginne ich zu beten. Ich schaue nach unten, für den Fall, dass ich springen muss. Wie hoch sind wir wohl? Dreißig, vierzig Meter über dem Boden? Könnte man probieren. Und bei so viel Schnee, da fällt man doch weich, oder?

Mit einem wenig beruhigenden Knarzen setzt sich der Skilift wieder in Bewegung.

»Siehst du«, sagt Sacha, »du brauchst dich nicht länger zu *konzentrieren*, es geht schon weiter.«

Da ich nichts nach ihm werfen kann, strafe ich ihn mit dem Blick.

Dann versuche ich, mich zu erinnern, was der Typ mir

unten beim Einsteigen gesagt hat. Wenn ich oben ankomme, soll ich den Sicherheitsbügel hochklappen, die Skistöcke in eine Hand nehmen und mich nach rechts gleiten lassen. Bügel, Stöcke, gleiten lassen. Das schaffe ich, das schaffe ich.

Etwa zehn Meter vor der Ankunft weist mich ein kleines Schild darauf hin, dass ich den Bügel hochklappen soll. Was, jetzt? Sofort? Über dem Abgrund? Wenn ich falle, wird mich auch der Schnee auf dem Boden nicht retten, so viel ist sicher.

Diskret beobachte ich Sacha, der in aller Ruhe seine Skier in Position bringt.

Mit Herzrasen nehme auch ich die Skier von der Fußstütze und helfe Sacha dabei, den Bügel hochzuheben. Was hat der Typ unten gesagt? Ach ja, auf dem Sitz ein wenig nach vorne rutschen. Was? Mich mit dem Hintern dem Abgrund nähern? Das war bestimmt ein Witz. Genau, ein Witz. Er hat gemerkt, dass ich aus Paris bin und noch nie auf Skiern gestanden habe. Der hat sich einen Spaß mit mir erlaubt. Es kann nicht schaden, noch ein wenig zu warten.

Mein Hintern bleibt also, wo er ist, und erleichtert sehe ich die Ankunftsstation näher kommen. Da, endlich, meine Skier berühren festen Boden, ich bin in Sicherheit. He, ich muss runter hier, lasst mir doch Zeit auszusteigen!

Mit einer schier unmenschlichen Anstrengung gelingt es mir, mich zu erheben; jetzt verstehe ich, wieso ich mit dem Hintern nach vorn rutschen sollte. Halb vom Skilift geschubst, der sich anschickt zu wenden, um wieder runterzufahren, die Skistöcke mit der linken Hand fest umklammert, versuche ich, mich gleiten zu lassen.

Gar nicht mal so schwer, ich gleite ganz von allein. Ich lache fast vor Glück, so schnell gelernt zu haben. Ich gleite, ich gleite, ich werde immer schneller. Nach rechts fahren, hat er gesagt, aber wie soll das gehen? Hilfe, meine Skier wollen nicht nach rechts! Die Skier sind kaputt, typisch, ich hab ja wieder ein Glück. Also mache ich das Einzige, was mir in dieser Situation sinnvoll erscheint, ich lasse mich fallen. So kann ich gleich mal eine Kostprobe vom Schnee in Chamrousse nehmen. Großartig.

»Marie hatte recht, ich werde in den nächsten Tagen viel Spaß haben.«

Ich sehe zu Sacha hoch. Er steht auf seinen Skiern wie ein Fels in der Brandung und scheint sich köstlich zu amüsieren. Mit einem breiten Grinsen im Gesicht hält er mir die Hand hin, um mir aufzuhelfen.

»Komm schon, altes Mädchen, du wirst sehen, wenn man erst mal den Kniff raus hat, ist es ein Kinderspiel.«

Der Nachmittag allerdings geht genau so katastrophal weiter, wie er angefangen hat. Ich gleite, werde schneller, stürze. Ich werde von Kindern überholt, die mir zugrinsen und die Abhänge mit Vollgas runterbrettern. Ein Kinderspiel, ja? Ich hasse Kinderspiele!

»Nicht dass ich mich langweile, aber wie weit sind wir gekommen? Hundert Meter? Du machst Fortschritte«, zieht Sacha mich auf. »Beim letzten Mal hast du dich immerhin schon mindestens zwanzig Sekunden auf den Skiern gehalten.«

»Weißt du, was? Fahr du ohne mich runter. Wenn du so viel Druck ausübst, werde ich es nie schaffen. Es geht bestimmt sehr viel besser, wenn du nicht da bist, um dich über mich lustig zu machen.«

»Ja genau. Jetzt ist es meine Schuld«, sagt er und beginnt wieder zu lachen.

Diesmal werfe ich meinen Skistock nach ihm.

»Woaah, okay, nur nicht aufregen, Lady. Ich geh Ski fahren, wir treffen uns in zwei Stunden in der Hütte. Bis dahin solltest du es ja nach unten schaffen.«

Woraufhin er mit einem geschmeidigen Satz den Abhang hinabsaust. Einige Sekunden lang schaue ich ihm bewundernd hinterher, wie er diese Piste hinabgleitet, als hätte er nicht diese riesigen Bretter unter den Füßen.

Als ich zum tausendsten Mal versuche, wieder hochzukommen, stelle ich fest, dass ich nur noch einen Ski habe. Ich sehe mich um und entdecke den anderen Ski ein paar Meter weiter oben. Schon auf zwei Skiern bin ich nicht gerade eine Wucht, aber auf einem …

Da hält ein Mann neben meinem einsamen Ski und bückt sich, um ihn aufzuheben. Wenige Sekunden und zwei Kurven später, die mir sprachlose Bewunderung entlocken, ist er bei mir und hält mir den Ski hin. Relativ groß, kurze blonde Haare und anstelle eines fürchterlichen Skianzugs wie etwa der, in den ich mich gezwängt habe, eine perfekt sitzende Jeans und eine weit geschnittene leuchtendblaue Windjacke.

»Geht's?«, fragt er und nimmt seine Sonnenbrille ab.

Auch noch grüne Augen …

»Ja, ich glaube, ich mache Fortschritte.«

»Beim Fallen, meinen Sie?«

Dann lacht er. Ein freimütiges und schallendes Lachen, das eine Lawine auslösen könnte.

Es ist seltsam, aber irgendwie kommt mir sein Gesicht vertraut vor. Bestimmt verwechsle ich ihn mit jemandem.

»Haben Sie sich abgesprochen? Ihr Männer seid alle gleich. Nie bekommt man ein Lob.«

Verärgert darüber, von jemandem verspottet zu werden, den ich nicht einmal kenne, schnappe ich mir wütend den Ski, den er mir hinhält, und komme mithilfe meiner Stöcke wieder auf die Beine, um meinen Schuh so schnell wie möglich wieder auf dem Ski einrasten zu lassen.

Für wen hält der sich? Wortlos und mit elegantem Schwung begebe ich mich wieder auf die Piste. Ich werde ihm beweisen, dass er komplett falschliegt. In meinem Rücken höre ich ihn noch sagen: »Sie sollten sich nicht so weit auf den Skiern zurücklehnen, Sie fallen gleich wieder!«

Was mischt der sich ein? Ich lehne mich so weit zurück, wie ich will! Die Skier sind einfach nicht richtig, sie sind viel zu lang, dauernd überkreuzen sie sich. Ich versuche, eine schöne Kurve zu ziehen, aber einer meiner Stöcke bleibt im Schnee stecken. Ich verliere das Gleichgewicht und stürze erneut, mit dem Kopf zuerst.

»Sind Sie sicher, dass ich Ihnen nicht zwei, drei Dinge zeigen soll?«

Monsieur Neunmalklug ist wieder neben mir.

»Nein danke. Ich komme sehr gut allein zurecht.«

»Wie Sie wollen«, entgegnet er und setzt seine Abfahrt fort.

So wie er fährt, kommt er sicher aus der Gegend. Na egal. Den bin ich jedenfalls los.

Wo war ich stehen geblieben? Ach ja, meine Stöcke …

Ich habe es mir mit einem köstlichen Nutella-Crêpe auf dem Bett meines Hotelzimmers gemütlich gemacht und genieße das Gefühl, die fürchterlichen Schuhe los zu sein. Wenn ich mir einer Sache sicher bin, dann dieser: Ich werde diese Schuhe so schnell nicht wieder anziehen. Ich schlucke ein Stück Crêpe herunter, wische mir mit der Serviette die Hände ab und schlage mein Notizbuch auf.

Marie,
weißt du, was schlimmer ist, als mit dem Skilift zur Piste hochzufahren? Mit dem Skilift runterzufahren! Du hast den Bügel noch nicht ganz unten, da stürzt dieses Höllengefährt schon in die Tiefe. Falls du dich fragst: Ich bin noch ganz. Übersät mit blauen Flecken und Schürfwunden, aber ganz. Ganz ehrlich, was muss das für ein Kerl gewesen sein, der eines Tages das Skifahren erfunden hat?

Apropos Kerl, heute Nachmittag ist mir ein besonders unangenehmer Vertreter dieser Spezies in die Quere gekommen. Am liebsten hätte ich ihm meinen Skistock sonst wohin gerammt. Aber abgesehen davon hätte er dir bestimmt gefallen, er war eigentlich ein ganz schnuckeliger Typ. Was einen leider nicht daran hindert, ein Arsch zu sein.

Molly

PS: Du hast recht, es ist wunderbar in den Bergen.
PS 2: Für Sacha ist es okay. Er schlägt sich tapfer.

14

10. Januar

Der Ausblick von meinem Hotelzimmer ist atemberaubend. Verschneite Berge, eingerahmt von einem schönen blauen Himmel. Es ist noch früh, und die wenigen Geräusche von der Straße beeinträchtigen die Ruhe dieses Augenblicks nicht im Geringsten. Nicht zu vergleichen mit Paris. Ich überrasche mich dabei, dass ich mir vorstellen könnte, an einem Ort wie diesem zu leben.

Es ist strahlendes Wetter heute Morgen und ziemlich mild für Januar, perfekt zum Spazierengehen.

»Bist du dir sicher, dass du heute nicht Ski fahren willst?«, fragt Sacha, während er ein Frühstück für vier hinunterschlingt.

»Ganz sicher! Ich musste mich gestern schon genug konzentrieren. Ich denke, ich mache einen gemütlichen Spaziergang durch die Stadt. Mit festem Boden unter den Füßen.«

»Wie du magst. Wollen wir uns gegen zwei treffen? Ich möchte dir einen Laden zeigen, der Marie letztes

Jahr gut gefallen hat. Ist was für Mädchen, er wird dir gefallen. Er heißt Aux délices de Nadège.«

Nachdem er sich noch ein weiteres Croissant einverleibt hat, drückt er mir einen Kuss auf die Wange und lässt mich allein.

Gedankenverloren trinke ich meinen Orangensaft aus und knabbere an einem Marmeladenbrot. Ehe ich das Hotel verlasse, gehe ich noch einmal in mein Zimmer hinauf, um einen dicken Pullover und die gefütterten Stiefel anzuziehen, die mir meine Eltern zu Weihnachten geschenkt haben.

Die Rezeptionistin schenkt mir ein breites Lächeln, als ich ihr meinen Schlüssel gebe, und wünscht mir einen schönen Tag.

Auf der Straße, die Hände tief in den Manteltaschen vergraben, lasse ich mich treiben und atme diese saubere und frische Luft tief ein.

Das Stadtzentrum ist ziemlich angenehm, überall sind Bäume und hübsche Läden. Auf den Caféterrassen sitzen Leute mit ihren Zeitungen. Ich höre fröhliches Lachen, und als ich mich umsehe, entdecke ich vier Kinder, die um einen Brunnen herum Fangen spielen. Vor mir taucht ein kleiner Park auf. Ich durchquere ihn und erreiche den Fluss auf der anderen Seite. Und über allem thronen die Berge.

Ein Schild, das den Weg zur Seilbahn zur Bastille weist, zieht meinen Blick auf sich. Das müssen die komischen runden schwebenden Kugeln sein, die ich gestern in der Ferne gesehen habe. Ich folge dem Schild und bin kurze Zeit später an der Seilbahnstation. Gerade heben vier Kabinen auf ihrem Weg zum Gipfel ab. Ich kaufe eine Fahrkarte und warte geduldig, bis ich an der Reihe bin. Außer mir warten Paare, Kinder mit ihren Eltern, eine Großmutter mit ihrer Enkelin. Dann besteige ich mit den beiden Letzteren eine Kabine. Die Türen schließen sich, und der Aufstieg beginnt.

Es ist ein faszinierendes Schauspiel.

»Sieh mal, Oma, wie hoch wir steigen!«

Das kleine Mädchen, das etwa fünf oder sechs sein muss, drückt die Nase gegen die Scheibe, um nur ja nichts von der Landschaft zu verpassen, die unter uns vorüberzieht. Als ihr bewusst wird, wie weit oben wir schon sind, macht sie einen Satz zurück und kuschelt sich an ihre Großmutter.

»Oma, was passiert eigentlich, wenn wir runterfallen?«

Die Oma nimmt die Enkelin in den Arm und beruhigt sie mit einem Kuss.

»Die Kabinen können nicht runterfallen, mein Schatz. Und weißt du auch, warum? Weil dein Großvater diese Seilbahn gebaut hat.«

»Wirklich? Opa hat diese Kugeln gebaut?«, fragt sie staunend.

»Er hat nicht die Kugeln gebaut, sondern die Kabel gemacht, die sie tragen. Und die Kabel sind das Wichtigste.«

Beruhigt lehnt sich das kleine Mädchen wieder zum Fenster hinüber, um hinauszusehen. Die alte Dame schenkt mir einen amüsierten Blick und lächelt mir zu.

»Sind Sie im Urlaub?«, fragt sie.

»Nur übers Wochenende. Ich bin zum ersten Mal hier.«

»Es ist schön hier, nicht wahr?«

»Oh ja, wunderschön, wirklich.«

Die kugeligen Gondeln erreichen ihr Ziel, die Reise hat nur ein paar Minuten gedauert. Als sich die Türen öffnen, um die Passagiere aussteigen zu lassen, nimmt die alte Dame ihre Enkelin an die Hand. Bevor sie aus meinem Blickfeld verschwinden, dreht sie sich noch einmal zu mir um.

»Sie werden sehen«, sagt sie, »diese Stadt hat etwas Magisches: Wenn man ihr einmal sein Herz geschenkt hat, kommt man nicht mehr fort.«

Gleich hinter dem Bahnhof befindet sich eine Aussichtsterrasse mit ein paar Holzbänken und Ferngläsern. Ich trete an die Balustrade. Der Blick auf die Stadt verschlägt einem den Atem. Die Häuser, das viele Grün und ringsum die schneebedeckten Berge im Sonnenlicht. Meine Augen füllen sich mit Tränen. Ich staune über meinen Gefühlsausbruch. Ist es Traurigkeit, Freude, Angst, Liebe? Zweifellos von allem etwas. Die Worte der alten Dame hallen in mir nach.

Nach ein paar Minuten trete ich zurück und lasse mich auf einer Bank nieder. Mechanisch drehe ich den Ring um den Finger. Sacha und ich haben uns davor gehütet, über Germain und die Hochzeit zu reden. Gestern Abend haben wir hauptsächlich Kindheitserinnerungen ausgetauscht. Wir haben viel gelacht, und es war tröstlich zu sehen, dass wir an all das denken konnten, ohne in Tränen auszubrechen.

Wie um mich in die Wirklichkeit zurückzuholen, verkündet ein Piepton, dass auf meinen Handy eine Nachricht eingegangen ist.

ICH BIN GESTERN SPÄT NACH HAUSE GEKOMMEN, MEIN HÄSCHEN, ICH KONNTE DICH NICHT MEHR ANRUFEN. ICH HOFFE, ES GEHT DIR GUT, UND DU HAST SPASS BEIM SKIFAHREN. DU FEHLST MIR. ICH KANN ES KAUM ERWARTEN, DASS DU WIEDERKOMMST.

Germain. Mir wird bewusst, dass ich bis zu diesem Augenblick, allein auf dieser Bank, nicht eine Sekunde an ihn gedacht habe. Ich fehle ihm. Er fehlt mir nicht. Bei dieser Feststellung krampft sich mir das Herz zusammen.

Wie komme ich da bloß wieder raus? Die Tränen von eben brechen sich nun ungehindert Bahn, und hier, ein paar Hundert Meter über einer fremden Stadt, vor mir die schönste Landschaft, die ich je gesehen habe, weine ich stumm.

Um dreizehn Uhr fünfzig warte ich am Anfang der Fußgängerzone auf Sacha. Ich habe mir Zeit gelassen, um meine Tränen zu trocknen. Jetzt fühle ich mich leichter. Die Zeit, die ich alleine verbracht habe, hat mir gutgetan. Sie war nötig, damit ich verstehe.

In einiger Entfernung sehe ich Sacha auftauchen und

lächle bei dem Gedanken, dass es eine gute Idee von Marie war, uns beide hierherzuschicken. Als er auf mich zukommt, muss ich an das denken, was er mir gestern Abend erzählt hat, nämlich dass er uns als Kind hasste, weil wir im Wettrennen immer gegen ihn gewonnen haben. Damals war er noch nicht der athletische junge Mann, der er heute ist.

»Laufen wir um die Wette?«, rufe ich übermütig.

Dann drehe ich mich zur Fußgängerzone um und nehme die Startposition ein.

»Achtung – fertig – los!«

Ich beginne zu rennen, in der Hoffnung, dass Sacha mitspielt. Nicht lange, und ich höre ihn hinter mir näher kommen. Er ist wirklich nicht mehr der kleine Junge von damals, so viel ist sicher. In wenigen Schritten hat er mich überholt und gönnt sich den Luxus, sich zu mir umzudrehen.

»Der Teesalon ist am Ende der Straße, der Verlierer lädt den anderen ein.«

Dann dreht er sich wieder nach vorne und beschleunigt. Innerhalb weniger Sekunden ist er schon ein ganzes Stück vor mir. Wie kann man nur so schnell rennen?

Vollkommen außer Atem bleibe ich ein paar Schritte von ihm entfernt stehen. Den Oberkörper nach vorn gebeugt, die Hände auf die Oberschenkel gestützt, versuche ich, wieder Atem zu schöpfen, und sehe Sacha dabei zu, wie er mit kurzen Schritten vor dem Teesalon hin und her sprintet. Über der Eingangstür prangt ein Schild, Aux délices de Nadège.

»Rache ist süß! Ich habe gewonnen! Ich hoffe, du hast genug Geld dabei, denn ich habe Hunger wie ein Wolf.«

Ich richte mich auf, um zu ihm zu gehen. Ein großer weißer Zettel im Schaufenster neben dem Teesalon zieht meinen Blick magisch an. Darauf steht: »Tanzlehrer/in gesucht. Wenn Sie Kinder lieben, werden auch sie Sie lieben. Erfahrung erwünscht. 06 75 46 83 72. Fragen Sie nach Monsieur Louvier.«

Am späten Nachmittag begleite ich Sacha zum Bahnhof. Er hat sich mit Freunden an einer anderen Skistation verabredet. Er wirkt nicht mehr so angespannt wie vor ein paar Tagen noch, und ich bin froh, dass Marie das alles organisiert hat.

Zurück im Hotel, überkommt mich eine angenehme Müdigkeit. Ich lege mich aufs Bett und versuche, ein wenig zu schlafen. Als aber klar ist, dass mir das nicht gelingen wird, beschließe ich zu tun, was mir seit einer Weile im Kopf herumspukt.

Ich nehme mein Telefon und wähle die Nummer. Es klingelt ein Mal, ein zweites Mal und dann …

15

»Ja, hallo?«

»Monsieur Louvier? Guten Tag, entschuldigen Sie, dass ich Sie am Sonntag störe, aber ich habe Ihre Anzeige gesehen und wollte fragen, ob sie noch aktuell ist.«

»Oh ja. Wir sind immer noch auf der Suche nach einem Tanzlehrer oder einer Tanzlehrerin. Sind Sie interessiert?«

»Hören Sie, ich bin nicht … Ja, ja doch, ich bin interessiert.«

Die Worte sind einfach so aus meinem Mund gekommen, ohne dass ich wirklich Einfluss darauf gehabt hätte. Irgendetwas tief in meinem Inneren drängt mich, mein Glück zu versuchen. Was natürlich vollkommen verrückt ist angesichts der Tatsache, dass ich mein Leben in Paris habe, meine Arbeit, meine Freunde und Germain. Tja, Germain …

»Wäre es möglich, dass wir uns treffen? Sagen wir, Dienstag um vierzehn Uhr oder auch Mittwoch, wenn es Ihnen besser passt?«, schlägt er vor.

»Na ja, eigentlich … Heute Abend geht mein Zug

nach Paris, und ich wollte fragen, ob Sie vielleicht heute noch ein paar Minuten für mich hätten, ehe ich abreise. Das ist natürlich sehr kurzfristig, das ist mir bewusst.«

»Das ist wohl wahr. Andererseits hängt die Anzeige schon seit Wochen im Schaufenster, und bisher hatten wir noch nicht sehr viele Interessenten. Es ist nicht so einfach, jemanden zu finden, der flexibel genug ist. Man bräuchte schon noch ein anderes Standbein, denn es wäre ja nur ein Zuverdienst. Wissen Sie, was? Sagen wir heute um achtzehn Uhr? Passt Ihnen das?«

»Das wäre perfekt.«

»Dann treffen wir uns vor dem Tanzsaal?«

»Ich werde da sein. Bis später, Monsieur Louvier. Und danke, dass Sie sich am Sonntag für mich Zeit nehmen.«

Wie ich es mir angewöhnt habe, bin ich ein wenig zu früh da. Das habe ich von meinem Vater, der mir eingetrichtert hat, dass man niemals, unter keinen Umständen, zu spät kommen darf.

Von meiner Mutter habe ich dagegen etwas ganz anderes übernommen, was aber mindestens ebenso wichtig ist: Vergiss nie, eine saubere Unterhose anzuziehen, wenn du zum Arzt gehst.[5] Meine Mutter hatte immer schon ein untrügliches Gespür für die wirklich wichtigen Dinge im Leben.

Vor dem Tanzsaal hüpfe ich ein wenig auf der Stelle,

5 Gebt zu, dass auch eure Mütter sich jedes Mal vergewissert haben, bevor ihr zum Arzt gegangen seid!

um mich aufzuwärmen. Die Sonne war an diesem Morgen hinter ein paar Wolken verborgen, wodurch sich die Luft gleich merklich abgekühlt hat. In der Ferne mache ich einen Mann aus, der mit energischen Schritten auf mich zukommt. Mittelgroß, in einen langen Mantel gehüllt, auf dem Kopf einen grünen Filzhut.

»Mademoiselle Greene?«, fragt er und streckt mir die Hand hin.

»Richtig, guten Tag, Monsieur Louvier, und danke noch mal, dass Sie Ihre Pläne für den Sonntag umgeworfen haben, um sich mit mir zu treffen.«

»Es kommt nicht alle Tage vor, dass sich jemand wegen der Stelle meldet, da nehme ich mir gerne ein paar Minuten Zeit für Sie.«

»Ach genau, seit Sie mir das vorhin am Telefon gesagt haben, frage ich mich, warum Sie niemanden für die Stelle finden. Es muss doch in Grenoble Dutzende qualifizierte Kandidaten geben.«

»Qualifiziert vielleicht, aber es gibt nicht viele, die sich für einen Vertrag über zehn Stunden pro Woche interessieren. Entweder sind die Leute arbeitslos, dann ist die Stelle finanziell nicht attraktiv, oder sie haben schon eine feste Stelle, dann können sie nicht genügend Zeit erübrigen. Das ist unser Problem.«

»Unser?«

»Verzeihen Sie, ich hätte von vorne anfangen müssen. Ich bin der Vorsitzende einer kleinen Händlervereinigung des Viertels. Zuerst hatten wir hier eine Musikschule, aber die Person, die sich darum gekümmert hat, ist in Rente gegangen. In einem Viertel wie diesem ist es günstig, wenn man außerschulische Aktivitäten für Kinder anbieten kann. Das bringt Laufkundschaft. Nach einigen Überlegungen haben wir uns entschieden, anstelle von Musikkursen Tanzunterricht anzubieten. Leider ist die Dame, die wir eingestellt hatten, nach wenigen Wochen weggezogen. Seitdem suchen wir eine neue Tanzlehrerin. Aber lassen Sie uns doch drinnen weiterreden, sonst frieren wir hier noch fest.«

Er öffnet die Tür und lässt mir den Vortritt. Der Saal ist ziemlich geräumig und mit einem Parkettboden ausgestattet. Ringsum sind an allen Wänden Stangen für Dehnübungen angebracht. Die hintere Wand ist mit einem riesigen Spiegel bedeckt. In mir steigen Erinnerungen auf. Und schon erklingen in meinem Geist Musiknoten.

»Mademoiselle Greene?«

Offenbar bin ich für ein paar Augenblicke der Realität entflohen, jedenfalls scheint Monsieur Louvier auf eine Antwort zu warten.

»Verzeihen Sie, ich war wohl mit den Gedanken woanders. Haben Sie etwas gesagt?«

»Ich fragte Sie, ob Sie aus Grenoble sind.«

»Aus Paris. Ich habe mit einem Freund das Wochenende hier verbracht und bin zufällig auf Ihre Annonce gestoßen.«

»Wenn Sie in Paris leben, wird es schwierig sein, fünf Mal die Woche hierherzukommen. Ich weiß ja, dass der öffentliche Personenverkehr Fortschritte gemacht hat, aber dennoch!«

Er lacht. Dieser Mann strahlt eine unglaubliche Freundlichkeit aus. Er gefällt mir.

»Tatsächlich denke ich gerade darüber nach, Paris zu verlassen. Ich will ehrlich zu Ihnen sein: Ich denke erst seit ein paar Stunden darüber nach, aber es ist mir sehr ernst.«

Es ist das erste Mal, dass ich laut ausspreche, was mich beschäftigt, seit ich an dieser Anzeige vorbeigekommen bin. Als ob räumlicher Abstand von Germain, von dieser Hochzeit, die Lösung wäre.

Er wirkt überrascht.

»Paris verlassen? Es ist lediglich ein Vertrag über zehn Stunden pro Woche, und der Verdienst ist nicht so besonders. Wie ich Ihnen bereits sagte, zum Leben reicht es nicht aus …«

»Ich werde noch etwas anderes finden. Wissen Sie, ich bin eigentlich Kellnerin. Da wird es doch möglich sein, eine Stelle in einem Restaurant hier in der Nähe zu finden.«

Sein Gesicht hellt sich auf.

»Aber natürlich, jetzt, wo Sie es sagen: Nadège, die den Teesalon hier gleich nebenan betreibt, ich glaube, sie sucht eine Hilfe. Das wäre goldrichtig! Aber gut, ehe wir weitersprechen, Sie haben mir noch nicht gesagt, ob Sie Erfahrung als Tanzlehrerin haben …«

»Auch da will ich ehrlich sein: Unterrichtet habe ich noch nie. Aber ich habe sehr lange klassisches Ballett gemacht und sogar einige Jahre an der Pariser Oper getanzt.«

Er zieht die Augenbrauen in die Höhe, woran ich erkenne, dass er noch nicht überzeugt ist.

»Hmm … Ich weiß nicht recht.«

»Bitte, geben Sie mir eine Chance. Stellen Sie mich zur Probe ein, und wenn Sie nicht zufrieden sind, gehe ich eben.«

»Zeigen Sie mir, wie Sie tanzen.«

»Ähm … Jetzt, sofort? Hier?«

»Warum nicht? Wir sind in einem Tanzsaal, gibt es einen besseren Ort?«, insistiert er mit einem verschmitzten Lächeln.

Ich lächle ebenfalls. Ich nehme mein Handy aus der Handtasche und suche im Internet nach der Musik, die schon immer mein Herz hat höher schlagen lassen. Dann ziehe ich Mantel und Schuhe aus, lege das Handy auf den Boden, und schon erklingen die ersten Noten von *Schwanensee*.

Ich schließe die Augen, lasse die Musik auf mich wirken und lege los. Meine Arme breiten sich im Rhythmus aus, meine Beine strecken sich, ich hebe mich auf die Zehenspitzen, auch ohne Tanzschuhe, und drehe und drehe mich durch den Saal. Als hätte ich noch gestern zu dem Stück getanzt, vollführe ich eine Pirouette nach der anderen, lasse meine Arme flattern wie Flügel, mein Körper ist eins mit der Musik. Ein letzter Sprung, ich bin auf dem Boden, meine Arme sinken langsam, bis sie ganz reglos sind, bis das Stück zu Ende ist.

»Sie sind engagiert!«

16

17. Januar

Wie sagt man seiner Familie und seinen Freunden, dass man umziehen wird, und zwar sechshundert Kilometer weit weg, noch dazu in nicht einmal einem Monat? Wie teilt man seinem Verlobten, zu dem man gerade noch »Ja, ich will« gesagt hat, mit, dass man sich geirrt hat, dass man doch nicht will und in nicht einmal einem Monat wegzieht und es aus und vorbei ist?

Seit über einer Woche bin ich aus Grenoble zurück und habe immer noch keine Antwort auf diese Fragen.

Und dennoch, ich muss es tun. Auf dem Arbeitsvertrag, den ich heute Morgen per E-Mail bekommen habe, steht der erste März. Bis dahin muss ich eine Wohnung in Grenoble finden, meinen Umzug organisieren, mich einrichten … Und das alles, das ist mir natürlich sonnenklar, kann ich erst dann tun, wenn ich endlich mit der Sprache rausrücke. Zum ersten Mal in meinem Leben werde ich irgendwo ganz alleine sein, und bei dem Gedanken wird mir angst und bange. Zugleich aber kann ich es seltsamerweise kaum erwarten.

Das alles wirkt fast ein bisschen unüberlegt. Und vielleicht ist es das auch. Meine Gedanken drehen sich im Kreis. Ich weiß nicht, ob es richtig ist, alles stehen und liegen zu lassen, und ob ich es nicht bereuen werde. Immerhin ist Germain, auch wenn er ein ganz schöner Pantoffelheld ist und ein Faible für Schlager hat, ein Garant für ein ruhiges Leben.

Ja, aber auch für ein Leben ohne Leuchten in den Augen und ohne Herzklopfen, flüstert mir Marie im Schlaf zu. Aber wer weiß, ob mir das überhaupt noch einmal passiert. Bekommt man eine zweite Chance, wenn man die erste verschmäht hat?

Irgendwo muss man jedenfalls anfangen …

»Monsieur Patterson? Haben Sie ein paar Minuten Zeit für mich?«

»Natürlich, Molly. Sie sind auf einmal so ernst. Es ist doch nichts Schlimmes passiert? Ist was mit Kathryn?«

»Nein, keine Sorge, bei meiner Mutter ist alles in Ordnung. Es geht um mich.«

»Um Sie? Was ist denn los?«

»Monsieur Patterson, ich wollte Ihnen sagen, dass ich Ihnen wirklich dankbar bin, dass Sie mir diese Stelle angeboten haben, obwohl ich gar keine Erfahrung hatte.«

»Aber …?«

»Aber ich werde aus Paris fortgehen. Ich habe beschlossen, dass ich einen Tapetenwechsel brauche. Und eine alte Leidenschaft wieder aufgreife, gewissermaßen. Es tut mir wirklich leid, Sie so im Stich zu lassen, Monsieur Patterson. Ich kann Ihnen helfen, einen Ersatz zu finden. Ich kann mich mal umhören.«

Ich sehe förmlich, wie er seine Enttäuschung herunterschluckt. Er hat mich, so glaube ich zumindest, nicht nur als Kellnerin geschätzt. Sondern fast auch ein wenig als die Tochter, die er nie hatte. Kathryns Tochter.

»Machen Sie sich keine Sorgen, ich werde schon jemanden finden. Sie machen es genau richtig, schließlich leben wir nur einmal. Ich bereue noch heute eine Entscheidung, die ich vor Jahrzehnten getroffen habe.«

Auf einmal taucht Traurigkeit in seinem Blick auf, und Reue. Aber er fasst sich schnell wieder und fragt: »Und wann ziehen Sie weg?«

»Ich muss Mitte Februar in Grenoble sein. Es wäre perfekt, wenn Sie mich ab Ende Januar freistellen könnten. Aber ich kann auch verstehen, wenn Sie länger brauchen, um sich zu organisieren … Ich arbeite notfalls bis zum Ende.«

»Ende Januar, das sollte ich hinbekommen. Man benötigt schließlich Zeit, um sein Leben zu ändern. Ich weiß, wovon ich rede.«

Er nimmt meine Hände in seine und drückt sie sanft. Die Katze ist aus dem Sack, jetzt führt kein Weg mehr zurück. Keine Chance mehr, der Sturmflut, die auf mich zurollt, zu entgehen.

»Was ist das für eine Geschichte, *sweety*? Du ziehst um? Wohin denn bloß?«, fragt mich meine Mutter nicht einmal zwei Stunden später völlig hysterisch am Telefon.

Ich bin nicht überrascht. Monsieur Patterson etwas anzuvertrauen, ist so, als würde ich es meiner Mutter sagen.

»Beruhige dich, Mama. Es ist nichts Schlimmes, das verspreche ich dir.«

»Ich höre gerade, dass du wegziehst und einen Liebhaber hast, und da sagst du, es ist nichts Schlimmes! Was wird aus Germain, hast du mal daran gedacht?«

Einen Liebhaber? Fast verschlucke ich mich. Und was Germain betrifft, ich denke an nichts anderes als an ihn und den Schmerz, den ich ihm zufügen werde.

»Ich weiß zwar nicht, wie du darauf kommst, dass ich einen Liebhaber habe, aber es stimmt nicht.«

»Lüg mich nicht an, Molly Jane Greene! James hat mir erzählt, dass du eine alte Leidenschaft aufgreifen willst. Und eine vertrauenswürdigere Quelle als ihn gibt es nicht, denn du hast es ihm selbst erzählt.«

Ich muss laut lachen.

»Wenn man es so sehen will, dass klassisches Ballett ein Liebhaber ist, tja, dann ist es wohl wahr. Ich werde wieder tanzen, Mama, sonst nichts. Ich habe eine Stelle als Tanzlehrerin in Grenoble angenommen.«

»Grenoble? Wo ist das denn? Und was hält Germain davon? Geht er mit?«

Nicht nur, dass er nicht mitgeht, ich werde ihn auch nicht heiraten, aber das kann ich ihr unmöglich am Telefon erklären. Wenn ich daran denke, dass meine Mutter bereits einen Termin bei einer Schneiderin gemacht hat wegen meines Brautkleids …

»Kann ich heute Abend zum Essen kommen?«

Ich bin ein großes Mädchen, ich darf mit meinem Leben anfangen, was ich will. Wieso also fühle ich mich wieder wie eine Zehnjährige, die etwas ausgefressen hat, als ich vor der Tür meiner Eltern stehe und es nicht über mich bringe zu klingeln?

»Na, das ist ja eine Überraschung!«, ruft mein Vater, der, den Arztkoffer in der Hand, hinter mir auftaucht.

»Du bist aber heute früh dran, Papa. Ich hab dich frühestens in einer Stunde erwartet.«

»Wir wollen uns nicht beschweren, dass es heute weniger Kranke gab«, sagt er in scherzendem Tonfall.

In Wahrheit muss er seit seinem Herzinfarkt im letzten Jahr etwas kürzertreten. Da es ihm unangenehm ist, tun Mama und ich so, als ob nichts wäre, und heucheln jedes Mal Überraschung, wenn er früher nach Hause kommt. Aber er ist natürlich nicht blöd.

»Ich freu mich, dich zu sehen, Papa. Ich weiß nicht, ob Mama dich schon vorgewarnt hat, aber der Abend könnte ein bisschen turbulent werden.«

Mein Vater schließt die Tür auf, und als wir eintreten, empfängt uns der Duft von *macaroni and cheese*. Und von Apfelkuchen.

Und tatsächlich hantiert meine Mutter mit umgebundener Schürze in der Küche mit Töpfen.

»Nur noch ein paar Minuten, dann ist alles fertig«, ruft sie mir zu. »Ich hab einen kleinen Salat vorbereitet zu den *mac and cheese*. Und einen Apfelkuchen.«

Seit sie ihren Job als Bibliothekarin an den Nagel gehängt hat, um sich mehr um meinen Vater kümmern zu können, hat meine Mutter ihre Leidenschaft fürs Kochen entdeckt. Mit großem Talent, wie ich zugeben muss.

Mein Vater und ich nehmen auf den Barhockern in der Küche Platz. Sofort stehen zwei große Gläser hausgemachter Eistee vor uns.

»Mama, kannst du dich bitte zwei Minuten zu uns setzen? Es stresst mich, wenn du da rumzappelst wie ein Wurm an der Angel.«

»Tja, mich beruhigt es aber!«, ruft sie.

»Was ist denn los?«, erkundigt sich mein Vater, der offensichtlich noch nicht über die Neuigkeit des Tages informiert ist.

»Es ist los, Paul, dass deine Tochter beschlossen hat, in eine Stadt zu ziehen, die kein Mensch kennt und die außerdem sehr weit weg ist von hier, und dass sie gekündigt hat, um Tanzlehrerin zu werden.«

Na bitte, jetzt ist er auf dem Laufenden. Überrascht fährt mein Vater zu mir herum.

»Die Stadt, die kein Mensch kennt, ist Grenoble. Dort haben schon Olympische Spiele stattgefunden, Mama, es ist nicht gerade ein Kuhdorf im Nirgendwo.«

»Aber du hast uns gar nicht gesagt, dass du wegwillst! Ich dachte, du und Germain wolltet heiraten.«

Urplötzlich unterbricht meine Mutter ihr hektisches Hin und Her zwischen Herd und Tisch und bleibt wie angewurzelt stehen, den Blick fest auf mich gerichtet.

»Ich weiß, dass ihr überrascht sein müsst«, beginne ich ein wenig stammelnd. »Ich habe selbst nicht damit gerechnet, dass ich diese Entscheidung treffen würde. Aber letztes Wochenende mit Sacha in den Bergen, da bin ich an einer Stellenanzeige vorbeigekommen, und auf einmal ist mir klar geworden, dass ich nur eins will: diese Nummer anrufen und mich bewerben. Normalerweise kommt man doch gar nicht auf eine solche Idee, wenn man heiraten will, oder? Und trotzdem hat mein Bauchgefühl mir gesagt, dass ich genau das tun muss. Ich weiß, dass ihr euch sehr gefreut habt wegen dieser Hochzeit, aber …«

»Aber, Mollyschatz, wir haben uns gefreut, weil *du* so glücklich wirktest«, fällt mein Vater mir ins Wort.

»Das dachte ich ja auch. Zumindest wollte ich es glauben. Germain ist lieb, doch ich glaube nicht, dass er für mich der Mann fürs Leben ist.«

»Du glaubst nicht oder du bist dir sicher?«, schaltet sich meine Mutter ein.

»Ich bin mir sicher. Das Beste wäre natürlich gewesen, es wäre mir klar geworden, bevor ich Ja gesagt habe.«

»Das kann man wohl sagen! Wenn ich daran denke, dass wir jetzt all unsere Freunde in Chicago anrufen müssen, um ihnen zu sagen, dass du doch nicht heiratest! Mein Gott, und ich muss den Termin mit der Schneiderin absagen und die Anzahlung für den Gospelchor zurückfordern.«

Der Backofenwecker unterbricht ihren Monolog.

»Essen ist fertig!«, ruft sie. »Grenoble, hast du gesagt? Und wann fährst du?«

Ich seufze erleichtert. Meine Mutter neigt zwar zur Übertreibung, aber ihre Sprunghaftigkeit gleicht das sofort wieder aus. Sie ist immer sofort Feuer und Flamme für eine Sache, und einen Augenblick später ist es schon wieder vergessen.

Das Schlimmste ist überstanden.

Na ja, fast …

17

19. Januar

Gibt es einen passenden Zeitpunkt, einen passenden Ort, um jemandem zu sagen, dass man ihn verlässt? Es ist und bleibt wie die Sache mit dem Pflaster. Irgendwann muss man es abreißen. Und ganz gleich, ob man es schnell oder langsam tut, weh tut es immer.

Ich hasse mich schon jetzt für das, was gleich kommt.

Germain sitzt auf dem Sofa und trinkt seinen Kaffee. Begierig wartet er auf das Ende des Schmachtfetzens im Fernsehen, dessen dünne Story er mir seit zehn Minuten haarklein darlegt, ohne dass auch nur eines seiner Worte zu mir durchdringt.

Mein Blick ist fest auf das gelbe Sofa gerichtet, das wir gerade gekauft haben. Seit Wochen miste ich aus, streiche Wände, schaffe neue Möbel an. Und dennoch werde ich gleich den Mann verlassen, der um meine Hand angehalten hat. Ich mache mir Vorwürfe wegen dieses Sofas, das ihn jeden Tag an meinen Verrat erinnern wird. Und da es gelb ist, wird es ihm immer, wenn er die Wohnung betritt, zwangsläufig in die Augen springen. Hätte ich doch bloß ein schwarzes Sofa genommen …

Meine Teetasse in der Hand, setze ich mich so weit wie möglich von Germain weg. Ab einem bestimmten Moment führt kein Weg mehr zurück, ist es nicht mehr möglich, alles auf den nächsten Tag zu verschieben.

»Bist du eigentlich glücklich, Germain?«

»Natürlich bin ich glücklich. Außer wenn du die Wände blau streichst«, erwidert er mit breitem Lächeln.

Ich nehme die Fernbedienung und schalte den Fernseher aus.

»Ich meine es ernst, Germain. Bist du wirklich glücklich?«

An seinem Gesichtsausdruck sehe ich, dass er sich fragt, was ihm nun bevorsteht.

»Aber ja! Du stellst ja merkwürdige Fragen! Ich bin glücklich, warum sollte ich es auch nicht sein? Ich liebe dich, und wir werden heiraten, das genügt doch, um glücklich zu sein, oder? Und was die Wand betrifft, so schlimm ist es nun auch wieder nicht. Eigentlich finde ich sie ganz gut so.«

»Ach bitte, die Wand ist mir wirklich egal. Es ist nur, dass …«

»Stimmt was nicht, mein Häschen? Habe ich was falsch gemacht? Wenn das der Fall ist, dann tut es mir leid. Ich liebe dich, und alles, was für mich zählt, ist, dass du glücklich bist.«

»Das kann doch nicht alles sein, du bist doch nicht nur auf der Welt, um mich glücklich zu machen!«

»So ist es aber. Ich will dich eben einfach nur glücklich machen. Was ist falsch daran? Worauf willst du hinaus?«

Nervös erhebe ich mich vom Sofa. Es gibt nicht sechsunddreißig verschiedene Arten, es ihm zu sagen, verletzen wird es ihn ohnehin.

»Mein Problem ist, dass ich dich nicht so liebe wie du mich. Und all das, was du für mich tust, um mir eine Freude zu machen, erdrückt mich. Es ist, als wärst du gar nicht da, als würden wir als Paar gar nicht aus zwei Personen bestehen. Du bist wirklich wundervoll und zweifellos der netteste Mann, den ich je getroffen habe, aber es ist zu viel.«

»Was ist zu viel? Bin ich zu nett? Zu verliebt? Wäre es dir lieber, ich würde dir weniger Aufmerksamkeit schenken und nur an mich denken?«

»Aber nein, das meine ich nicht.«

»Dann erklär es mir, denn ehrlich gesagt kann ich nicht ganz folgen. Jemandem vorzuwerfen, dass er einen zu sehr liebt, ist ja eher ungewöhnlich.«

»Sieh mal, es ist wie mit diesem Sofa«, versuche ich es und deute mit dem Finger auf das Möbelstück. »Als ich gesagt habe, ich möchte ein gelbes Sofa, hast du sofort gesagt: ›Wenn es dir gefällt, gefällt es mir auch.‹«

»Richtig … So ist es ja auch. Ist das ein Problem?«

»So ist es mit allem, Germain! Du kannst doch nicht immer nur sagen: ›Wenn es dir gefällt, gefällt es mir auch.‹ Du kannst nicht immer mit allem, was ich sage oder tue, einverstanden sein. Wie sollen wir denn jemals streiten?«

»Du willst streiten? Das finde ich zwar ein bisschen komisch, aber wenn du möchtest …«

»Nein, das will ich ja gar nicht. Jetzt fängst du schon wieder an. Es geht nicht darum, was ich will, es geht darum, dass du eine eigene Meinung haben musst, auch wenn es mir missfällt oder mich ärgert.«

»Ich bin mir nicht sicher, ob ich es verstehe, aber ich werde mir Mühe geben, wenn dich das glücklich macht …«

Aaarrghhh, das gibt es doch nicht! Wir kommen einfach auf keinen grünen Zweig.

»Das Problem bist nicht du, Germain. Das Problem bin ich.« Nach kurzem Schweigen füge ich hinzu: »Ich glaube, ich bin nicht die Frau, die du brauchst.«

Auch er ist jetzt aufgestanden und nähert sich mir, um mich zu umarmen.

»Natürlich bist du das. Du bist die Frau meines Lebens. Macht dir die Hochzeit Angst? Es wird alles gut gehen, du wirst sehen. Wenn es dir allerdings lieber ist, dass wir es noch mal verschieben, dann tun wir das.«

Ich mache mich los und suche fieberhaft nach einem sanften Weg, nach Worten, die es ihm begreiflich machen, doch die gibt es nicht. Mir bleibt nichts anderes übrig, als ihm die Wahrheit zu sagen, die ihm das Herz brechen wird und mir in dieser Geschichte die Rolle der Bösen zuschiebt.

»Nein. Germain, es tut mir wirklich leid, aber du und ich, das kann so nicht weitergehen. Ich weiß, dass ich deinen Heiratsantrag angenommen habe, und es ist fürchterlich, dass ich dir das jetzt sagen muss, aber mit uns beiden … ist es aus, Germain.«

18

21. Januar

»Du hast was getan?«

»Ich habe mich von Germain getrennt.«

Ich hatte damit gerechnet, direkt nach meinem Bruch mit Germain einen Anruf zu bekommen. Ich dachte, er würde sich Nicolas anvertrauen, ihn bitten, Viviane auf mich anzusetzen, damit sie mich bearbeitet und zum Umdenken bewegt. Aber weit gefehlt. Also habe ich selbst zum Telefon gegriffen, um ihr die Neuigkeit zu verkünden.

»Warum denn das? Hat er dich betrogen? Hast du jemand anderen kennengelernt?«

»Schön wär's! Nein, nichts dergleichen. Ich hätte schon lange merken müssen, dass es mit uns nicht funktionieren kann, aber ich wollte der Wahrheit nicht ins Gesicht sehen.«

Sekundenlang herrscht Stille, und ich weiß im Voraus, dass mir der Satz, der jetzt kommt und der so groß ist wie das Empire State Building, nicht gefallen wird.

»Ist es wegen dem, was Marie vor ihrem Tod gesagt hat?«

Bingo.

»Es dreht sich nicht alles um Marie, Viv. Ich bin durchaus in der Lage, ganz allein eine Entscheidung zu treffen wie ein großes Mädchen. Es ist die Sache mit der Hochzeit, es hat mich gezwungen, mir endlich die richtigen Fragen zu stellen. Und glaub mir, das hat nichts mit Marie zu tun. Wenn du es genau wissen willst, kannst du Grenoble die Schuld geben.«

»Grenoble? Wer ist dieser Typ?«

Ich lache.

»Grenoble, die Stadt! Du denkst anscheinend wirklich, dass ein anderer Mann dahintersteckt.«

»Na ja, das ist ja auch in der Regel der Grund, weshalb man jemanden verlässt. Für jemand anderen. Um allein zu sein eher selten.«

»Dann hast du recht, ich verlasse Germain für jemand anderen. Ich verlasse Germain für mich. Ich war noch nie mit mir allein, ich möchte es gerne ausprobieren.«

»Und was hat Grenoble damit zu tun?«

Ich erzähle ihr von der Stellenanzeige, dem Treffen mit Monsieur Louvier, dem Vertrag, den ich bereits bekommen habe, der Schönheit der Berge, meiner Lust, etwas zu tun, was mir wirklich gefällt.

»Und wann fährst du?«

»Die Kurse fangen Anfang März an. Bis dahin muss ich eine Wohnung finden, den Umzug machen, einen Job auftreiben und so weiter …«

»Ist das nicht ein Job, Tanzlehrerin?«

»Doch, aber es ist nur ein Vertrag über zehn Stunden, das ist ein bisschen zu wenig, um die Miete zu bezahlen. Ich treffe mich nächste Woche mit der Inhaberin eines Teesalons. Sie sucht vorerst jemanden für halbtags.«

»Grenoble ist ganz schön weit weg …«

»Du kommst mich besuchen! Dann hast du endlich Gelegenheit, deinen phänomenalen neonpinken Skianzug zu tragen.«

»Und Germain …«

Sie zögert einen Moment.

»Weißt du, wie es ihm geht?«, fährt sie fort.

»Ehrlich gesagt, nein. Eigentlich bin ich ein bisschen überrascht, dass du nicht Bescheid wusstest. Ich dachte, er hätte es Nico erzählt.«

»Eins sage ich dir, wenn Nico Bescheid wusste und mir nichts gesagt hat, dann kann er was erleben!«

Wir lachen beide. Ich bin froh, dass Viviane nicht sauer auf mich ist. Ein bisschen habe ich mich vor ihrer Loyalität Germain gegenüber gefürchtet und vor ihrer Abneigung gegenüber Marie. Beinah hätte ich ihre Freundschaft zu mir vergessen.

»Sag mal, Viv, könntest du vielleicht trotzdem mal … bei Nico nachfragen? Hören, ob es Germain gut geht …«

»Mach dir keine Sorgen um ihn, ich bin mir sicher, dass er darüber hinwegkommen wird. Ihr wart doch erst seit ein paar Monaten zusammen.«

Nachdem ich das Gespräch beendet habe, bleibe ich auf dem Bett in meinem ehemaligen Kinderzimmer sitzen, mit dem Rücken an die Wand gelehnt, und endlich kann ich über das nachdenken, was vor mir liegt. Grenoble, das Tanzen, mein neues Leben.

19

27. Januar

Ich bin um sechzehn Uhr mit Nadège verabredet. Da sie weiß, dass ich in Paris lebe, hatte sie zuerst einen Telefontermin vorgeschlagen, aber mir war es doch lieber, sie im Teesalon zu treffen. Zum einen, um schon einmal diese Atmosphäre in mich aufzunehmen, zum anderen und vor allem aber, um der Hauptstadt zu entfliehen.

Ich hatte totale Panik, Germain über den Weg zu laufen. Zum ersten Mal bin ich in der Rolle desjenigen, der geht, und ich muss sagen, schön fühlt sich das nicht an … Ich bin kein mutiger Mensch, und daher war bisher immer ich diejenige, die verlassen wurde.

Nun, im TGV, den Ellbogen auf dem schmalen Fenstersims aufgestützt, sehe ich die Landschaften in rasendem Tempo vorbeiziehen. Wenn ich Dichterin wäre, würde ich jetzt eine Parallele zu meinem Leben ziehen, in dem sich seit ein paar Tagen alles überschlägt; doch ich begnüge mich mit meiner Reiseübelkeit und bereue, vor einer halben Stunde dieses Eierbrot gegessen zu haben.

Angeblich geht es ihm gar nicht mal so schlecht.[6] Das hat Viviane gestern gesagt. Aber natürlich glaube ich ihr nicht, ich kenne sie und weiß, dass sie mich schonen will. Nicolas und er verbringen noch mehr Zeit miteinander als sonst, und der Gedanke, dass er nicht allein ist, tröstet mich ein wenig.

Der Hoteldirektor begrüßt mich herzlich, sobald ich die Halle betrete. Er konnte sich noch an mich erinnern, als ich angerufen habe, um wieder ein Zimmer zu reservieren.

»Guten Tag, Mademoiselle Greene. Hatten Sie eine angenehme Reise?«

»Sehr. Mir war nur ein wenig übel.[7]«

»Hat Grenoble Ihnen gefehlt? Werden Sie künftig regelmäßig kommen?«

»Eigentlich habe ich vor, ganz hierherzuziehen. Ich habe gleich ein Vorstellungsgespräch für eine Stelle als Kellnerin. Apropos, Sie wissen nicht zufällig eine Wohnung, die ich mieten könnte?«

»Aus dem Stegreif nicht. Aber ich kann mich umhören! Suchen Sie etwas Bestimmtes?«

»Vier Wände und ein Dach. Das sind so in etwa meine Kriterien«, sage ich lächelnd.

6 Germain. Nicht dem Eierbrot …

7 Das Eierbrot, diesmal das Eierbrot.

»Ich werde ein paar Anrufe tätigen, und sollte ich etwas herauskriegen, sage ich Ihnen Bescheid.« Liegt es an mir, oder sind die Leute hier tatsächlich alle so zuvorkommend und freundlich? Na ja, fast alle. Ich vergaß den Typ von der Piste neulich.

Zur verabredeten Zeit stehe ich vor dem Aux délices de Nadège. Hinter den Schaufensterscheiben stehen, wie schon beim letzten Mal, jede Menge Körbchen mit Gebäck. Der Anblick der Muffins, Cookies, Donuts und Scones lässt meinen Magen knurren, der sich offensichtlich von seiner Begegnung mit dem Eierbrot erholt hat. Ich stoße die Tür auf, und erneut bin ich verzaubert von der gemütlichen und romantischen Inneneinrichtung. Holzstühle mit bequemen Sitzflächen, Tische mit geblümten Tischdeckchen, Porzellangeschirr. Und hier und da sind Kerzen in unterschiedlichen Größen verteilt.

Der Duft nach Vanille und Zimt erfüllt die Luft. Im hinteren Teil des Raumes steht ein Verkaufstresen, auf dem Kuchen ausgestellt sind. Ich meine, Cheesecakes, Apfelkuchen und andere Köstlichkeiten erkennen zu können, bei denen meiner Mutter das Wasser im Mund zusammenlaufen würde. Eine Schwingtür wie aus einem Westernsaloon führt in ein Hinterzimmer, vermutlich die Küche.

Gerade als ich rufen will, ob jemand da ist, kommt die Frau, die Sacha und mich bedient hat, durch die Schwingtür, einen Teller mit Minisandwiches in der Hand.

»Sind Sie Molly?«

»Ja.«

»Ich mag es, wenn Leute pünktlich sind«, sagt sie und reicht mir die Hand. »Ein Pluspunkt für Sie. Ich bin Nadège. Aber setzen wir uns doch. Ich hoffe, Sie haben Hunger mitgebracht, ich glaube, ich habe mit den Sandwiches ein wenig übertrieben.«

Nadège ist eine rundliche kleine Frau um die vierzig mit grünen Augen und kurz geschnittenem Haar. Sie hat etwas Mütterliches an sich.

Wir setzen uns an einen Tisch, auf dem bereits eine dampfende Teekanne steht und ein Teller mit einer Auswahl von den Leckereien, die ich im Fenster gesehen habe. Nadège schenkt mir einen Tee ein.

»Vanille-Karamell«, sagt sie, »ich hoffe, Sie mögen das.«

»Sehr.«

Ich nehme einen Schluck Tee und wähle einen Blaubeermuffin.

»Dann erzählen Sie mal. Warum möchten Sie nach Grenoble kommen?«

»Das ist eine lange Geschichte.«

»Wir haben Zeit«, erwidert Nadège und deutet auf das Essen auf dem Tisch.

Und so erzähle ich. Von Maries Tod, meinem Versprechen, den Umschlägen, Germain, dem Heiratsantrag, dem Wochenende mit Sacha in Grenoble, vom Tanzen, der Trennung. Erstaunlicherweise macht es mir überhaupt nichts aus, all das einer völlig Fremden anzuvertrauen. Als ob ich mir eine Last von der Seele reden würde, in etwa so, als würde man einen Teil seines Gepäcks auf dem Bahnsteig zurücklassen.

»So, jetzt wissen Sie alles. Monsieur Louvier hat mich als Tanzlehrerin eingestellt und mir den Tipp gegeben, dass Sie eine Kellnerin suchen.«

»Ihr Gesicht kam mir gleich vertraut vor. Nun, da haben Sie ja einiges durchgemacht. Jedenfalls haben Sie sich für die richtige Stadt entschieden, hier lässt es sich gut aushalten.«

»Leben Sie schon lange hier?«, frage ich.

»Seit fast zehn Jahren. Mein Mann und ich sind gleich nach unserer Hochzeit hierhergekommen. Er kommt ursprünglich aus New York, ich habe ihn auf einer USA-Reise kennengelernt. Damals arbeitete er als Patissier in einem Restaurant. Er ist mit mir nach Frankreich gekommen.«

»Meine Mutter kommt ursprünglich aus Chicago. Ihr würde es hier übrigens sehr gefallen. Und arbeitet Ihr Mann dann auch hier?«

Ihr Gesicht verfinstert sich, und ein Schleier der Traurigkeit legt sich über ihren Blick.

»Bis vor ein paar Monaten haben wir hier alles gemeinsam gemacht, Küche und Service. Er hat mir das Patisserie-Handwerk beigebracht. Zum Glück, muss ich sagen, wo ich jetzt darüber nachdenke. Letztes Thanksgiving sind wir dann zu seiner Familie gefahren, und da unten hat er zufällig eine alte Bekannte wiedergetroffen, wobei … na ja, so alt ist sie eben nicht, und sie ist ziemlich hübsch. Gegen Liebe auf den ersten Blick könne man nichts machen, hat er mir gesagt. Er ist geblieben, ich bin zurückgeflogen. Ende der Geschichte. Das war's mit unserer Ehe, die Scheidung haben wir über FedEx abgewickelt.«

Sie nimmt ihre Tasse und trinkt ein paar Schlucke Tee. Dann hellt ein Lächeln ihr Gesicht wieder auf.

»Nun ja, wir sind nicht hier, um mich zu bemitleiden. Wann können Sie anfangen?«

Nicht eine Sekunde haben wir über meine Erfahrung gesprochen, dabei hatte ich minutiös eine Liste mit Schwächen zusammengestellt, die wie Qualitäten klingen …

»Am liebsten sofort, aber ich habe noch keine Wohnung. Da ich schon einmal hier bin, werde ich mich heute noch umsehen. Die Tanzkurse beginnen am ersten März. Wenn Sie mit dem Datum einverstanden sind – für mich wäre es perfekt.«

»Na, dann also der erste März! Ich bin mir sicher, dass wir uns prima verstehen werden. Und ich habe eine gute Menschenkenntnis. Na ja, abgesehen von Megan … Sie war eine falsche Blondine, das hätte mich gleich stutzig machen sollen.«

Ihr Lachen schallt durch den ganzen Raum. Unglaublich. Woher nimmt eine so kleine Frau so viel Kraft?

»Möchten Sie ein Sandwich? Sie werden sehen, sie sind köstlich. Das sind Eiersandwiches.«

20

28. Januar

Die Sterne müssen mir gerade gnädig sein, vielleicht habe ich auch in einem früheren Leben mal etwas Gutes getan, jedenfalls, als ich gestern von meinem Gespräch mit Nadège ins Hotel zurückkam, empfing mich der Hoteldirektor mit einer guten Nachricht. Er hatte einen seiner Stammgäste angerufen, einen Immobilienmakler, und der hatte zufällig gerade zwei Wohnungen in Grenoble im Angebot. Die eine überstieg entschieden mein Budget, selbst wenn ich auf den Jacuzzi und das fünfzehn Quadratmeter große Ankleidezimmer verzichtet hätte.

Die andere Wohnung war nicht sehr groß. Zumindest wenn man den Makler reden hörte, der von den Pariser Standards offenbar keine Ahnung hatte, denn für mich sind fünfzig Quadratmeter ein Palast. Da hätte ich fast Angst, mich zu verlaufen, und müsste dauernd ein paar kleine Kieselsteine bei mir haben, um immer wieder zurückzufinden.

Die Wohnung besteht aus einer komplett eingerichteten, offenen Küche, einem geräumigen Wohnzimmer, einem Schlafzimmer und einem Bad. Die Wände sind weiß gestrichen, der Fußboden mit hellgrauem Parkett ausgelegt und die Küchenmöbel mit roten Hochglanzfolien beklebt; genau davon habe ich in Paris geträumt. Hoffentlich geht es Germain gut …

Zwei riesige Fenster mit Blick auf die Berge verleihen dem Ganzen einen unbestrittenen Charme. Schon sehe ich mich in diesen Räumen, stelle mir vor, wo ich welche Möbel hinstellen würde, male mir die Vorhänge, die Farben aus.

Bereits nach wenigen Minuten habe ich große Lust, hier zu leben. Das alles ist so offensichtlich, dass mir schwindlig wird.

»Haben Sie viele Interessenten für die Wohnung?«, frage ich den Eigentümer, einen gewissen Marc Sowieso.

»Bisher hat erst eine Dame die Wohnung besichtigt, vor ein paar Tagen. Sie wollte noch einmal mit ihrem Lebensgefährten kommen.«

»Ich nehme sie sofort! Also, wenn Sie einverstanden sind …«

Es ist wie Liebe auf den ersten Blick. Ich würde alles tun, um diese Wohnung zu bekommen.

»Na, Sie wissen aber, was sie wollen!«

»Seltsam, das zu hören. In letzter Zeit sagen die Leute eher das Gegenteil von mir. Ich habe mich hier auf Anhieb zu Hause gefühlt. Das muss doch ein Zeichen sein, oder nicht?«

Der Eigentümer mustert mich einen Augenblick, dann lächelt er.

»Zwei Monatsmieten im Voraus, und Sie können einziehen.«

Ich habe ein Zuhause! Ein richtiges Zuhause! Einen Platz, der nur mir gehört, ohne Vergangenheit, ohne die Gewohnheiten eines anderen, ohne dass ich Kompromisse machen muss.

21

18. Februar

Es stimmt, das Meer im Winter ist wirklich schön. Warm eingemummelt in meinen Mantel, einen dicken Schal um den Hals gewickelt und die Mütze tief ins Gesicht gezogen, sehe ich wie hypnotisiert dem Schauspiel der Wellen zu. Der Strand ist fast menschenleer, wie geschaffen für eine kleine Auszeit.

Fast eine Stunde lang bin ich am Wasser entlangspaziert und habe mein Gesicht in den Wind gehalten, dann habe ich mich in den Sand gesetzt und ließ die Sandkörner durch die Finger rieseln. Eine ganze Weile habe ich einfach so dagesessen, ohne irgendetwas anderes zu tun, mit den Gedanken im Hier und Jetzt und zugleich schon ganz weit fort.

Es ist der denkbar beste Tag, um hierherzukommen. Ich hole den bereits geöffneten Umschlag aus meiner Handtasche und lese den Brief noch einmal.

Molly,
weißt du noch, als wir zusammen in Spanien waren? Wir konnten stundenlang am Strand sitzen. Ich habe es immer geliebt, dem Meeresrauschen zuzuhören. Ja, ich weiß, es ist das totale Klischee. Wer tut das nicht gern …

Erinnerst du dich an den Typ, der sein Zelt direkt neben unserem hatte? Definitiv der hübscheste Kerl, den ich in meinem ganzen Leben gesehen habe. Schade, dass wir uns nicht getraut haben, ihn anzusprechen. Wenn ich damals gewusst hätte …

Man sagt ja immer, dass es nichts Schöneres gibt als das Meer im Winter. Zu blöd, dass ich es nicht selbst überprüft habe. Deshalb lautet deine Aufgabe für Februar: Suche dir einen milden sonnigen Tag aus, atme die Seeluft tief ein und mach die Augen weit auf. Für mich.

Marie

Ich habe den Brief schon Anfang Februar geöffnet und wusste, dass ich erst heute hierherkommen würde, um meine Lungen mit der frischen Seeluft zu füllen. Denn morgen breche ich auf nach Grenoble. Morgen beginnt das große Abenteuer, und heute endet ein Kapitel meiner Geschichte.

Zu meiner Überraschung haben meine Eltern mir zu meinem neuen Lebensabschnitt ein Auto geschenkt, einen wunderschönen apfelgrünen Fiat 500. In Amerika ist es Tradition, den Kindern ein Auto zu schenken. In der Regel, wenn Sie ihr Unidiplom machen[8], hat meine Mutter gesagt.

Mein Vater wird mir mit einem Miettransporter mit den paar Möbeln, die ich mitnehme – darunter das Bett aus meinem Kinderzimmer –, hinterherfahren. Er hat darauf bestanden. Ihm ist es wichtig, und für mich ist es beruhigend. Ich weiß nicht, ob eine Molly einen Brad oder einen John verdient, aber du hattest recht, Marie, tief in mir drin habe ich mich immer nach mehr gesehnt. Ich weiß nicht, ob es gut gehen wird, aber ich weiß, dass ich es nicht bereuen werde. Deine Abwesenheit bestätigt auf grausame Weise, dass wir uns nicht darauf verlassen können, noch alle Zeit der Welt zu haben. Ich werde leben, Marie, für mich, für uns beide. Ich werde leben.

Ich werde lernen müssen, allein zu sein. Doch was mich ängstigen, was mich entmutigen müsste, verleiht mir diesmal seltsamerweise Flügel. Ich kann es kaum erwarten, in meinen eigenen vier Wänden zu sein, und nicht bei jemand anderem. Meine Schüler kennenzulernen und wieder zu tanzen. Auch wenn ich, abgesehen von Nadège und Monsieur Louvier, niemanden in Grenoble kenne, wäre ich am liebsten jetzt schon dort.

Ich falte den Brief wieder zusammen und stecke ihn in seinen Umschlag zurück. Meine Augen sind feucht. Bestimmt der Wind.

8 Und da ich keins habe …

22

19. Februar

Viviane hat darauf bestanden, sich am Tag meiner Abreise von mir zu verabschieden. Ich fahre zwar nicht ans Ende der Welt, und wir werden uns sicher häufig sehen, aber ich gebe zu, dass es doch anders sein wird als bisher.

In aller Herrgottsfrühe ist bereits alles in den Transporter geladen. Meine Klamotten, mein Bett und ein nagelneues Sofa, das mein Vater mir unbedingt schenken wollte. Ein pfauenblaues Sofa, genau so, wie ich es mag, mit dicken Kissen und tiefer Sitzfläche, in das man sich richtig schön hineinlümmeln kann.

Ich habe versucht, ihn davon abzubringen, schließlich haben meine Eltern mir ja schon das Auto geschenkt. Aber nichts zu machen. Das ist eben seine Art, mir zu sagen, dass er mich lieb hat und dass es ihm schwerfällt, mich so weit weg zu wissen. Das liegt in der Familie. Wir tun uns alle nicht leicht damit, über Gefühle zu reden.

Um neun Uhr sehe ich Vivianes Wagen in der Straße

einparken. Vollbeladen mit zwei großen Paketen steigt sie aus.

»Was ist das wieder Verrücktes?«, rufe ich überrascht und gehe ihr entgegen.

»Ein Haufen Schrott, wenn du mir nicht gleich eins abnimmst.«

Eilig schnappe ich mir eins der Pakete. Es ist ziemlich schwer. Viviane bringt es fertig und schenkt mir eine mehrbändige Enzyklopädie oder Émile Zolas gesammelte Werke für lange Winterabende.

Zurück bei meinen Eltern, die Pakete sicher im Flur abgestellt, kann ich meine Neugier nicht länger im Zaum halten und reiße das Geschenkpapier auf. Zum Vorschein kommen keine Enzyklopädie oder ähnliche Staubfänger[9], sondern ein Standmixer und eine Küchenmaschine.

»Du bist verrückt, Viviane! So was kostet ein Vermögen!«

»Ich kann ja nicht zulassen, dass du dich demnächst nur noch von Fertiggerichten ernährst. Mit dem Ding kann jeder Fünfjährige kochen.«

Meine Mutter platzt jeden Moment vor Neid.

»Ich kenne jemand, der sich die Finger danach lecken würde, falls ich es nicht benutze«, sage ich zu Viviane und bedanke mich mit einer Umarmung. Natürlich wäre es nicht nötig gewesen, aber ich bin wirklich gerührt.

9 Verzeihung, lieber Émile Zola …

»Ich gehe natürlich davon aus, dass du mir jedes Mal einen köstlichen Cocktail machst, wenn ich zu Besuch bin. Hiermit lade ich mich schon mal ein, und ich werde ganz oft kommen!«

Wir wissen beide, dass »oft« schwer übertrieben ist. Aber was macht das schon, der Wille zählt.

»Ich glaube, wir sind so weit, Schatz«, unterbricht uns mein Vater. »Wir müssen los, wenn wir vor Einbruch der Dunkelheit da sein wollen.«

»Ja, Papa. Aber ich muss noch was erledigen, bevor wir fahren. Es dauert nicht lange. Wartet ihr kurz?«

Ohne jede weitere Erklärung laufe ich hinaus, um zu Charlotte zu gehen. Es ist mir wichtig, mich von ihr zu verabschieden.

Eine freudig überraschte Charlotte öffnet mir die Tür.

»Na so was, Molly! Schön, dich zu sehen! Also ist heute der große Tag? Deine Mutter hat mir erzählt, dass du nach Grenoble ziehst. Das ist ja nicht gerade um die Ecke, sag mal!«

»Das stimmt. Aber ich habe mir die Stadt nicht deshalb ausgesucht, weil sie so weit weg ist. Glaube ich zumindest …«

»Mach dir seinetwegen keine Sorgen, er wird sich schon wieder erholen.«

Für einen Moment war mir entfallen, dass Charlotte und Germain zusammenarbeiten.

»Ich wollte ihm nicht wehtun. Es tut mir wirklich leid.«

»Ich weiß, Molly. Ich kenne dich doch. Er war eben einfach nicht der Richtige für dich, da kann man nichts machen.«

Ich umarme sie, und mir wird bewusst, wie sehr sie mir fehlen wird. Gerade als ich zu meinen Eltern zurückwill, entdecke ich Sacha im Garten. »Ich bin gleich wieder da. Ich muss mich noch von jemandem verabschieden.«

Ich laufe durchs Haus in Richtung Gartentür. Sacha steht mit dem Rücken zu mir, in irgendeine Sache vertieft.

»Sacha?«

Ruckartig fährt er zu mir herum.

»Ach, du bist es! Du hast mich ganz schön erschreckt. Du fährst also heute? Meine Mutter hat mir erzählt, dass du wegziehst.«

»Ja. Ich habe in Grenoble Arbeit und eine Wohnung gefunden, aber ich wollte dir vorher noch sagen ... dass es mir leidtut. Du hattest recht, Sacha. Ich war wirklich nicht glücklich. Und außerdem wollte ich dir danken, dass du mit mir zum Skiwochenende gefahren bist. Ich weiß, dass es sich für dich komisch angefühlt haben muss. Du weißt gar nicht, wie sehr mich das gerührt hat.«

»Gern geschehen. Mir hat es auch Spaß gemacht. Und es tut mir leid wegen Germain.«

»Ach, weißt du, so ist es nun mal. Außerdem glaube ich, dass ich alles, was gerade passiert, auch dir zu verdanken habe. Du hast mich in den Teesalon geführt. Andernfalls hätte ich die Stellenanzeige nie gesehen. Und das errätst du nie! Ich werde tatsächlich für Nadège arbeiten.«

»Nadège?«

»Die Inhaberin des Teesalons. Unglaublich, oder?«

»Kann man wohl sagen. Du wirkst jedenfalls sehr zufrieden.«

»Ja, ich denke, das bin ich auch.«

Ein Lächeln breitet sich auf seinem Gesicht aus.

»Ich freue mich für dich, Molly. Wirklich!«, fügt er hinzu und küsst mich auf die Wange. »Und was ich noch sagen wollte … Wenn du irgendetwas brauchst oder es nicht so laufen sollte, wie du es dir vorstellst, dann ruf mich an. Jederzeit.«

Ich drücke ihn an mich. Warum sollte es nicht laufen? Noch nie war ich mir einer Entscheidung so sicher.

23

21. Februar

Ich habe mich oft gefragt, wie es sich wohl anfühlt, allein zu leben. Nach Hause zu kommen, ohne dass jemand auf einen wartet, sich etwas zu essen zu machen, vor den Fernseher zu setzen, schlafen zu gehen und dabei als einzige Gesellschaft sich selbst zu haben. Und das Abend für Abend.

Schon beim Gedanken daran wurde mir ganz mulmig zumute. Ich war überzeugt, dass die Einsamkeit jedes Gefühl von Zufriedenheit und Sicherheit zunichtemachen würde. Dass man sich beim kleinsten Geräusch wimmernd in sein Sofa drücken würde, die Bratpfanne stets griffbereit. Für alle Fälle.

Aber nichts davon trifft zu. Zugegeben, noch bin ich keine echte Expertin in Sachen Alleinleben, schließlich habe ich gerade mal meinen ersten Abend hinter mich gebracht, doch tatsächlich lauern nicht hinter jeder Ecke Schatten auf mich, noch weht der kalte Hauch der Verzweiflung durch die Räume.

Tatsächlich fühle ich mich in der Wohnung pudelwohl. In meiner Wohnung. Die wenigen Möbel, die ich aus Paris mitgebracht habe, sind aufgestellt, und gestern habe ich die Gelegenheit genutzt, dass mein Vater mit dem Transporter da war, um ein paar Kleinigkeiten zu kaufen, die noch fehlten … Einen Couchtisch, ein Fernsehschränkchen, Vorhänge, einen großen Teppich, zwei Lampen, ein paar Bilder für die Wände, Teller und Gläser, ein (nutzloses und folglich unverzichtbares) Tablett, um mein Essen zum Couchtisch zu tragen … Kleinigkeiten eben.

Meine Herausforderung des Tages: das Fernsehschränkchen zusammenzubauen. Ehe er gefahren ist, hat mein Vater mir angeboten, das für mich zu machen, aber ich habe abgelehnt. Immerhin werde ich von nun an allein leben, wozu also nicht gleich lernen, allein zurechtzukommen? Ich habe mich mit einem superduper Werkzeugkoffer und einem Akkuschrauber bewaffnet, mit dem ich – ist ja klar – am liebsten alles Mögliche fest- und losschrauben möchte.

»So, meine liebe Molly, du bist auch nicht dümmer als andere, da dürfte es ja wohl kein Problem sein, dieses kleine Schränkchen zusammenzuschrauben.«

Um mir Mut zu machen, bereite ich mir mit Vivianes Standmixer erst mal einen Cocktail zu. Dazu habe ich verschiedene Früchte in den Behälter gegeben und einen kleinen – na gut, einen ordentlichen – Schuss Tequila. Es ist halb zwölf mittags, da kann man sich durchaus mal einen Cocktail gönnen.

Ich nehme einen Schluck, dann noch zwei und stelle das Glas ab. Jetzt zu uns beiden, Fernsehschränkchen!

Ich öffne den Karton und breite sämtliche Teile, die zusammengebaut werden sollen, vor mir aus. Erste Feststellung: Das sind ganz schön viele. Zweite Feststellung: Sie sehen alle gleich aus.

Letzte und unangenehmste Feststellung: Die Montageanleitung fehlt. Ist ja wieder typisch. Muss ich raten, welche Teile zusammengehören? Den Akkuschrauber in der Hand, bohre ich ein paarmal verwirrt in die Luft, in der Hoffnung, dass der Geist der Heimwerker erscheint und mir zur Hand geht.

Ich muss mit Methode vorgehen, die Bretter, Schrauben und Scharniere erst einmal der Größe nach sortieren. Allerdings sind die Bretter alle identisch, während nicht eine Schraube der anderen gleicht. Anderthalb Stunden und zwei Cocktails später liege ich jammernd auf dem Boden, den Akkuschrauber noch immer in der Hand. Es ist kein Geist erschienen, und es gibt nach wie vor kein Fernsehschränkchen. Und auch nicht irgendetwas, was auch nur annähernd einem Fernsehschränkchen ähnelt.

Hilfe. Ich brauche Hilfe. Etwas wackelig rapple ich mich hoch, um mein Handy aus der Tasche zu fingern. Ich gehe meine Kontaktliste durch.

Nachdem ich gestern meinem Vater gegenüber eine ziemlich dicke Lippe riskiert habe, was meine Fähigkeiten als Handwerkerin betrifft, kann ich ihn auf keinen Fall anrufen. Das ist eine Frage der Ehre. Germain auch nicht, so viel ist klar. Einen Moment denke ich an Viviane, verwerfe den Gedanken aber sofort wieder, sonst muss ich mir das kleine Ungeschick noch jahrelang aufs Butterbrot schmieren lassen.

Meine Mutter auch nicht, Charlotte erst recht nicht, Sacha … Ja, genau, Sacha. Vielleicht kann er mir helfen. Schließlich hat er gesagt, ich kann ihn jederzeit anrufen, wenn etwas nicht nach Plan läuft. Und momentan, mit einem Brett in der einen und dem Akkuschrauber in der anderen Hand, kann ich wohl mit Fug und Recht behaupten, dass etwas nicht ganz nach Plan läuft.

Ich werde mir zwar ein paar blöde Bemerkungen anhören müssen, aber das ist jetzt nun mal so. Also wähle ich seine Nummer.

»Hallo?«

»Sacha? Ich bin's, Molly. Entschuldige, dass ich störe. Ich hab hier ein kleines Problem mit einem Fernsehschränkchen. Irgendwie kriege ich es nicht zusammengeschraubt.«

»Molly? Bist du's? Du hörst dich komisch an … Dein Fernsehschränkchen lässt sich nicht zusammenschrauben? Was ist denn das für eine Geschichte?«

»Mir geht es gut. Mir ist nur ein bisschen warm. Aber es ist alles prima. Und bei dir?«

»Hast du getrunken?«, fragt er.

»Natürlich nicht! Wofür hältst du mich?! Ich hab nur einen kleinen Schluck von einem Cocktail genommen. Und außerdem bin ich schon groß. Sag mir nur mal kurz, wie ich diesen Scheißfernsehschrank zusammenschraube, dann lass ich dich wieder in Ruhe.«

»Einfach der Anleitung folgen. Das weiß doch jedes Kind.«

»Haha, sehr witzig. Es ist aber keine Anleitung dabei! Das ist ja das Problem. Da hat sich der Typ, der die Bretter gesägt hat, einen kleinen Scherz mit mir erlaubt. Und die Bretter sind alle gleich.«

»Hast du mal unten im Karton nachgeguckt?«

»Denkst du, ich bin blöd? Natürlich habe ich im Karton nachgeguckt, da ist keine … Anleitung …«

Obwohl er mich nicht sehen kann, schwenke ich den Karton, als wollte ich es ihm beweisen, und da bemerke ich plötzlich einen kleinen weißen Zettel, der an die Innenseite geklebt ist … Die Anleitung.

»Ähm, Sacha, ich muss auflegen, ich glaub, es hat gerade an der Tür geklingelt.«

Ehe er antworten kann, lege ich auf und beglückwünsche mich noch einmal zu meiner Entscheidung, nicht Viviane angerufen zu haben.

Mit der Anleitung geht es auf einmal ganz schnell. Ohne die drei Cocktails hätte ich das im Handumdrehen geschafft.

Bilanz und Lektionen des ersten Tages:

1. Das Fernsehschränkchen thront stolz gegenüber dem Couchtisch und ist nicht zusammengebrochen, als ich den Fernseher draufgestellt habe. Auf der Anleitung ist für die Montage eine Zeit von fünfundvierzig Minuten angegeben. Das kommt ungefähr hin. Plus minus drei Stunden.

2. Ich kann wunderbar den Mixer bedienen, den Viviane mir geschenkt hat. Was mich betrunkenerweise zu folgender Lektion führt:
3. Keine Cocktails trinken, wenn man Möbel zusammenbaut. Und nicht zu vergessen:
4. Es ist keine gute Idee, sich mit einem Akkuschrauber zu kratzen. Glaubt mir.

24

1. März

An meinem ersten Arbeitstag empfängt mich eine strahlende Nadège. Nach etwas mehr als einer Woche, seit ich nach Grenoble gezogen bin, wurde mir tatsächlich schon die Zeit lang. Alleine leben ist das eine, aber niemanden zu kennen, mit dem man quatschen kann …

»Schön, dass du da bist«, sagt Nadège. »Küche und Gastraum ist für eine Person doch ein bisschen viel. Komm, ich zeig dir schon mal, wie alles funktioniert. Es ist noch ruhig, die ersten Gäste kommen ab elf. Die meisten sind Stammgäste, Leute aus dem Viertel. Touristen suchen in der Regel eher Lokale in der Nähe der Pisten auf.«

Es folgt eine beträchtliche Anzahl an Informationen – wie es im Salon abläuft, die Gewohnheiten der Gäste, die Lieferungen, das Erstellen der Karte, die Herstellung von Crumpets und Muffins. Ich hätte ein Notizbuch mitbringen sollen, um mir alles aufzuschreiben. »Ich hoffe, du hast nichts dagegen, mir beim Backen ein wenig zur Hand zu gehen?«, fragt Nadège. »Manche Teige müssen am Vorabend zubereitet werden, und es ist netter, wenn man es zu zweit macht, dann kann man bei der Arbeit ein bisschen plaudern.«

»Ganz im Gegenteil. Ich fürchte nur, dass ich in der Küche eine ziemliche Anfängerin bin«, ich behalte für mich, dass ich in der Küche sogar eher eine Niete bin, »aber ich möchte es gerne lernen.«

Bevor die ersten Kunden kommen, erzählt Nadège mir ein bisschen von ihrem Leben, von der Begegnung mit ihrem Mann und wie sie sich in Grenoble niedergelassen haben. Es ist nur zu deutlich zu spüren, wie sehr sie noch an ihm hängt. Und dass die Trennung ihr noch immer ganz schön zusetzt. Nadège ist ziemlich redselig, kann aber, was mich überrascht, auch sehr gut zuhören. Sie stellt mir Fragen und interessiert sich für mich. Wir reden über Marie. Ich erzähle ihr Anekdoten aus meiner Kindheit. Die Zeit vergeht unbemerkt, und wir sind überrascht, als das Bimmeln der Tür die Ankunft des ersten Gastes verkündet.

»Hallo, Antoine!«, ruft Nadège.

Antoine, oder vielmehr Monsieur Louvier, zumindest für mich, küsst sie zur Begrüßung auf die Wangen und reicht mir die Hand.

»Willkommen, Mademoiselle Greene.«

»Molly, Sie können gerne Molly zu mir sagen.«

»Haben Sie sich gut eingelebt?«

»Besser hätte ich es mir nicht erträumen können. Ich habe einen wundervollen Blick auf die Berge.«

»Das freut mich sehr. Also, heute Abend wie vereinbart um achtzehn Uhr dreißig?«

»Natürlich. Ich bin gespannt, meine kleinen Schülerinnen kennenzulernen. Ich kann Ihnen gar nicht genug für Ihr Vertrauen danken.«

»Ach was, das ist doch nicht der Rede wert. Und Sie können sich nicht vorstellen, wie aufgeregt erst die Mädchen sind«, erwidert er mit einem offenen Lächeln. »Wir haben ihnen gesagt, dass Sie Nachwuchstänzerin an der Pariser Oper waren. Sie hätten sehen sollen, wie ihre Augen geleuchtet haben! Machen Sie sich darauf gefasst, dass sie Sie mit Fragen löchern werden. Die Damen, ich verabschiede mich wieder. Bis heute Abend, Molly.«

Als sie ihn zur Tür bringt, drückt Nadège ihm eine Tüte Gebäck in die Hand.

Drei Stunden lang bediene ich an den Tischen und räume das Geschirr ab. Und beobachte Nadège, die in der Küche herumwirbelt und für jeden ein freundliches Wort hat. Kein Wunder, dass das Publikum fast ausschließlich aus Stammgästen besteht. Sie kennt jeden beim Vornamen, erkundigt sich nach den Kindern des einen, nach der kranken Mutter des anderen. All das mit einer schier unerschöpflichen Energie und einem Lächeln, das ihre Lippen nicht verlässt.

Um halb drei, nachdem der letzte Gast gegangen und die Tür abgeschlossen ist, müssen wir schon alles vorbereiten, ehe der Salon um halb fünf wieder öffnet. Wahrscheinlich werde ich mich nie an den mörderischen

Rhythmus in der Gastronomie gewöhnen, auch wenn das Ambiente und die Gerüche im Aux délices de Nadège sehr viel angenehmer sind als in der Brasserie von Monsieur Patterson.

»Im Ernst, Nadège, ich bewundere dich. Ist es jeden Tag so voll?«

»Normalerweise schon, ja«, erwidert sie. »Stimmt, der Salon läuft gut. Aber das ist ja wirklich nicht mein Verdienst. Ich liebe meinen Beruf, und ich arbeite gern mit Menschen. Hast du gesehen, wie glücklich sie eine gute Tasse Tee macht oder ein leckeres Sandwich? Und nun geh schon, wenn du dich vor deiner ersten Stunde noch ein bisschen ausruhen möchtest. Hier, nimm das mit«, fügt sie hinzu und reicht mir eine prall gefüllte Papiertüte. »Mit ein paar Cookies kannst du gleich das Eis brechen.«

»Vielen Dank! Ich werde mich mit Schokocookies und gebrannten Mandeln bei ihnen einschmeicheln.«

»Sie werden dich mit oder ohne Schokocookies lieben. Übrigens, Molly ...«

»Ja?«

»Wirst du mir erzählen, was in dem Brief steht? Dem von deiner Freundin, den du heute aufmachen sollst? Ich weiß, dass es mich nichts angeht, aber ich bin einfach unheilbar neugierig.«

Ich lache.

»Natürlich erzähle ich es dir!«

Fünfunddreißig Minuten später liege ich auf meinem Sofa, begeistert darüber, zu Fuß nach Hause gehen zu können, anstatt mich erst in die Metro zu quetschen. Draußen ist es ziemlich kühl, aber für nichts in der Welt würde ich den Wagen nehmen. Und der kleine Spaziergang hilft mir, all das abzutrainieren, was ich bei Nadège probieren muss. »Du solltest alles kennen, damit du die Kunden beraten kannst«, rechtfertigt sie sich jedes Mal, wenn sie mir etwas in den Mund schiebt. »Und außerdem, hast du jemals etwas Besseres gegessen als dieses Bananensandwich mit Erdnussbutter?« Nein, hab ich nicht. Allerdings auch nichts Kalorienreicheres.

Ich habe noch ein paar Stunden Zeit, bevor ich die kleinen Damen in Tutu und Spitzentanzschuhen kennenlerne. Zeit genug, um Maries vierten Umschlag zu öffnen. Ich habe sie alle in eine Schachtel unter dem Couchtisch gelegt.

Der Umschlag für den Monat März ist ziemlich dünn, was mich ein wenig beruhigt. Hätte sie vorgehabt, mich mit dem Fahrrad auf Weltreise zu schicken, wäre er sicherlich dicker. Obwohl, nicht unbedingt … Als echte Extremreisende war Marie fähig, sich mit Rucksack und einem allenfalls vagen Plan auf den Weg zu machen. Sie hätte kein Problem damit gehabt, mich mit einem Zwanzigeuroschein auf Weltreise zu schicken …

Molly,
hattest du schon mal Sex mit einem richtigen Sexgott?

Das fängt ja gut an! Ich vergesse meine Sorge bezüglich einer Extremreise und lese leicht angespannt weiter.

Nicht dass nicht auch Germain dein Sexgott sein kann … Aber ich kann mir kaum vorstellen, wie er dich an eine Wand drückt und im Stehen nimmt. Dabei ist das bestimmt nicht übel, oder? Warum hab ich bloß nie einen Typ kennengelernt, der es so mit mir macht …

Das gehört zu den Dingen, die mir fehlen werden: ein Orgasmus.

Mache ich dich nervös? Fürchtest du dich schon vor dem, worum ich dich bitten werde?

Wer, ich? Überhaupt nicht! Ich bin die Ruhe selbst! Wie ein Fakir, der sich gleich auf einen Nagelteppich setzen wird, lese ich weiter:

Keine Angst, ich werde nicht von dir verlangen, dass du mit dem Erstbesten ins Bett gehst, auch wenn ich dir zwei, drei Typen empfehlen könnte, die einen kleinen Seitensprung wert sind.

Meinst du, erotische Bücher zu lesen, bringt was? Ich meine, richtige erotische Bücher, nicht Fifty Shades of Dingsbums (haha). Erinnerst du dich, dass wir mal welche in der Buchhandlung neben dem Büro meiner Mutter gesehen haben? Ich bereue immer noch, dass ich mich nicht getraut habe, eins zu kaufen. Es ist allerhöchste Zeit, das nachzuholen! Du weißt ja, wie es heißt: Man sollte nicht dumm sterben …

Ich wünsche dir viel Spaß bei der Lektüre! Mit oder ohne Germain.

Marie

PS: Bitte sag mir, dass du sie ohne Germain liest. Dass du einen John oder einen Brad kennengelernt hast, meinetwegen auch einen Luke (mit einem Luke könnte ich leben), der dich an eine Wand drückt und im Stehen nimmt!

Es hätte schlimmer kommen können …

25

Man sagt ja immer, wenn man aufgeregt ist, soll man sich die Leute einfach nackt vorstellen. Ich frage mich, wer sich das ausgedacht hat. Wenn ich mir morgen die Gäste im Aux délices de Nadège nackt vorstelle, könnte es passieren, dass ich ihnen versehentlich den brühheißen Tee überkippe. Was schon mit Klamotten schmerzhaft wäre.

Aber im Moment, vor diesen acht Augenpaaren, die mich anstarren, gelingt es mir nicht, mir auch nur irgendetwas vorzustellen.

»Stimmt es, dass du an der Pariser Oper getanzt hast, Madame?«

Die Frage kommt von einem kleinen Mädchen mit blonden Locken und braunen Augen, das einen hautengen Body trägt und Ballettschuhe, die, wie sich unschwer erraten lässt, ein Vermögen gekostet haben müssen.

»Molly, du kannst Molly zu mir sagen. Ihr alle, natürlich. Und um deine Frage zu beantworten, ja, ich war lange Nachwuchstänzerin an der Ballettschule der Pariser Oper. Aber das ist lange her und …«

»Meine Mama hat gesagt, das kann gar nicht stimmen«, unterbricht mich die Kleine bestimmt.

»Na ja, weißt du, deine Mutter kann ruhig denken, dass es nicht stimmt, das ist nicht schlimm. Und es ist auch schon lange her.«

»Aber kannst du denn noch tanzen?«, will ein anderes Mädchen wissen. »Auch wenn es so lange her ist?«

An dieser Stelle könnten vielleicht die Cookies zum Einsatz kommen. Irgendwie ist der Start etwas mühsam.

»Ich möchte euch was vorschlagen: Zuerst einmal sagt ihr mir alle, wie ihr heißt, und dann zeige ich euch ein bisschen was zu einem meiner Lieblingsmusikstücke, einverstanden?«

Das kleine Mädchen mit den blonden Locken und der skeptischen Mutter heißt Alice. Neben ihr sitzen Zoé, Camille, Elsa, Yasmine, Louise, Maddie und Lou. Letztere hält sich etwas abseits. Mit sittsam geschlossenen Knien, die Arme an den Seiten herabhängend, sitzt sie da, ihr Blick wirkt verloren, ja, beinah erloschen. Sie strahlt eine Traurigkeit oder eine Einsamkeit aus, die mich tief berührt, obgleich ich sie erst seit ein paar Minuten beobachte.

Die Mädchen sind zwischen sechs und acht.

»Und wer ist der junge Mann da hinten?« Ich deute auf einen kleinen Jungen, der an einer Wand des Tanzsaals auf dem Boden sitzt.

»Das ist Gabriel«, antwortet sofort Maddie für ihn. »Mein großer Bruder. Also, eigentlich ist er nur drei Jahre älter als ich, ich bin nämlich auch schon groß.

Meine Mama kann nicht auf ihn aufpassen, weil sie beim Pilates ist. Das ist sehr anstrengend, und man bekommt davon Bauchschmerzen. Kennst du Pilates? Und weil wir kein Kindermädchen mehr haben, seit ich in den Kindergarten gehe, muss Gabriel mitkommen. Ich komme aber bald in die erste Klasse. Mama hat gesagt, dass das gut ist, weil da lernt man lesen …«

Um den Redefluss zu bremsen, nicke ich dem kleinen Jungen zu, der zur Antwort schüchtern lächelt.

»Gut, wollen wir dann tanzen?«

»Jaaa!«, antworten meine Schülerinnen im Chor.

Mit Ausnahme der kleinen Lou.

»Also, wie versprochen, tanze ich euch etwas aus meinem Lieblingsballett vor, und dann möchte ich sehen, was ihr könnt.«

Fünfundvierzig Kursminuten später bin ich adoptiert. Nachdem ich ein paar Tanzschritte zur Musik von *Schwanensee* zum Besten gegeben habe, hat mir jedes Mädchen einzeln eine Kostprobe seiner Talente gegeben. Und das mit großem Eifer, um möglichst viel Lob meinerseits zu ergattern. Und bei jedem Kompliment haben sich ihre Wangen vor lauter Freude rot gefärbt.

Alice hat betont, ihre Mutter habe ihr gesagt, sie werde eines Tages Solotänzerin, weil sie sehr begabt sei.

Die kleine Lou hat mitgemacht, wenn auch mit wenig Begeisterung. Und Gabriel, Maddies Bruder, nun, den habe ich gar nicht gehört. Mucksmäuschenstill hat er zugesehen, wie hypnotisiert.

Nun sitzen sie alle im Schneidersitz vor mir. Ich habe ihnen zur Feier der ersten Tanzstunde und des nigelnagelneuen Bandes, das uns nun eint, leckere Cookies versprochen. Natürlich habe ich auch Gabriel eingeladen, sich zu den Mädchen zu gesellen, schließlich hat auch er eine Leckerei verdient.

Als also die Cookies verteilt sind, sehe ich ihnen zu, wie sie voller Glück hineinbeißen.

»Die sind so lecker, deine Cookies, Madame!«, sagt Gabriel mit vollem Mund.

»Ich hab sie nicht selbst gemacht, sondern eine Freundin, Nadège. Ich werde ihr sagen, dass es euch geschmeckt hat, da wird sie sich sehr freuen.«

Kaum sind die Cookies aufgegessen, geht die Tür auf, und die Eltern strömen herein. Im Nu sind meine Schülerinnen bei ihnen, um wild gestikulierend und in allen Einzelheiten zu erzählen, wie die Stunde verlaufen ist.

Ich lächle, stolz, so viel Begeisterung ausgelöst zu haben. Einige der Eltern kommen zu mir, um mir die Hand zu geben und sich vorzustellen.

»Guten Abend, ich bin Alices Mutter. Ist es gut gelaufen?«

»Guten Abend, ich bin Molly. Ja, es ist sehr gut gelaufen. Die Kinder waren wunderbar. Sie haben toll mitgemacht und waren sehr eifrig.«

»Ja, das ist meine Alice. Ich lege großen Wert darauf, dass sie sich bei allem, was sie tut, Mühe gibt. Im Leben zählen nur die Ersten.«

Mit zufriedenem Gesicht nimmt Alices Mutter ihre

Tochter bei der Hand und zieht sie aus dem Saal. Ich sehe ihnen nach und muss ein Lachen unterdrücken: Vollkommen synchron stolzieren sie mit hocherhobenem Kopf und vorgereckter Brust hinaus. Das sieht bei einer Siebenjährigen wirklich zu komisch aus.

Nun ist nur noch Lou im Saal, die, eingepackt in Mantel und Schal, brav an der Wand auf dem Boden sitzt.

»Deine Mama kommt sicher gleich«, sage ich mit aufmunterndem Lächeln.

»Ich hab keine Mama«, entgegnet sie.

Bravo, Molly! Jeder Kinderpsychologe würde sich an den Kopf fassen …

Da ich nicht weiß, was ich darauf sagen soll, schweige ich. Ich gehe auf die andere Seite des Saals, um meine Tasche zu holen und meine CDs einzupacken. Das also ist der Grund, weshalb das kleine Mädchen so traurig aussieht. Sie hat keine Mutter mehr …

»Guten Abend, ich bin Lous Vater. Verzeihen Sie die Verspätung, ich bin aufgehalten worden.«

Die Stimme ist mir vertraut. Was seltsam ist, da ich ja niemanden hier kenne. Eine warme und kräftige Stimme. Aber …

Ich fahre herum. Meine Befürchtung bestätigt sich. Der Kerl von neulich von der Skipiste steht vor mir. Ohne seine Skijacke natürlich. Diesmal trägt er eine dunkle Stoffhose und ein blaues Hemd, dessen Ärmel er hochgekrempelt hat. Ganz ohne Zweifel, er ist es.

»Sieh mal einer an. Sie hier. Ich hoffe, Sie tanzen besser, als Sie Ski fahren!«, ruft er überrascht und zwinkert mir zu.

Offensichtlich hat auch er mich wiedererkannt.

»Aber ich fahre sehr gut Ski! Ich habe mich nur warm gemacht. Wären Sie ein paar Minuten später vorbeigekommen, na gut, sagen wir, ein paar Stunden später, hätten Sie Ihre Meinung über mich geändert.«

Er lacht.

»Ach so. Dann bitte ich um Verzeihung. Hiermit entschuldige ich mich in aller Form dafür, dass ich mich über eine große Skifahrerin lustig gemacht habe.«

»Recht so. Entschuldigung angenommen.«

»Sicher sind Sie damit einverstanden, mir Ihre Talente auf der Piste bei Gelegenheit einmal vorzuführen?«

»Äh, na ja …«

»Papa, weißt du, was? Molly war Nachwuchstänzerin an der Pariser Oper«, unterbricht uns Lou. »Sie kann sehr gut tanzen.«

»Das ist nett von dir, Lou, vielen Dank. Aber du tanzt auch ganz toll.«

»Nein, das glaube ich nicht«, erwidert sie leise und lässt den Kopf hängen. »Gehen wir, Papa? Du hast doch versprochen, mir heute Abend Crêpes zu machen.«

»Das hab ich nicht vergessen, meine Prinzessin. Crêpes mit Mirabellenkonfitüre.«

Lous Blick hellt sich für einen Augenblick auf, um sich gleich darauf wieder zu verfinstern. Ihr Vater nimmt ihre Hand und reicht mir die andere, um sich zu verabschieden.

»Also, dann bis Donnerstag. Molly, richtig?«

»Genau. Aber eigentlich Mittwoch.«

Ich sehe ihnen nach, während sie hinausgehen, und fühle mich ein bisschen traurig wegen dieses kleinen Mädchens, das ich nicht habe lächeln sehen und das auch, im Gegensatz zu den anderen, nicht gelacht hat.

Die beiden bleiben noch einmal stehen, und Lous Vater flüstert seiner Tochter etwas ins Ohr, ehe er noch einmal zu mir zurückkommt.

»Es tut mir wirklich leid, dass ich mich neulich auf der Piste über Sie lustig gemacht habe. Und da ich ja nun weiß, dass Sie eine gewiefte Skifahrerin sind … Darf ich Sie am Samstagabend zur Entschuldigung auf einen Drink einladen? Natürlich nur, wenn Sie noch nichts vorhaben.«

»Äh … Ja, warum nicht. Ich kenne noch niemanden in Grenoble, das ist eine gute Gelegenheit.«

Ein Lächeln breitet sich über sein Gesicht und bringt strahlend weiße Zähne zum Vorschein.

»Freut mich. Sagen wir neunzehn Uhr? Wenn Sie die Stadt noch nicht kennen, schlage ich vor, wir treffen uns hier. Das ist das Einfachste.«

»Einverstanden.«

»Ich wünsche Ihnen einen schönen Abend, Molly.«

Dann geht er wieder zur kleinen Lou, die sich keinen Millimeter bewegt hat.

»Verraten Sie mir auch, wie Sie heißen? ›Der Papa von Lou‹ ist ein bisschen lang.«

Er dreht sich zu mir um.

»Ach ja, entschuldigen Sie, ich hab mich gar nicht vorgestellt. Ich heiße John.«

John.

Bitte sag mir, dass du einen John oder einen Brad kennengelernt hast, meinetwegen auch einen Luke, der dich an eine Wand drückt und im Stehen nimmt.

Ohne dass ich es wollte, spielt sich vor meinem geistigen Auge eine Szene ab, die alles andere als jugendfrei ist. Hitze steigt mir in die Wangen. Also wirklich, Molly!

Das Lächeln auf dem Gesicht von John-Vater-von-Lou wird noch breiter; und in seinen Augen taucht das gleiche spöttische Leuchten auf wie in den Augen von John-von-der-Skipiste.

»Ich hätte nicht gedacht, dass mein Name solche Reaktionen auslöst.«

Jetzt werde ich wirklich knallrot.

»Überhaupt nicht, ich hab an was ganz anderes gedacht.«

Antoine Louvier. Cordhose. Herrenslipper mit Troddeln. Das sollte reichen, um meine Wangen auf Zimmertemperatur runterzukühlen.

26

4. März

»Da bin ich! Und ich hab uns Munition mitgebracht!«

Vor meiner Wohnungstür steht eine bis über beide Ohren grinsende Nadège, deren Augen vor Ungeduld funkeln. Sie hat mehrere Papiertüten dabei.

Als ich ihr erklärt habe, welchen Auftrag mir Marie für den Monat März gegeben hat, war sie hellauf begeistert und hat mich gleich gefragt, ob Marie wohl etwas dagegen hätte, wenn ich mir die Aufgabe mit jemandem teile.

Marie hat Abende unter Freunden geliebt: Leute treffen, große Tischgesellschaften, ausgelassen miteinander lachen. Ich bin mir also sicher, dass sie nichts einzuwenden hätte.

»Hast du die Buchhandlung leer gekauft?«

»Ich konnte mich nicht entscheiden. Außerdem dachte ich, es ist lustiger, wenn wir uns verschiedene Geschichten vorlesen. Findest du nicht auch? Schließlich wollte Marie doch literarische Entdeckungen machen. Die soll sie bekommen«, fügt sie hinzu und drückt mir eine der

Tüten in die Hand. »Abgesehen davon dachte ich, dass wir ja auch etwas essen müssen. Erotik macht hungrig! Ich hab uns ein paar Kleinigkeiten gemacht: Salate und Minisandwiches.«

Ich trete beiseite, um Nadège hereinzulassen.

»Du bist ein Schatz«, sage ich und schließe die Tür hinter ihr.

»Hör auf, ich muss mich bei dir bedanken, dass du mich bei dieser kleinen Party mitmachen lässt. Seit ich dich kenne, fühle ich mich zehn Jahre jünger. Die Leute in meinem Alter sind so was von langweilig! Die stehen schon mit einem Bein im Grab!«

Ich lache. Während Nadège es sich auf dem Sofa gemütlich macht, richte ich die Sandwiches auf einem Teller an. Es sind genug für ein ganzes Regiment und alle möglichen Sorten.

Ich für meinen Teil habe uns mehrere Liter Cosmopolitan gemixt. Nie wieder Mojitos, es lebe der Wodka!

Als sich alles auf dem Couchtisch befindet, setze ich mich zu Nadège aufs Sofa und schmiege mich in die Rückenlehne.

»Na, dann lass mal sehen, was du für Schätze aufgetan hast!«

Nadège hat zwischen uns auf dem Sofa vier Romane ausgebreitet.

»Was haben wir denn da? *Heiße Nächte und verzehrende Leidenschaft*, *Die Unbefriedigte*, *Frisches Fleisch* und außerdem einen Roman mit dem wahnsinnig subtilen Titel: *Nimm mich im Stehen*.«

Ich pruste los.

»Der hätte Marie gefallen! Na, dann fang ich mal mit dem an.«

Flüchtig taucht Johns Bild vor mir auf, aber schnell scheuche ich es wieder in mein Unterbewusstsein zurück. Wenn ich mich nicht besser unter Kontrolle habe, könnte es am Samstagabend peinlich werden.

Ich serviere Nadège einen Cocktail, schenke auch mir einen ein und nehme mir ein Eiersandwich, in das ich voller Genuss hineinbeiße. Bei Sandwiches bin ich nicht nachtragend.

»Das ist ja köstlich, Nadège!«, schwärme ich mit vollem Mund. »Was hast du da reingetan?«

»Eine Geheimzutat! Einen Schuss Honig.«

»Ich werde nie wieder andere Sandwiches essen als deine.«

»Ach, das ist doch nichts Besonderes. Ich gebe dir die Rezepte, wenn du willst. Lass uns loslegen, ich fange mit der *Unbefriedigten* an.«

Die nächsten Minuten vergehen in allgemeinem Schweigen. Wir sind beide in unsere Romane vertieft. In einem Zug leere ich meinen Cocktail. In meinem Magen breitet sich eine angenehme Wärme aus. Genau richtig, um eine erotische Lektüre zu beginnen.

Nadège kichert als Erste.

»Hör mal zu: ›Kaum ist die Tür des Hotelzimmers zu, da spüre ich schon seine Hände auf mir. Er fasst mich an den Hüften, und ehe ich mich versehe, hat er meinen Rock hochgeschoben. Ich kann hören, wie er den Atem anhält, als er die Strapse erblickt, die den Hintern zieren, den er so begehrt. Ich trage keinen Slip, und er kann seine gierigen Augen nicht von meinem Honigtopf nehmen. Er beißt mir in den Hals und steckt forsch einen Finger in mich hinein, um sich zu vergewissern, dass ich ebenso erregt bin wie er. Oh ja, das bin ich.›«

»Was? Und das schon am Anfang des Romans?«

»Man weiß doch sowieso, wohin es führt, wozu also um den heißen Brei herumreden.«

»Trotzdem, dass es gleich so zur Sache geht!«

»Warum, sind sie bei dir noch angezogen?«

»Ich hab erst zwanzig Seiten gelesen, und: Ja, sie sind noch angezogen. Aber nicht mehr lange.«

Wir vertiefen uns wieder in unsere jeweilige Lektüre. Aus den Augenwinkeln sehe ich, dass Nadège ein bisschen rot wird.

»Gib zu, dass es dir Spaß macht!«

»Du redest hier mit einer Frau, deren Mann sie vor ein paar Monaten wegen einer anderen hat sitzen lassen. Momentan trage ich statt Reizwäsche Stützstrümpfe.«

Ich muss lachen.

»Mach dich nur lustig! Warte erst mal, bis du in mein Alter kommst.«

»Ach weißt du, bei mir läuft gerade auch nicht viel. Seit Germain hatte ich niemanden mehr. Und mit ihm war es auch nicht besonders … Na ja, du weißt schon.«

»Wohingegen ich mich in dieser Hinsicht nicht beklagen kann. Im Gegenteil.«

»Da, jetzt hab ich eine Stelle gefunden!«, rufe ich aus.

»›Er stand auf und stellte sich stolz, aufrecht und hart vor sie hin. Da verstand sie, fing an, ihn zu blasen, erst langsam, dann immer schneller. Sein sich beschleunigender Atem sagte ihr, dass es ihm gefiel. Als sie ihn schließlich ganz tief in den Mund nahm, stöhnte er auf … Sie liebte es.‹«

»Die lassen sich ganz schön Zeit, aber wenn es einmal losgeht, machen sie ernst!«

Ich kichere ebenfalls.

»Wie kann man so etwas nur schreiben? Meinst du, die Autoren müssen erst einmal alles ausprobieren, bevor sie es so erzählen können?«

»Also, ich muss meine Rezepte schon ausprobieren, von daher …«, erwidert sie mit einem Zwinkern.

»Wenn ich recht überlege, weiß ich gar nicht, ob diese Art von Büchern hilfreich ist. Stell dir vor, du bist mit jemandem zusammen, und der Sex beschränkt sich auf einen Drei-Minuten-Quickie. Und er lässt dabei die Socken an.«

»Das eröffnet doch ganz neue Möglichkeiten. Viel schlimmer wäre es, gar nicht zu wissen, dass Sex auch so sein kann.«

»Oder dass Socken gar nicht zwingend notwendig sind.«

»Nieder mit den Typen, die ihre Socken anbehalten!«

»Und hinterher fragen, wie sie waren.«

»Geht gar nicht!«

Der Abend vergeht mit Cocktails und dem gegenseitigen Vorlesen erotischer Passagen. Mittlerweile lesen wir nicht mehr die Rahmenhandlung, sondern konzentrieren uns auf die Passagen mit knallhartem Sex, was keine große Schwierigkeit darstellt, denn die finden sich mindestens in jedem zweiten Kapitel.

Der Alkohol trägt seinen Teil bei, und wir lachen wie zwei Verrückte, zweifellos auch ein wenig erregt von so viel auf Papier gebannter Sinnlichkeit.

Gegen elf Uhr bringt uns plötzlich vehementes Klopfen an der Tür unsanft zur Räson.

»Glaubst du, da stehen zwei Männer vor der Tür, um uns eine unvergessliche Liebesnacht zu schenken?«, lacht Nadège.

»Keine Ahnung, aber von den ganzen Büchern ist mir ganz heiß geworden. Wahrscheinlich würde ich jetzt auch zu einem Drei-Minuten-Quickie Ja sagen. Notfalls mit Socken.«

Ich stehe auf und taumle zur Tür. Wer weiß, vielleicht steht ja John davor, mit nacktem Oberkörper, straffen Muskeln, schmachtendem Blick, und wird mir gleich die Bluse aufreißen, meine Brüste mit seinen Händen umfassen, und seine Zunge wird sich um meine Zunge winden … Da sieht man mal, was man davon hat: Vor lauter erotischen Romanen ist mein Hirn schon komplett aufgeweicht.

Falls überhaupt ein Typ vor der Tür steht, dann mit Sicherheit einer von der Gemeindeverwaltung, der für irgendeine gemeinnützige Sache Unterschriften sammelt.

Ohne es wirklich zu glauben, öffne ich die Tür, werfe mich aber sicherheitshalber verführerisch in Pose. Meine Heiterkeit fällt jedoch schlagartig von mir ab, als ich sehe, wer mir gegenübersteht.

27

»Viviane? Was machst du denn hier?«

»Ich komme dich besuchen«, erwidert sie schüchtern, Lichtjahre von ihrer gewohnten Selbstsicherheit entfernt.

»Das sehe ich, aber du hast mir gar nicht gesagt, dass du kommen wolltest. Ich hätte dich doch vom Bahnhof abgeholt.«

»Ich wollte dich überraschen«, antwortet sie und beginnt zu schluchzen.

»Viviane, mein Gott, was ist denn los? Ist Nicolas was passiert? Setz dich erst mal.«

Ich ziehe sie zum Sofa, wo Nadège sitzt, die sich merklich unwohl fühlt. Dazu muss man sagen, dass die Bücher, die wir eben noch gelesen haben, gut sichtbar auf dem Couchtisch liegen …

»Viviane, das ist Nadège, meine Chefin und Freundin. Wir waren gerade dabei … Na ja, ist nicht so wichtig, das erzähle ich dir später. Sag du mir lieber, was passiert ist. Ist was mit Nicolas?«

»Es ist furchtbar!«, ruft Viviane. »Nein, Nicolas geht es gut. Sehr gut sogar.«

Meine Anspannung lässt nach. Maries Tod ist noch allgegenwärtig, eine weitere schlimme Nachricht hätte ich vermutlich nicht verkraftet.

»Was ist es dann? Ich glaube, ich hab dich noch nie so gesehen.«

»Ja eben! Du kennst mich, du weißt, dass ich gern die Kontrolle behalte. Aber jetzt entgleitet mir alles. Ich weiß nicht, ob ich es schaffe, ich weiß ja nicht mal, ob ich es überhaupt möchte«, stammelt sie und bricht erneut in Tränen aus.

»Warte, ich kann nicht folgen. Was entgleitet dir? Gibt es Probleme in der Kanzlei? Dafür lässt sich sicher eine Lösung finden.«

»Probleme in der Kanzlei? Das wäre mir wesentlich lieber. Nein, da ist auch alles in Ordnung. Mein Leben geht plötzlich den Bach runter. Seit ich erfahren habe …«

»Betrügt Nicolas dich? Ist es das? Ach, Viviane, es tut mir so leid …«

»Nein, ganz und gar nicht. Sogar das wäre mir lieber. Ich … ich bin schwanger, Molly. Ich erwarte ein Kind! Ein Scheißkind!«

Erst die Tränen und nun auch noch derart vulgäre Ausbrüche. Es geht mit ihr tatsächlich bergab.

»Aber das ist doch eine tolle Neuigkeit!«

Ich nehme sie in die Arme. Ich für meinen Teil bin vollkommen beruhigt.

»Überhaupt nicht! Es ist viel zu früh! Was ist mit der Kanzlei und meiner Karriere? Ich fange gerade erst an, mir meine Position zu erarbeiten, mich endlich gegen meine männlichen Kollegen durchzusetzen, und da soll ich jetzt alles aufgeben? Und außerdem, ich … ich weiß gar nicht, ob ich überhaupt ein Kind möchte. Ich hab mich noch nie mit einem Kind gesehen. Ich will noch nicht mal eine Katze, wir würden mit unseren Jobs doch glatt vergessen, sie zu füttern. Und jetzt ein Kind, also ehrlich …«

»Und Nicolas? Wie denkt er darüber?«

»Er weiß es noch nicht. Ich hatte nicht den Mut, es ihm zu sagen. Versprich mir, dass du ihm nichts verrätst.«

»Keine Sorge, ich würde mir nie erlauben, es ihm vor dir zu erzählen. Aber vielleicht kann er dir helfen, alles klarer zu sehen?«

»Und dann? Stell dir vor, er freut sich. Stell dir vor, er will das Kind und ich nicht. Nein, ich kann nicht mit ihm reden, bevor ich selber weiß, was ich will. Schließlich ist es mein Körper.«

»Viviane … Ja, es ist dein Körper. Trotzdem hat Nicolas doch ein Anrecht darauf, es zu erfahren, oder? Seit wann weißt du es?«

»Seit drei Tagen.«

»Und weiß Nicolas wenigstens, dass du hier bist?«

»Ja, ich hatte schon länger vor, dich zu besuchen. Ich wollte dich überraschen.«

Ich kenne Vivianes Ordnungssinn. Jedes Ding in seine Schachtel, jede Schachtel an ihren Platz. Ich kann nachvollziehen, wie sehr eine ungewollte und ungeplante Schwangerschaft sie aus der Bahn werfen muss.

»Ich hab euch einen schön heißen Tee mit Milch gemacht. Hier, bitte«, schaltet Nadège sich ein. »Wollt ihr ein Cookie? Ich sage ja immer, es geht nichts über etwas Süßes, dann fühlt man sich gleich besser.«

»Danke«, schnieft Viviane und nimmt die dampfende Tasse entgegen. »Ich wollte euren Abend nicht stören. Ich wusste nicht, dass Molly Besuch hat.«

»Mach dir keine Sorgen, Viv, du störst überhaupt nicht. Nadège und ich waren gerade dabei … Romane zu lesen. Nichts Besonderes also.«

Ich raffe die Bücher zusammen, die auf dem Tisch liegen, und beeile mich, sie in das Fach unter dem Couchtisch zu räumen. Eins fehlt.

Mein Puls beschleunigt sich, als ich sehe, wie Viviane den Roman, auf dem sie sich unbemerkt niedergelassen hatte, unter ihrem Po hervorzieht. Augenblicklich beginnen ihre bis eben noch verweinten Augen, amüsiert zu funkeln.

»Soso, ihr habt Romane gelesen … Und nicht irgendwelche, wie ich sehe. *Nimm mich im Stehen?* Molly, ich wusste gar nicht, dass du solche Sachen liest«, fügt sie lachend hinzu.

Wie schaffen Menschen es, ihre Stimmung so blitzartig zu verändern? Was das angeht, können sich Viviane und meine Mutter die Hand reichen. Fast will ich sie an ihre Schwangerschaft erinnern, damit sie *Nimm mich im Stehen* vergisst, stelle aber fest, dass es mir lieber ist, sie so zu sehen, also verzichte ich darauf.

»Das ist eine der Aufgaben, die Marie mir gestellt hat.

Sie wollte, dass ich an ihrer Stelle erotische Bücher lese. Das ist der Grund.«

Ich hole die drei anderen Werke unter dem Tisch hervor.

Bei der Erwähnung von Marie und ihren monatlichen Aufträgen verfinstert sich Vivianes Blick wieder, aber ich sehe, wie sie sich bemüht, sich ihre Verärgerung nicht anmerken zu lassen. Sie blättert in dem Roman in ihren Händen und beginnt, im Stil der Comédie-Française zu deklamieren:

»›Er ist da, er kommt näher. Lächelnd. Stolz. Mein Gott, ist er schön! Weiß er, wie er auf mich wirkt? Merkt er, dass meine Beine mir den Dienst verweigern? Dass mein Atem immer tiefer wird? Dass eine glühende Kugel sich in meinem Bauch niedergelassen hat und es zwischen meinen Beinen zu kribbeln beginnt? Und wenn er wüsste, dass ich davon träume, dass er sich auf mich stürzt und mir den heißesten aller Küsse gibt? Würde es ihm gefallen, seine Hand über meinen Nacken gleiten zu lassen, während er seine Lippen auf die meinen legt, auf meinen Hals, auf den Ansatz meiner Brüste? Würde er fühlen, wie sehr ich mich danach sehne, seine Hände auf meinem bebenden Körper zu spüren? Die Stöße seiner Lenden in mir zu fühlen?‹«

Nadège prustet los, und angesichts des überzeugenden Tons, in dem Viviane liest, kann ich nicht umhin, ebenfalls zu grinsen, bevor ich laut loslachen muss.

»Ich bin froh, dass ich heute Abend gekommen bin. Es wäre zu schade gewesen, wenn ich das verpasst hätte.

Ach, jetzt fällt es mir wieder ein«, ruft sie aus, »ich habe dir ein Geschenk mitgebracht! Mist, ich hoffe, es lebt noch.«

Lebt noch? Mir läuft es eiskalt den Rücken runter, als ich mir vorstelle, Viviane hätte mir ein Kätzchen mitgebracht, und wir würden das Tierchen erstickt und zerquetscht unter ihren Kostümen ganz unten im Koffer finden.

Mit leiser Sorge sehe ich zu, wie sie zu ihrem Koffer geht, ihn flach auf den Boden legt und öffnet.

»Nein, scheint in Ordnung zu sein«, sagt sie und schwenkt eine mit Wasser gefüllte Plastiktüte, in der ein Goldfisch schwimmt.

Sie kommt zu mir zurück und drückt mir die Tüte mit breitem Grinsen in die Hand.

»Sag Raymond Guten Tag!«

28

5. März

Freundinnen schenken einander in der Regel Blumen, Pralinen, Wein, Parfüm. Meine Freundin schenkt mir einen Goldfisch. Einen Goldfisch namens Raymond.

Viviane wirkte so zufrieden mit ihrem Geschenk, dass ich mich überschwänglich bei ihr bedankt habe, um dann für Raymond einen Platz zu suchen.

Da ich keine Blumen bekommen habe, war eine Blumenvase frei.

Wir drei haben ihm vielleicht eine Minute lang dabei zugesehen, wie er seine Kreise zog. Dann haben wir uns wieder unserer heißen Lektüre zugewandt. Was soll ich sagen, nach der dritten Leserunde wird es doch irgendwie ermüdend.

Der Abend ist spät zu Ende gegangen. Nadège hat sich gegen zwei Uhr morgens verabschiedet. Viviane und ich haben noch eine Weile geredet, nachdem wir uns hingelegt hatten. Über alles, nur nicht über ihre Schwangerschaft. Und auch nicht über Marie.

Ich habe ihr von meinen Schülerinnen erzählt. Von Alice der Perfekten. Und von ihrer Mutter. Von Lou, dem so traurigen kleinen Mädchen.

Und natürlich von John. Dieser Teil hat sie weit mehr interessiert als die vorangegangenen.

Ich habe mich nicht getraut, mich nach Germain zu erkundigen, aber Viviane hat unaufgefordert über ihn berichtet. Anscheinend geht es ihm gut. Er ist stinksauer auf mich, was immerhin schon einmal besser ist, als wenn er mich immer noch wie verrückt lieben würde.

Und heute kündigt sich ein schöner Tag an, denke ich, als ich aus dem Fenster sehe und den Ausblick bewundere. Es ist gutes Wetter, und Nadège hat darauf bestanden, den Salon heute Morgen geschlossen zu lassen, um Viviane und mir zu zeigen, wie man Brot backt. Ich habe versucht, sie davon abzubringen, ihr versichert, es würde Viviane nichts ausmachen, allein zu bleiben, während wir arbeiten, aber sie ließ sich nicht umstimmen.

Freundinnen sind heilig, hat sie geantwortet. Ich denke, dass auch der Anblick einer Viviane mit verschmiertem Mascara[10] einen gewissen Einfluss auf ihre Entscheidung hatte. In Nadège finde ich so viel von dieser Heiterkeit wieder, die ich an Marie so geliebt habe, zusammen mit einer Lebensphilosophie, die mir sehr gefällt.

10 Und Rotz an der Nase. Das sagt man zwar nie, aber diese beiden Dinge treten immer im Doppelpack auf.

Ich bin ganz leise aufgestanden, damit Viviane weiterschlafen und sich von ihrem Gefühlsausbruch erholen kann, habe mich mit einer Decke und einer heißen Schokolade aufs Sofa gekuschelt und hänge meinen Gedanken nach. Ich denke an die Neuigkeit, die Viviane verkündet hat, an diese Schwangerschaft, die sie so verletzlich macht. Ich muss sie unbedingt überreden, es Nicolas zu sagen. Ganz gleich, wofür sie sich entscheidet, ich bin mir sicher, dass sie es eines Tages bereuen wird, wenn sie es ihm nicht sagt. Ich habe sie immer für stark und selbstbewusst gehalten, und nun entdecke ich eine zerbrechliche und ängstliche Seite an ihr, die mich rührt.

Mein Blick fällt auf die Romane, die wir gestern Abend kreuz und quer auf dem Boden haben liegen lassen. Ich muss schon wieder kichern, als ich an die groteske Art denke, in der wir die erotischen Szenen im Shakespeare-Duktus vorgetragen haben.

Marie hätte sich köstlich amüsiert …

»Du fehlst mir, Marie, du fehlst mir so sehr … Warum musste diese blöde Krankheit dich mir wegnehmen?«

»Möchtest du dich lieber alleine unterhalten?«

Viviane steht vor der Schlafzimmertür, ungeschminkt, das Haar zerzaust, wie ein Vogel, der aus dem Nest gefallen ist.

»Hab ich dich geweckt? Entschuldige.«

»Nein, keine Sorge. Ich bin schon eine Weile wach. Ich habe nachgedacht«, sagt sie und setzt sich zu mir auf das Sofa. »Ich muss ständig an das Kind denken, aber ich würde lieber über etwas anderes reden, um auf andere Gedanken zu kommen. Du bist mir doch nicht böse?«

»Überhaupt nicht. So haben wir mehr Zeit, über mein Date heute Abend zu reden!«, füge ich noch schnell hinzu.

»Er scheint dir zu gefallen. Wie heißt er noch mal?«

»John.«

»Ach ja, stimmt. John. Komisch, dass er eine solche Wirkung auf dich hat. Du kennst ihn ja kaum, wenn es stimmt, was du mir gestern erzählt hast.«

Eine Molly verdient einen John …

»Er ist ziemlich schnuckelig. Und ich bin Single. Warum also nicht?«

»Mit Germain ist es endgültig vorbei?«

»Ja. Ich hätte mir auch gewünscht, dass es anders wäre, glaub mir. Ich weiß, wie sehr du ihn schätzt, und es tut mir wirklich leid, dass es nicht funktioniert hat.«

»Ich dachte nur, du suchst nach Sicherheit. Die kann Germain dir geben.«

»Das dachte ich auch. Aber man kann jemanden nicht nur heiraten, weil man Angst hat, allein zu sein. Das wäre ihm gegenüber nicht fair gewesen. Und mir gegenüber auch nicht. Ich will mein Leben nicht auf dieser Angst aufbauen und dafür auf mein Glück verzichten.«

Viviane schweigt einen Moment, dann steht sie auf. »Gut, wollen wir uns fertig machen? Deine Chefin wartet auf uns. Was für eine verrückte Idee, uns Brot backen zu lassen! Da mach ich mir ja die Hände schmutzig!«

Mit Schürze und Kochmütze ausstaffiert, sind wir nun also wieder vereint, diesmal in der Küche des Aux délices de Nadège. Und natürlich sehen wir vollkommen lächerlich aus.

Nadège hat uns wie immer strahlend und voller Energie empfangen. Kaum zu glauben, dass sie nur ein paar Stunden geschlafen hat.

»Ähm, Nadège, müssen wir eigentlich diese Dinger auf dem Kopf tragen?«, frage ich vorsichtig.

»Das ist dazu da, in Stimmung zu kommen, Mädels. Brot backen ist eine richtige Zeremonie.«

Ich verziehe trotzig das Gesicht und schiele zu Viviane hinüber. In maßgeschneiderter pflaumenblauer Hose mit Schürze und Kochmütze sieht sie wirklich zum Brüllen aus. Ich kann mir ein Lachen nicht verkneifen.

»Du siehst toll aus, Viviane! Du solltest deine Plädoyers ab jetzt mit Kochmütze halten. Die steht dir unglaublich gut.«

»Mach dich nur lustig! Ich komme mir vor, als würde jeden Moment Charles Ingalls um die Ecke schlendern und fragen, ob das Essen fertig ist.«

Wir kichern.

»Also schön, Mädels«, unterbricht uns Nadège, »wir sollten langsam anfangen. Wenn wir heute Mittag warmes Brot essen wollen, haben wir keine Zeit zu verlieren.«

»Jawohl, Chefin!«, antworten wir im Chor.

Nadège breitet auf einer Arbeitsfläche die verschiedenen Zutaten aus. Wir machen uns ans Werk. Innerhalb weniger Minuten kleben unsere Hände vor lauter Teig.

»Das ist ja widerlich!«, schimpft Viviane. »Das klebt überall.«

Ihre perfekt manikürten Finger waren mit Sicherheit noch nie mit einem derartigen essbaren – kann das wirklich sein? – Magma in Kontakt.

»Na los, ihr müsst mischen und kneten, mischen und kneten«, ermuntert uns Nadège. »Je mehr Luft in den Teig eingearbeitet wird, umso lockerer werden die Laibe.«

Ich platze lachend heraus.

»Was ist am Teigkneten so komisch?«, erkundigt sich Nadège.

»Nichts, ich finde nur das Wort ›Laibe‹ lustig. Bei Leibern haben wir gestern an ganz andere Sachen gedacht.«

Nadège muss nun ebenfalls grinsen.

»Was das betrifft, tja, lasst euch sagen, ich bin letzte Nacht noch beim Thema geblieben …«

»Ach nein! Na los, erzähl schon!«

»Na ja, so verrückt ist es nun auch wieder nicht. Sagen wir, ich hatte gestern noch Besuch von einem Freund, und bei reiner Freundschaft ist es nicht geblieben …«

»Und wer war das? Raus mit der Sprache, das ist doch das Wichtigste. Jemand, den ich kenne?«, bestürme ich sie.

Nadège wird rot.

»Aha, ins Schwarze getroffen!«

»Antoine.«

»Antoine … Monsieur Louvier? Ist er nicht verheiratet? Gefällt er dir?«

»Wenn du ihn mit Nachnamen nennst, könnte man meinen, er wäre achtzig. Dabei ist er gerade mal fünfzig. Er ist Witwer, seine Frau ist vor drei Jahren an Krebs gestorben. Und ich … Na ja, meine Geschichte kennst du ja. Ob er mir gefällt … Sagen wir, ich mag ihn.«

»Dein Unterbewusstsein scheint ihn sogar sehr zu mögen. Und wie war der Freundschaftsbesuch? Eher wie in *Unbefriedigt* oder wie in *Nimm mich im Stehen*?«

Meine freche Frage handelt mir eine Handvoll Mehl ein. Überrascht schreie ich auf.

»He, meine schöne Mütze! Na warte!«

Ich nehme meinerseits eine Handvoll Mehl und werfe sie nach Nadège, die sich jedoch rechtzeitig wegduckt. Doch als sie sich wieder aufrichtet, kommt sie Viviane in die Schusslinie.

»Jaaa! Getroffen! Bravo, Viviane!«

Innerhalb weniger Minuten verschwindet die Küche hinter einer dichten Mehlwolke. Es ist eine erbitterte Schlacht. Ich lache so sehr, dass ich kapitulieren muss, von einer Ladung Mehl aus dem Hinterhalt zur Strecke gebracht.

Das war's mit Teigkneten, die Laibe können wir abhaken. Glücklicherweise hatte Nadège eine Vorahnung. Im Hinterzimmer stehen mehrere Brotteige zum Gehen. Wann ist sie bloß aufgestanden, um sie vorzubereiten? Es ist mir ein Rätsel. Der schöne Antoine muss sie aus dem Bett gescheucht haben. In aller Herrgottsfrühe.

Zwei Stunden später kosten wir die dicken warmen und knusprigen Brotscheiben, die Nadège dünn mit Butter bestrichen und mit Landschinken belegt hat. Ein wahrer Gaumenschmaus.

Wir unterhalten uns ausgelassen. Viviane plaudert aus dem Nähkästchen und erzählt Nadège Anekdoten aus der Anwaltskanzlei. Wie die von dem Ehepaar mit zwei Kindern, das sich monatelang um das Sorgerecht für den Hund gestritten hat. Oder von der Frau, die sie gefragt hat, ob schlechte Körpergerüche ein Scheidungsgrund seien.

»›Sie können sich nicht vorstellen, was für einen Fußgeruch er hat! Ich hoffe schon immer, dass er die Schuhe zum Schlafen anbehält, es ist unerträglich!‹«, ahmt Viviane sie nach.

Es ist schön, sie so entspannt zu sehen. In maßgeschneiderter Hose, natürlich, aber entspannt.

»Gut, Mädels, nicht dass ich mich langweile, aber es ist gleich fünfzehn Uhr, und, Nadège, du machst in zwei Stunden den Laden auf. Wir sollten besser gehen. Dann kannst du noch ein kleines Mittagsschläfchen halten. Oder wonach der Sinn dir sonst gerade steht«, füge ich mit einem Zwinkern hinzu.

Viviane ist sichtbar hingerissen vom Charme dieser energiegeladenen und überaus liebenswürdigen Frau. Ich freue mich, dass sie sich so gut verstehen.

Sowie wir draußen sind, hake ich mich bei Viviane unter und schleppe sie zu einem kleinen Spaziergang durch Grenoble, dessen Höhepunkte natürlich die Seilbahn zur Bastille und der atemberaubende Blick über die Stadt sind.

»Es ist schön, oder?«

Wie ich vor wenigen Wochen, so ist auch Viviane überwältigt. Wir setzen uns auf eine Bank, und ich nehme ihre Hand.

»Ich habe über das, was du gestern gesagt hast, nachgedacht«, unterbricht Viviane die Stille, die sich für ein paar Minuten zwischen uns gesenkt hatte. »Dass die Angst nicht unser Leben bestimmen sollte.«

»Das hab ich gesagt?«

»Ja. Und du hast recht. Im Grunde habe ich tatsächlich Angst. Und deshalb organisiere und plane ich alles. Aus Angst, dass etwas Unvorhergesehenes passiert und ich die Kontrolle verliere. Zu Hause notiere ich alles auf einem großen Wandplaner: was wir in den kommenden zwei Wochen essen werden, sämtliche Verabredungen, wann und mit wem wir ausgehen, wann welche Rechnungen fällig sind. Fehlt nur noch, dass ich unser Liebesleben plane …«

»Ach, Viviane …«

»Es ist jämmerlich, oder?«

»Finde ich nicht. Viele Leute haben Angst, die Kontrolle zu verlieren. Es ist … menschlich.«

»Ich bewundere dich, weißt du das? Einfach alles so hinter dir zu lassen, quasi über Nacht.«

»Du musst mich nicht bewundern. Die meiste Zeit bin ich selbst erschrocken über diese Entscheidung.«

»Aber dennoch, du hast sie getroffen.«

»…«

»Während ich wie betäubt bin. Unfähig, auch nur irgendetwas zu entscheiden.«

»Das Kind?«

Sie nickt.

»Hör zu, Viv, ich weiß nicht, wofür du dich entscheiden wirst, aber ich weiß, dass du es eines Tages bereuen wirst, Nico nichts gesagt zu haben. Jedenfalls wenn …«

»Ich es nicht behalten sollte?«

»Genau.«

»Und wenn er es behalten will und ich nicht?«

»So weit bist du ja noch gar nicht. Und außerdem habe ich dir schon oft zugehört, wenn du deine Plädoyers geübt hast. Da wird er stichhaltige Argumente brauchen, um dich umzustimmen.«

»Stimmt, ich bin ziemlich gut.«

»Du meinst wohl brillant! Und glaub mir, es gibt mir ein Gefühl der Sicherheit, eine Anwältin wie dich als Freundin zu haben.«

»Falls du dich jemals scheiden lassen solltest, kannst du dich darauf verlassen, dass ich deinem Ex-Süßen eine harte Nuss zu knacken gebe.«

»Bevor ich mich von einem zukünftigen Ex scheiden lassen kann, muss ich erst mal einen gegenwärtigen Noch-nicht-Ex finden. Was mich daran erinnert, dass ich heute Abend ein Date habe und wir zurückmüssen. Nach dem erotischen Shakespeare-Abend, der kurzen Nacht und dem Mehlbad heute Morgen muss ich furchtbar aussehen.«

»Du hast recht. Gehen wir. Und, Molly … danke, dass du für mich da bist. Ich weiß, dass ich nicht immer sehr verständnisvoll war, was die Sache mit Marie und ihren Briefen angeht. Ich wollte dir sagen, dass es mir leidtut. Ich war eifersüchtig. Es ist dumm, ich weiß.«

Ich nehme sie in die Arme.

»Hör auf, sonst muss ich noch weinen«, fügt sie hinzu und schiebt mich sanft von sich weg. »Das passt nicht zu meinem Image der knallharten Anwältin.«

29

Ich wollte in Sachen Outfit nicht übertreiben. Da ich leider nicht sehr viel Ähnlichkeit mit Cameron Diaz habe, die sogar in ausgebeulter Jogginghose gut aussieht, ist meine Wahl auf ein schwarzes knielanges Kleid mit Dreiviertelarm gefallen. Ein breiter weißer Gürtel und schwarze Lackballerinas vervollständigen den Look. Die Haare trage ich offen, und die gestuften Locken fallen mir weich über die Schultern. Auch wenn ich mich ständig über meine so schwer zu bändigende Haarpracht beschwere, muss ich doch zugeben, dass der Effekt heute ziemlich gelungen ist.

Ich bin eine Viertelstunde zu früh da. Vor dem Tanzsaal versuche ich, meine Nervosität ein wenig zu dämpfen, indem ich über meine nächste Tanzstunde nachdenke und meine Idee, ein Stück aufzuführen. Ich könnte mich von einem berühmten Ballett inspirieren lassen und es für Kinder adaptieren. Vielleicht der *Nussknacker* …

»Sie werden doch diesmal nicht rot werden?«

Johns Frage reißt mich aus meinen Gedanken. Und … ich werde rot.

»Ah, so erkenne ich Sie wieder! Ich dachte schon, mein Charme wirkt nicht mehr.«

»Welcher Charme? Ich finde Sie eigentlich ziemlich gewöhnlich.«

Die Gleichgültige zu spielen, scheint mir angesichts seiner Selbstsicherheit die angemessene Taktik.

Natürlich bin ich genau das Gegenteil von gleichgültig. Er trägt eine gut geschnittene dunkle Jeans und einen dünnen grauen Pulli mit V-Ausschnitt, der seine sportliche Figur zur Geltung bringt. Weiße Turnschuhe verleihen dem Ganzen genau das richtige Maß an Entspanntheit. Genau so, wie ich es mag. Er ist frisch rasiert, die Haare sind leicht gegelt, und die Augen … sind immer noch so blau.

»Wenn ich bedenke, dass ich Ihnen gerade sagen wollte, dass Sie in diesem Kleid hinreißend aussehen … Zum Glück hab ich's nicht getan. Gehen wir? Die Kneipe ist ein Stück weiter.«

»Das Wetter war toll heute.«

Mein Gott, Molly …

»Ich hab mal gehört, wenn man übers Wetter spricht, ist man befangen. Sie sind doch nicht befangen, mit einem so gewöhnlichen Typ wie mir?«

Kann der arrogant sein!

»Was hat das damit zu tun? Ich wollte nur sagen, dass heute ein sehr schöner Tag war. Ich kann auch nichts dafür, wenn Sie die einfachen Dinge des Lebens nicht zu schätzen wissen.«

Er lacht laut auf.

»Sie haben anscheinend auf alles eine Antwort.«

»Eher nicht. Aber meine Freundin Viviane. Sie ist Anwältin. Die würde Ihnen im Nullkommanichts das Mundwerk stopfen.«

»Sie sind zu bescheiden. Genau wie beim Skifahren.«

Ehe mir eine passende Antwort einfällt, bleibt er vor einer belebten Kneipe im Stadtzentrum stehen. Er stößt die Tür auf und lässt mir den Vortritt. Das Lokal ist brechend voll, und das Gelächter und die Gesprächsfetzen sind ohrenbetäubend. Intim ist anders. Ich sehe es schon bildlich vor mir: Wir bestellen ein paar Krüge Bier, knabbern in Käse ertränkte Nachos, und er schlägt mir auf die Schulter, während er mir Witze erzählt. Ich kann es kaum erwarten.

Zielstrebig kämpft er sich zum hinteren Ende der Kneipe durch und macht einen freien Tisch ausfindig. Als ich mich setzen will, beeilt er sich, mir aus dem Mantel zu helfen.

»Ich bin vielleicht gewöhnlich, aber ich weiß, was sich gehört«, flüstert er mir ins Ohr, mit seiner samtigen Stimme, die augenblicklich leichte Hitzewallungen in mir auslöst.

Diese blöden erotischen Bücher!

Wir setzen uns auf die mit grünem Samt bezogene Sitzbank. Der Tisch aus Akazienholz ist, das muss ich zugeben, von guter Qualität. Und auch die Beleuchtung ist ziemlich schmeichelhaft.

Ein Kellner kommt zu uns an den Tisch, und John bestellt zwei Gläser Rotwein.

»Sie bestellen einfach für mich?«, rufe ich entrüstet.

»Ich lasse Sie von meinen Kenntnissen in Sachen Wein profitieren. Das ist was anderes.«

»Und wenn ich keinen Rotwein mag?«

»Ist es so?«

»Nein, aber …«

»Dann brauchen Sie nicht so beleidigt zu tun.«

»Sind Sie immer so?«

»Immer wie?

»Provokant!«

Sein Gesicht hellt sich auf. »Das ist ja schon mal besser als gewöhnlich. Wenn Sie sich über mich aufregen, bin ich Ihnen wenigstens nicht gleichgültig. Das ist ein ziemlicher Fortschritt innerhalb weniger Minuten.«

»Ich …«

»Kommen Sie schon, ich will Sie nur ärgern. Den Wein, den ich bestellt habe, hat ein Freund von mir gemacht. Ich fände es schön, wenn Sie ihn mal probieren würden.«

Just in dem Moment taucht der Kellner mit den beiden Gläsern auf. Ich nehme mein Glas und trinke einen kleinen Schluck. Der Wein ist köstlich.

»Nicht übel, aber ich hab schon Bessere getrunken«, sage ich blasiert, um ihn meinerseits zu necken.

Als er ein aufrichtig enttäuschtes Gesicht macht, muss ich lächeln.

»Da sehen Sie, wie das ist! Der Wein ist übrigens hervorragend, Sie hatten recht.«

Ich beginne, mich zu entspannen. Die folgenden Minuten sind ziemlich angenehm. John fragt mich, was mich nach Grenoble verschlagen hat. Ich erzähle von dem Wochenende mit Sacha – ein guter Freund, präzisiere ich –, davon, wie wir an der Stellenanzeige vorbeigekommen sind, und von meinem Wunsch, etwas zu tun, was mir Spaß macht. Ich sage nichts von Germain und seinem Heiratsantrag. Und seltsamerweise erwähne ich nicht einmal Marie. Ohne dass ich es mir erklären könnte, habe ich zum ersten Mal keine Lust, diese beiden Ebenen meines Lebens miteinander zu vermischen.

Nachdem ich genügend Vertrauen aufgebaut habe – der Alkohol trägt mit Sicherheit das Seine dazu bei –, frage ich ihn mit einem Mal: »Und Sie? Wie lange sind Sie schon Witwer?«

Ach du liebe Güte .... Wie schaffe ich es bloß immer, in wirklich jedes Fettnäpfchen zu treten?

»Entschuldigung, ich ... Es tut mir leid, ich wollte Ihnen nicht zu nahe treten.«

»Sie brauchen sich nicht zu entschuldigen. Ich bin kein Witwer. Wie kommen Sie darauf?«

»Weil ... Na ja ... Ihre Tochter neulich. Sie hat gesagt, dass sie keine Mutter hat, da dachte ich ...«

Ihm fällt fast das Gesicht runter.

»Das hat sie gesagt? Nein, Lous Mutter ist nicht tot. Als ich das letzte Mal von ihr gehört habe, war sie jedenfalls noch quicklebendig, auch wenn ich nicht so genau weiß, wo sie gerade ist.«

»Sie müssen mir das nicht erzählen, es geht mich nichts an.«

»Da ich ja schwer hoffe, dass wir uns heute nicht zum letzten Mal sehen, ist es nur verständlich, dass Sie wissen wollen, worauf Sie sich einlassen.«

Bloß nicht hochsehen, und vor allem: bloß nicht rot werden. Hat er wirklich gesagt, was er gerade gesagt hat?

»Lous Mutter war nicht … Sagen wir, sie war ziemlich labil, und Mutter zu sein, ging einfach über ihre Kräfte hinaus. Ich war mir dessen bewusst, aber vor lauter Glück über ihre Schwangerschaft habe ich es ignoriert. Als Lou geboren wurde, habe ich sehr schnell gemerkt, dass es nicht funktionieren würde. Sandrine hat sich geweigert, sie auf den Arm zu nehmen. Manchmal schien sie sie nicht einmal zu sehen. Sie hat sie nie weinen gehört. Und eines Tages ist sie fortgegangen. Sie hat mir einen Zettel hinterlassen, auf dem sie mich nur bat, ihr nicht böse zu sein. Lou war gerade zwei geworden. Ich tue, was ich kann, um das zu kompensieren und ihr die Liebe zweier Eltern zu geben, aber es ist nicht immer leicht.«

Das Bild des kleinen Mädchens mit dem traurigen Gesicht zerreißt mir das Herz.

»Es tut mir wirklich leid. Das war sicher nicht einfach für Sie.«

»Die Frage habe ich mir gar nicht gestellt. Lou ist das Beste, was mir je passiert ist. Ich bereue nichts. Aber ich habe Angst, ihr nicht zu genügen. Ich sehe sehr wohl, dass sie manchmal unglücklich ist, auch wenn sie versucht, es mir nicht zu zeigen. Sie ist ein so sensibles kleines Mädchen.«

»Mir kommt sie gar nicht unglücklich vor.«

Ich nehme einen Schluck Wein und knabbere ein paar Erdnüsse. Dabei lasse ich meinen Blick umherwandern, Hauptsache, ich sehe ihn nicht an.

»Sie lügen nicht besonders gut, hat Ihnen das schon mal jemand gesagt?«

Er nimmt für ein paar Sekunden meine Hand. Es fühlt sich fast an wie ein Stromschlag.

»Aber trotzdem danke, Sie haben es nett gemeint. Da Sie nun über mein ganzes Beziehungsdrama auf dem Laufenden sind und da es nicht einmal acht ist und unsere Gläser noch halb voll: Was halten Sie von einem Themenwechsel?«

Themenwechsel. Ein leichteres Thema. Die Atmosphäre entspannen.

»Viviane, meine Anwaltsfreundin, von der ich Ihnen vorhin erzählt habe, hat mir gestern einen Goldfisch mit Namen Raymond geschenkt.«

John sieht mich erstaunt an und beginnt zu lachen.

»Raymond?«

»Ist das das Einzige, was Sie schockiert? Der Name? Meine Freundin, die mich gestern zum ersten Mal hier besucht hat, hat kein besseres Geschenk gefunden als einen Goldfisch, und Sie interessieren sich nur für den Namen?«

»Meine Ex-Schwiegermutter hat Sandrine und mir, als sie uns das erste Mal besucht hat, ein Kilo Porree mitgebracht, also von daher … Seitdem schockiert mich nichts mehr«, sagt er mit wehmütigem Lächeln.

»Porree?«

»Genau. Ich habe versucht, ihn in eine Vase zu stellen, aber es sah nicht sehr überzeugend aus.«

Ich lache.

»Dann brauche ich mich über meinen Goldfisch nicht zu beschweren. Immerhin leistet er mir Gesellschaft. Aber da wir gerade von Vornamen reden, John ist nicht allzu geläufig. Haben Ihre Eltern amerikanische Wurzeln?«

»Nein, überhaupt nicht. Meine Eltern waren einfach Fans von John Wayne. Da war es für sie das Naheliegendste.«

Ich kann einen erneuten Lachanfall nicht verhindern.

»Finden Sie das lustig? Ich weiß gar nicht, was daran so witzig sein soll.«

»Ich hab nur gerade gedacht, dass Sie Glück hatten, dass Ihre Eltern nicht Fans von Bud Spencer und Terence Hill waren …«

Allerdings: *Eine Molly verdient einen Bud* hätte sich weniger gut angehört …

»Und? Und?«

Für ein paar Sekunden hatte ich gehofft, dass Viviane bei meiner Rückkehr schon schlafen würde. Weit gefehlt. Sie ist putzmunter. Und ein Blick auf das Buch in ihren Händen bestätigt mir, dass sie weit davon entfernt ist einzuschlafen.

»Wie ich sehe, hast du einen Zeitvertreib gefunden. War's schön?«, frage ich mit einem Zwinkern und lasse mich neben sie fallen.

»Sehr lehrreich, würde ich sagen«, erwidert sie und blättert durch die Seiten, ehe sie das Buch schließt. »Wahnsinn, wie gelenkig die Frau ist! Und was der Typ für eine Ausdauer hat. Vielleicht werde ich mal zwei, drei Sachen ausprobieren. Nur zum Spaß. Ich will ja nicht dumm sterben.«

»Selbstverständlich.«

»Und dein Abend? Wie war's?«

»Auch sehr lehrreich.«

Sie lacht.

»Ist das alles? Lehrreich wie eine Folge *Quarks & Co.*? Wir reden hier immerhin von einem Date!«

»Lehrreich ... und ziemlich angenehm, wenn du es genau wissen willst. Von seinem manchmal unerträglichen Zynismus mal abgesehen.«

Viviane sieht mich auf einmal aufmerksam an.

»Was? Hab ich was zwischen den Zähnen?«

»Er gefällt dir, gib's zu. Du hast dieses kleine Leuchten in den Augen. Wie die Frau in dem Schmöker.«

»Ja, ich denke schon. Er ist so anders als ...«

»Als Germain?«

»Er verwirrt mich. Wenn ich ihn rührend finde, provoziert er mich. Und wenn ich mich über ihn ärgere, sagt er mir etwas, was mich rot werden lässt. Ich glaube, ich hab noch nie jemanden wie ihn getroffen.«

»Ich freu mich für dich. Wirklich.«

»Danke, Viv. Auch wenn gar nicht viel passiert ist. Wir haben uns unser Leben erzählt, und dann hat er mich nach Hause gebracht.«

»Er hat dich nach Hause gebracht? Und?«

»Nichts und. Ein Küsschen auf die Wange, sonst nichts.«

Ich lehne mich ins Sofa zurück und greife mir einen der Romane neben mir.

»Völliger Schwachsinn, diese Romane, wenn du mich fragst.«

30

6. März

Das kurze Wochenende mit Viviane war wirklich nett. Bisher haben wir noch nie so viel Zeit nur zu zweit verbracht.

Wenn wir zu dritt waren, also mit Marie, war Viviane nie ganz sie selbst. Ihre und Maries Persönlichkeit vertrugen sich nicht, und sie hielt sich immer zurück. Die beiden waren zu verschieden, um Freundinnen zu sein. Und es tut mir leid, dass mir das nicht früher bewusst geworden ist.

»Kommst du mich bald wieder besuchen?«

Wir sind am Bahnsteig, und Vivianes Zug wird jeden Moment in den Bahnhof einfahren.

»Verlass dich drauf! Ich muss ja überprüfen, ob du dich gut um Raymond kümmerst!«

»Ich würde es mir nie verzeihen, wenn Raymond dem Goldfisch etwas zustoßen würde.«

Ich umarme sie.

»Pass auf dich auf, Viv, und auf …«

»Versprochen, du wirst als Erste erfahren, wie ich mich entscheide. Ich habe nachgedacht. Ich werde es Nico erzählen. Du hast recht, er würde es mir übel nehmen, wenn ich es ihm nicht sage.«

»Ich glaube, das ist das erste Mal, dass ich dich von etwas überzeugt habe. Ich bin ganz gerührt.«

»Und was dich betrifft: Halt mich über die neusten Entwicklungen in Sachen John der Provokateur auf dem Laufenden. Und versuch, mir ein Foto zu schicken. Ich will gern mal sehen, wer dich dazu bringt, rot zu werden. Und gib Nadège ein Küsschen von mir. Sag ihr, dass ich sie toll finde. Sie soll sich nicht scheuen, sich auf diesen Monsieur Bouvier einzulassen.«

Ich kichere.

»Er heißt Louvier. Bouvier ist eine Hunderasse.«

Wieder in meiner Wohnung, erscheint mir die Stille auf einmal unerträglich. Nach dem vielen Gelächter, die sie bis eben noch erfüllt hat, fühle ich mich plötzlich sehr einsam.

Ich gehe zum Couchtisch und greife zu dem Notizbüchlein mit den beiden Ms.

Marie,

ich bin mir nicht im Klaren darüber, ob die erotischen Bücher eine Hilfe oder eher ein Fluch sind. Sicher ist, dass sie uns zum Lachen gebracht haben. Ich hatte einen genialen Abend mit Viv und Nadège. Für einen Moment habe ich sogar vergessen, dass ich die verlo-

ren habe, mit der ich diesen Augenblick gern geteilt hätte.

Danke für dein Geschenk.

Deine-Molly-die-einen-John-verdient

PS: Übrigens, ich habe einen John kennengelernt. Ich dachte, es würde dich freuen, das zu hören. Um ein Haar wäre er ein Bud geworden, aber zum Glück ist er ein John, ein richtiger John. Er würde dir gefallen.

31

8. März

»Tendu, Plié. Tendu, Plié. Los, Mädchen, nicht aufgeben. Tendu, Plié. Tendu, Plié!«

Meine kleinen Schülerinnen sind hoch konzentriert. Eine Hand auf der Stange, der andere Arm grazil in einer Arabeske, machen sie seit etwa zehn Minuten Aufwärmübungen.

»So ist es sehr gut. Und jetzt Füße in die Ausgangsposition. Beine beugen und strecken. Beugen und strecken.«

»Müssen wir das noch lange machen?«, fragt Alice. »Es wäre nämlich besser, wenn ich ein Solo übe, wenn ich eines Tages Solotänzerin werden will.«

»Der Weg zur Solotänzerin ist vor allem von ganz vielen Pliés und Tendus gepflastert, meine kleine Alice, glaub mir.«

Die anderen Mädchen stöhnen. Ich fahre mit meiner Litanei fort und bemerke, als ich einen Blick in den Spiegel werfe, dass Gabriel, Maddies Bruder, hinter mir alle

Übungen mitmacht. Er hält sich an der Wand fest und führt die Bewegungen genauso aus wie die anderen.

»Und jetzt den Rücken schön gerade halten und den Oberkörper nach vorne neigen, der Arm bleibt dabei gestreckt. Langsam hochkommen und noch einmal runter. Mit Anmut, Mädchen, mit Anmut.«

Ich lasse Gabriel nicht aus den Augen, der wirkt, als hätte er nie etwas anderes gemacht. Ich würde ihn gern mal in Bewegung sehen. Ich klatsche in die Hände.

»Wir sind fertig an der Stange, Mädchen. Wie wär's mit ein paar Pirouetten? Habt ihr Lust?«

Ich ernte begeisterte Zustimmung.

»Stellt euch in der Ecke hintereinander auf und kommt zu mir auf die andere Seite. Den rechten Arm schön öffnen, die Beine durchgestreckt und dann ins Plié. So wird es eine schöne Pirouette. Durch den ganzen Saal bis zur anderen Seite. Wer fängt an?«

Diese vollkommen überflüssige Frage wird natürlich sofort von Alice beantwortet.

»Ich! Die anderen brauchen ja ein Vorbild.«

»Na, dann zeig mal, was du kannst, Alice. Bring uns zum Staunen!«

Ich entferne mich von den Mädchen und stelle mich zu Gabriel, der sich dort aufhält, wo die Mädchen nach ihren Pirouetten ankommen sollen.

»Langweilst du dich nicht?«

»Nö, es geht schon. Ich guck zu.«

»Und… hast du auch mal Lust, es zu probieren? Dann geht die Zeit schneller rum.«

Überrascht sieht er mich an.

»Aber ich bin doch ein Junge!«

»Na und? Glaubst du etwa, dass es keine Jungs gibt, die tanzen? Im klassischen Ballett braucht man immer einen Jungen, der die Tänzerinnen trägt. Das ist wichtig.«

»Ich weiß nicht … Meinst du, ich kann das?«

»Du solltest es versuchen. Es kann ja nicht schaden.«

Mehr brauche ich nicht zu sagen. Schon stürmt er los, quer durch den Saal, und stellt sich am anderen Ende hinter Lou in die Reihe.

Alice ist derart überrascht, dass sie das Gleichgewicht verliert und auf dem Po landet.

»Na, meine kleine Alice, stimmt was nicht?«

Verärgert rappelt sie sich auf und setzt die Übung fort. Einen Moment lang glaube ich, Tränen in ihren Augen zu sehen, doch sie fängt sich schnell wieder und lächelt mir siegesbewusst zu.

»Hast du gesehen, Molly, was für tolle Pirouetten ich machen kann?«

»Sehr schön, Alice, sehr schön.«

Die Mädchen drehen eine nach der anderen ihre Pirouetten, ich gebe Tipps und zeige ihnen die richtigen Positionen. Dann tanzt Lou voller Anmut und Leichtigkeit durch den Raum. Während sie ihre Pirouetten dreht, beobachte ich, wie ihr Gesicht sich entspannt und zu leuchten beginnt. Es taucht sogar ein kleines Lächeln darauf auf.

»Ja, genau so, Lou, das ist sehr gut!«

Sie wirft mir einen stolzen Blick zu, und mit einem Schlag fällt die Maske der Traurigkeit von ihr ab.

Voller Ungeduld warte ich auf Gabriel. Wie ich geahnt habe, ist er begabt. Sehr sogar. Seine Bewegungen sind gleichermaßen sicher und geschmeidig. Für jemanden, der noch nie getanzt hat, stellt er einen seltenen Gleichgewichtssinn unter Beweis.

Als alle Schüler die andere Saalseite erreicht haben, applaudiere ich.

»Ihr wart super! Ihr habt alle viel Talent. Kommt mal zu mir, ich möchte euch einen Vorschlag machen.«

Die Mädchen laufen zu mir und setzen sich im Schneidersitz um mich herum. Gabriel zögert und bleibt schließlich, wo er ist.

»Du auch, Gabriel. Das betrifft dich genauso.«

Mit einem ermunternden Lächeln lade ich ihn ein und warte, bis der kleine Junge sich zu uns gesellt hat.

»Ich habe es mir gut überlegt. Ich habe euch beobachtet und denke, dass wir versuchen können, eine kleine Aufführung zu organisieren. Habt ihr Lust?«

Anhand des nun folgenden aufgeregten Stimmengewirrs kann ich unschwer erkennen, dass meine kleinen Schüler von dem Vorschlag begeistert sind. Alle reden durcheinander.

»Hast du auch Lust, bei der Aufführung mitzumachen, Gabriel? Ich habe dir eben genau zugeschaut, und ich glaube, dass du zum Tanzen wie geschaffen bist.«

Der anfängliche Stolz in seinem Blick weicht schnell der Enttäuschung und schließlich der Resignation.

»Mein Papa würde mich nie tanzen lassen …«

Ich knie mich neben ihn.

»Wie kommst du denn auf so was, junger Mann?«

»Weil Ballett was für Mädchen ist. Papa sagt, Jungen müssen Jungssport machen. Fußball oder Boxen.«

»Das stimmt!«, bekräftigt Maddie, die sich nichts von dem Gespräch hat entgehen lassen. Wenn Mama *Let's dance* guckt, sagt Papa immer, dass Männer, die tanzen, keine richtigen Männer sind.«

Ich lache laut auf.

»Ich würde mal sagen, dein Vater irrt sich, Maddie. Und was dich angeht, Gabriel, hast du Lust mitzumachen? Ich meine, so richtig Lust?«

»Ich würde gerne, aber …«

»Es gibt kein Aber. Du musst doch sowieso hierbleiben, solange deine Mutter bei ihrem Sportkurs ist, richtig?«

»Ja, aber …«

»Dann ist doch alles geregelt. Du kannst mit uns tanzen. Wir sagen niemandem was. Und ich bin mir sicher, wenn dein Vater dich bei der Aufführung tanzen sieht, wird er seine Meinung ändern. Vertrau mir. Das wird unser kleines Geheimnis sein.«

Er überlegt sichtbar, dann huscht ein Lächeln über sein Gesicht.

»Einverstanden! Aber, Maddie, du musst versprechen, dass du nicht bei Papa und Mama petzt.«

»Ich kann ein Geheimnis für mich behalten. Ich bin schon groß.«

»Dann können wir uns auf dich verlassen, Maddie?«

Stolz wie Bolle, dass wir sie ins Vertrauen ziehen, nickt das kleine Mädchen.

Jetzt muss ich mir nur noch ein Ballett überlegen. Eine Geschichte, die alle zur Geltung bringt.

»Ich glaube, es ist Zeit. Ihr könnt euch umziehen gehen, eure Eltern werden gleich da sein.«

Die kleinen Mädchen springen auf und stürmen los in Richtung Umkleide. Können sich Kinder eigentlich auch langsam bewegen?

»Molly?«

»Ja, Alice?«

»Ich kriege doch die Hauptrolle, oder?«

»Das Wichtigste ist, dass man Spaß hat, meinst du nicht?«

»Meine Mutter wird aber unzufrieden sein, wenn ich nicht die Hauptrolle bekomme. Ich muss die Beste sein«, fügt sie hinzu, »die Beste.«

Und damit verschwindet sie ebenfalls in der Umkleide. So viel Druck auf den Schultern eines so kleinen Mädchens. Es ist wirklich traurig.

32

9. März

Beinah im Laufschritt eile ich zum Teesalon, begierig darauf, Nadège von meinem Tanzunterricht am Vorabend, dem überraschenden Talent des kleinen Gabriel und der Entscheidung, ein Ballett einzustudieren, zu berichten.

Den ganzen Abend habe ich darüber nachgedacht und mir mehrere Tanzvideos angesehen. Es wird ganz klar der *Nussknacker* werden.

Wenn ich die Augen schließe, kann ich mir meine kleinen Schüler auf einer Bühne vorstellen, mit Gabriel als Prinzen.

Was die Hauptrolle betrifft, zögere ich noch. Lou ist sehr begabt und wäre zweifellos die beste Wahl. Aber Alice …

Ihre Selbstsicherheit ist reine Fassade, hinter der sich eine fürchterliche Angst verbirgt, den Anforderungen nicht zu genügen, dafür würde ich die Hand ins Feuer legen. Es würde ihr sicher helfen, die Augen ihrer Mutter vor Stolz leuchten zu sehen …

Völlig aufgeregt male ich mir schon die Kostüme und das Bühnenbild aus. Ich muss unbedingt ruhiger werden und die Füße still halten.

Als ich die Tür des Aux délices de Nadège aufstoße, brennt zu meiner Überraschung noch kein Licht. Ich sehe auf meine Uhr: neun Uhr dreißig. Für gewöhnlich beginnt Nadège schon gegen halb neun mit dem Brotbacken.

»Nadège? Bist du da?«

Als Antwort erhalte ich ein ersticktes Schluchzen, das aus der Küche kommt. In Panik lasse ich meine Tasche fallen und stürze los. Ich rechne schon mit dem Schlimmsten, stelle mir vor, Nadège wurde überfallen und liegt in einer Blutlache auf dem Boden.

Ich werfe die Saloontür auf und finde eine Nadège, die zum Glück unversehrt, aber dennoch am Boden zerstört ist.

Mit tränennassen Wangen sitzt sie, an eine Wand gelehnt, auf dem Boden und hält einen Brief in der Hand. Sie sieht mich so unglücklich an, dass es mir das Herz zerreißt.

Ich gehe zu ihr und setze mich neben sie. Ich weiß aus eigener Erfahrung, dass es nichts bringt, Fragen zu stellen. Wenn Nadège reden möchte, wird sie es von allein tun. Aber sie muss es selbst entscheiden. Ich nehme ihre Hand, und wir schweigen, bis ihr Schluchzen langsam abebbt.

»Er will wieder heiraten. Diese Amerikanerin. Verstehst du? Wir sind gerade erst geschieden, und da schreibt er mir, dass er wieder heiraten wird.«

Was für ein Mistkerl, denke ich.

Aber auch in diesem Punkt weiß ich, dass es nichts bringt, ihr meine Meinung zu sagen. Jedenfalls im Moment nicht. Man fühlt sich nur noch elender, wenn man zu hören bekommt, dass man sich wegen eines Mistkerls die Augen ausweint. Eines Mistkerls, den man zu allem Überfluss immer noch liebt. Also sage ich lieber nichts.

Nach ein paar Minuten versuche ich, das Thema zu wechseln, um die Atmosphäre etwas aufzulockern.

»Raymond hat gestern Abend versucht, sich umzubringen. Gerade als ich an seiner Vase vorbeigegangen bin, ist er – hopp – herausgesprungen. Zuerst dachte ich, er hätte es nicht absichtlich gemacht, also hab ich ihn schnell wieder in die Vase zurückgetan. Aber eine Stunde später hat er es wieder versucht. Er ist gerade mal ein paar Tage bei mir, und schon treibe ich meinen Goldfisch in den Selbstmord. Ist das nicht unglaublich?«

Nadège beginnt erneut zu schluchzen. Was bin ich für ein Trampel! Wahrscheinlich hatten sie und ihr Mann auch einen Goldfisch.

Ich wende mich zu ihr, um mich dafür zu entschuldigen, dass mir nichts Besseres eingefallen ist, um sie aufzumuntern, als mir klar wird, dass sie lacht.

Und wie. Sie hat einen dieser Lachanfälle, die aus dem Nichts kommen und die man einfach nicht stoppen kann. Ein richtiger Lachkrampf.

Schließlich steckt ihre Heiterkeit auch mich an, und ich breche ebenfalls in Gelächter aus. Minutenlang lachen und lachen wir, bis uns die Seiten wehtun.

»Hör auf, Nadège, sonst mach ich mir gleich in die Hose vor Lachen!«

Aber es ist vergeblich, und ich finde mich schon damit ab, jeden Moment meine Hose und den Küchenboden zu fluten, als Nadège sich wieder unter Kontrolle bringt und zu mir sagt:

»Wenn du willst – ich kenne einen guten Psychiater.«

Erst sehr viel später, als wir bereits die Tische abräumen und uns bereit machen, den Salon zu schließen, höre ich sie hinter mir sagen:

»Er ist ein Mistkerl, stimmt's? Dass er mir so einen Brief schickt!«

»Willst du meine ehrliche Meinung hören? Das ist das Erste, was ich heute Morgen gedacht habe.«

»Danke, dass du es für dich behalten hast. Heute Morgen hätte ich noch versucht, ihn zu verteidigen. Und dann hätte ich mich noch schlechter gefühlt, weil ich seinetwegen heulen muss.«

»Und was ist jetzt anders?«

»Ich weiß auch nicht. Ich hab den ganzen Tag nachgedacht. Und ich bin zu dem Schluss gekommen, dass ich Besseres verdient habe, als seinetwegen zu weinen. Wem außer einem Mistkerl kann einfallen, seiner frisch geschiedenen Ehefrau mitzuteilen, dass er seine Neue heiraten wird? Soll ich mich darüber noch freuen?«

»Ein herzloser Mistkerl.«

»Ich hoffe, ihr sprecht nicht von mir. Und falls doch,

ist es mir offen gestanden doch lieber, ihr findet mich gewöhnlich.«

Ich fahre so schnell herum, dass ich fast das Gleichgewicht verliere. Vor uns steht John, mit seinem strahlenden Blick, der mich ebenso auf die Palme bringt, wie er mich verzaubert.

»Hat dir schon mal jemand gesagt, dass es unhöflich ist, ein Gespräch zu unterbrechen?«

»Ich bitte die Damen um Verzeihung. Wenn ihr wollt, kann ich auch wieder gehen.«

»Nein. Ich meine, wenn du etwas trinken möchtest, einen Tee oder so – immer gerne.«

»Das glaub ich. Aber eigentlich bin ich nur gekommen, um dich für morgen Abend zum Essen einzuladen. Aber vielleicht interessiert dich das nicht ...«

Also, wenn der jetzt glaubt, dass er mich mit seinem Charme um den Finger wickeln kann ...

»Sehr gerne!«

... dann hat er recht.

Und wie.

33

10. März

Man denkt ja immer, dass das erste Date das schlimmste ist. Aber das stimmt nicht. Das schlimmste Date ist definitiv das zweite!

Wenn es überhaupt ein zweites Date gibt, dann deshalb, weil man wechselseitig Gefallen aneinander gefunden hat. Und was die Lage eigentlich entspannen sollte, bewirkt genau das Gegenteil. Es steigert die Angst. Und natürlich auch das Verlangen.

In einem Zustand maximaler Gestresstheit treffe ich also John vor dem Restaurant, das er mir gestern genannt hat.

»Sieh an. Wenn du eine Frau zum Essen einlädst, dann richtig!«

Ich lächle ihn an. Ein Lächeln mit heißen Wangen, vermutlich apfelrot wie bei Schneewittchen.

Er betritt mir voran das Restaurant, um mir die Tür aufzuhalten, und sofort bin ich hingerissen von dem schönen Ambiente, das schick ist, aber auch gleichzeitig unglaublich warm und einladend wirkt. Formvollendet führt ein Oberkellner uns, nachdem er uns die Mäntel abgenommen hat, an unseren Tisch.

»Warte mal. Du hast mich gestern eingeladen, wenn ich mich nicht irre. Wie kannst du in einem solchen Restaurant so schnell einen Tisch bekommen?«

»Ich will aufrichtig sein. Eigentlich war ich mit einer anderen verabredet, aber da sie heute unpässlich ist …«

Meine schneewittchenapfelroten Wangen werden vermutlich gerade voldemortgrün, denn er bricht in Gelächter aus.

»Du müsstest mal dein Gesicht sehen! Nein, keine Sorge, der Restaurantbesitzer ist ein Freund von mir.«

»Du bist …«

»Gewöhnlich? Provokant? Herzlos? Eiskalt?«

»Unerträglich!«

»Das ist alles? Ich bin enttäuscht, da bin ich Besseres von dir gewohnt«, schmeichelt er mir.

»Unerträglich, und dann hast du auch noch Vitamin B.«

»Was von Vorteil ist, wenn man in der PR und im Eventmanagement arbeitet …«

Überrascht stelle ich fest, dass wir bei unserer ersten Verabredung gar nicht darüber gesprochen haben, was er beruflich macht.

»Stimmt. Dann bist du so eine Art Animateur?«

»So kann man es auch sagen. Aber da wir gerade von Events sprechen, Lou hat mir am Montagabend erzählt, dass ihr einen Ballettabend auf die Beine stellen wollt?

Sie war total aufgeregt, es war schön, sie so zu sehen. Sie ist normalerweise schwer zu begeistern.«

»Ballettabend ist vielleicht etwas übertrieben. Allenfalls eine kleine Aufführung.«

»Nach jeder Tanzstunde höre ich immer nur Molly, Molly hier, Molly da. Als wollte sie, dass ich mich für dich interessiere. Das würde dir bestimmt nicht gefallen.«

»Nein, wirklich nicht. Brrr, furchtbar!«

Ich garniere meine Antwort mit einem Lächeln, für den Fall, dass er mich beim Wort nehmen sollte.

Der Kellner unterbricht uns, als er zwei dampfende Teller vor uns hinstellt, mit etwas, das wie eine mit fein gehobelten Trüffeln garnierte Cremesuppe aussieht.

»Aber wir haben doch noch gar nicht bestellt!«, staune ich.

»Ich habe dem Chef freie Hand gelassen«, erklärt John. »Es gibt also heute Abend ein Überraschungsmenü.«

»Darf ich bei dir eigentlich nie selbst auswählen?«

»Sieht nicht so aus«, entgegnet er mit einem Zwinkern.

Ja, man denkt immer, das erste Date ist das schwierigste. Und da irrt man sich. Gewaltig.

Wenn am Ende des ersten Abends kein Kuss kommt, dann sagt man sich, macht nichts, es ist ohnehin noch zu früh.

Aber wenn der Kuss auch nicht am Ende des zweiten Abends kommt, beginnt man, unruhig zu werden. In Gedanken mit derlei Dingen beschäftigt, bemerke ich, dass wir vor meinem Haus angekommen sind.

»Gut, also dann danke für den netten Abend, John. Und das köstliche Essen. Du kannst dem Chef mein Kompliment ausrichten. Die Macarons mit Leberpastete waren fantastisch.«

»Sag mal, Molly, du hast doch Lust, mich zu küssen, stimmt's?«, fragt er mich plötzlich ohne Umschweife.

Das nenn ich mal sich nicht mit Überflüssigem aufhalten. Ein ziemlich riskanter Vorstoß mit einem nicht unbeträchtlichen Risiko, eine Ohrfeige zu kassieren, aber die angenehme Wärme, die mich durchströmt, lässt wohl keinen Zweifel zu …

»Was?! So ein Unsinn. Ich finde dich nett, aber das ist auch alles.«

»Schade. Ich hab nämlich große Lust, dich zu küssen.«

Er lässt mir keine Zeit, etwas zu erwidern, sondern nähert sich mir, umfasst mit den Händen meine Taille und zieht mich an sich. Dann legt er seinen Mund auf meinen. Lange. Der Kuss verschlägt mir den Atem. Als er seine Lippen leicht öffnet, um meine Zunge zu suchen, werde ich um ein Haar ohnmächtig.

»Wusst ich's doch«, sagt er, als wir uns voneinander lösen.

»Was?«

»Dass du fast gestorben wärst vor Lust, mich zu küssen.«

34

13. März

»Na los, Molly, kommst du?«

Ich schaffe das, ich schaffe das. Wenn ich es nur oft genug sage, wird mir der Gott der Skifahrer bestimmt zu Hilfe kommen. Bis allerdings die göttliche Hilfe endlich eintrifft, bleibe ich erst mal wie gelähmt am oberen Ende der Piste stehen.

Lou und ihr Vater sind ein paar Meter weiter unten stehen geblieben und warten auf mich. Das kleine Mädchen macht ein paar aufmunternde Handzeichen.

Als John mich zu einem Skinachmittag eingeladen hat, ist mir keine passende Ausrede eingefallen. Und falls ihr euch erinnert, habe ich mich als gewiefte Skifahrerin ausgegeben. Abgesehen davon hatte ich Lust, Zeit mit ihm zu verbringen. Selbst wenn ich mich dazu eine schwindelerregende Piste hinunterstürzen muss und mir mit ziemlicher Sicherheit ein Bein brechen werde.

»Ich komme gleich, ich komme gleich.«

Um Professionalität vorzutäuschen und meinen Adrenalinpegel etwas runterzubringen, tue ich so, als würde ich mich warm machen. Ich mache ein paar Kniebeugen, drehe den Oberkörper nach rechts und nach links. Ich trample mit den Skiern auf dem Schnee herum, und langsam fängt das Spiel an, mir Spaß zu machen. Ich stelle mir die Skifahrer vor, die bei den Olympischen Spielen hinter der Schranke stehen und, die Arme vorgestreckt, mit ihren Skiern den Schnee unter sich platt trampeln, bereit, beim Startsignal loszubrettern.

Irgendwie muss ich mich letzten Endes tatsächlich für Rosi Mittermaier gehalten haben, jedenfalls habe ich es mit dem Trampeln wohl etwas übertrieben. Mit weit vorgebeugtem Oberkörper fahre, ach was, schieße ich die Piste hinunter.

Bloß nicht durchblicken lassen, dass ich wirklich gar nichts unter Kontrolle habe. Wie machen die Profis das noch mal? Ach ja, die gehen in die Knie und nehmen die Arme ganz eng an den Körper.

Innerhalb weniger Sekunden habe ich John und Lou überholt. Ich höre gerade noch, wie das kleine Mädchen zu seinem Vater sagt: »Ist sie nicht ein bisschen schnell, Papa?«

Der Wind pfeift mir um die Ohren; langsamer fahren wäre möglicherweise eine Option, die ich anvisieren könnte. Nur dass ich keine Ahnung hab, wie das geht.

Ich wäge gerade ab, ob ich mich einfach jämmerlich fallen lassen oder die Skistöcke in den Boden rammen soll, als ich wenige Meter vor mir eine Erhebung sehe. Wie gelangt dieser Schneehaufen mitten in meinen Weg?

Darf es auf einer olympischen Piste eine solche Bodenunebenheit geben? Ganz sicher nicht. Ich überlege schon, ob ich beim Betreiber der Skistation Beschwerde einlegen soll wegen dieser Respektlosigkeit gegenüber alten Skihasen. Aber der Buckel kommt immer näher, und ich hab keine Ahnung, wie ich ihn umfahren kann.

Bevor ich überhaupt auch nur irgendetwas tun kann, bohren sich meine Skier schon in den Schneehaufen und stoppen meinen Schwung oder vielmehr den meiner Skier. Mein Körper aber scheint noch nicht ganz entschlossen stehen zu bleiben, und ich segle kopfüber in den Puderschnee. Als ich mich hochrapple, habe ich überall Schnee: im Nacken, hinter der Skibrille, im Mund, in der Nase.

»Alles okay, Molly? Hast du dir wehgetan?«

John taucht neben mir auf, und an seinem Tonfall merke ich, dass er beunruhigt ist. Ich nehme die Brille ab, um mir den Schnee aus den Augen zu wischen, was mit den riesigen und ebenfalls schneebedeckten Handschuhen nicht so leicht ist. Dann muss ich lachen.

»Ist das ein neuer Stil? Ziemlich originell, muss ich sagen. Nicht sehr akademisch und auch ein bisschen gefährlich, aber auf jeden Fall neu.«

Er schnallt ebenfalls seine Skier ab und kommt auf mich zu, um mir hochzuhelfen. Als er mir die Hand gibt, ziehe ich einmal kräftig, er verliert das Gleichgewicht und fällt. Wir liegen mitten im Schnee, er auf mir, und eine Sekunde lang spüre ich seinen Atem in meinem Nacken.

»Du hättest mich doch nur fragen müssen«, flüstert er mir ins Ohr.

Der restliche Nachmittag verläuft deutlich ruhiger. Da nun alle begriffen haben, dass ich nicht Ski fahren kann, haben wir uns auf den Babyhügel beschränkt, und ich fahre nun im Skipflug, einer sehr viel weniger glamourösen Pose. Wobei »fahren« es auch nur unzureichend trifft, denn eigentlich bewege ich mich in ziemlich unkoordinierten Bewegungen den Abhang hinunter.

Nicht ohne Stolz gelingen mir zwei Kurven hintereinander. Der Stolz hält jedoch nicht lange vor, denn einen Augenblick später werde ich von ein paar Rotzlöffeln überholt, die eine echte Schneewehe aufwirbeln. Dabei ist das nun wirklich keine Kunst, so klein, wie sie sind, können sie ja auch nicht tief fallen. Und überhaupt: Die will ich mal in Spitzentanzschuhen sehen!

»Hier ist es doch gleich viel angenehmer, oder? Bei einer leckeren Waffel und einer heißen Schokolade. Unglaublich, wie viel Appetit man beim Skifahren bekommt!«

»Ich finde, du hast ganz schöne Fortschritte gemacht in den zwei Stunden«, sagt John. »Vielleicht können wir bald mal die blaue Piste anvisieren.«

Lou lacht hell auf. Einen Moment lang strahlt sie richtig. Doch auf einmal scheint sie sich ihrer Heiterkeit bewusst zu werden, und sofort verfinstert sich ihr Blick wieder. Als wollte sie vor etwas fliehen, steht sie auf.

»Papa, darf ich da drüben Zeichentrickfilme gucken?«,

fragt sie ihren Vater unerwartet und zeigt mit dem Finger auf eine für Kinder hergerichtete Spielecke im Restaurant.

»Aber natürlich, meine Prinzessin, geh nur.«

John sieht seiner Tochter nach, und als er sich wieder zu mir wendet, sehe ich die Verwirrung in seinen Augen.

»Ich habe das Gefühl, der Aufgabe nicht gewachsen zu sein. Es gelingt mir einfach nicht, meine Tochter glücklich zu machen.«

Gerührt nehme ich seine Hand.

»Aber nein, ich bin sicher, dass du ein großartiger Vater bist.«

»Du hast doch gesehen, was gerade passiert ist. In einem Moment wirkt sie glücklich und lacht, und plötzlich macht sie wieder zu, ohne dass man nachvollziehen könnte, warum. Ich verstehe es nicht.«

»Hast du sie mal gefragt?«

»Ja, aber sie weicht sofort aus. Und ich möchte nicht insistieren, nachher blockiert es sie noch mehr.«

Ich lehne mich ein wenig zur Seite, um das kleine Mädchen zu beobachten. Sie sitzt ganz vorne auf der Sofakante, mit geradem Rücken und verschlossenem Gesicht. Was geht in ihrem Kopf vor? Ich kenne mich mit Kindern nicht besonders gut aus, aber ich kenne die Macht des Tanzens, die bewirkt, dass Lou aus sich herauskommt.

Ich weiß, was ich tun muss.

35

18. März

»Und? Gefällt es euch?«

Da sie schweigen, sehe ich meine kleinen Schüler einen nach dem anderen an, und mir wird klar, dass das Video, das ich ihnen gerade gezeigt habe, ihnen die Sprache verschlagen hat.

»Gut, also wenn ihr keine Lust habt, den *Nussknacker* zu tanzen – dann suche ich eben etwas anderes.«

Mit einem Mal erwachen sie aus ihrer Benommenheit, und schon rufen sie wild durcheinander.

»Das war so schön!«

»Doch, Molly, ich mag ein Nüsschen tanzen!«

»Ich will auch so tanzen können wie die Mädchen im Video!«

»Du musst die erste Tänzerin aussuchen«, fordert Alice. »Du nimmst doch mich?«

»Mädchen, Mädchen, nicht alle gleichzeitig. Ich freue mich, dass euch das Ballett gefällt. Wir werden natürlich ein paar kleine Änderungen vornehmen, damit es nicht so lang wird. Und Alice, was die erste Tänzerin betrifft, habe ich beschlossen, dass wir zwei haben werden. Wir machen zwei verschiedene Szenen, und in jeder gibt es für zwei von euch ein Solo.«

Erwartungsvoll und aufgeregt sehen mich die Mädchen aus großen Augen an.

»Normalerweise müssten wir für die beiden Solos ein Vortanzen veranstalten, aber da wir schon Mitte März haben, habe ich ausnahmsweise schon eine Wahl getroffen. Ich habe euch alle genau beobachtet und denke, dass ich mich nicht täusche. Also, das Solo der ersten Szene wird Lou tanzen und das zweite Solo Alice.«

Verstohlen beobachte ich Lou. Ihr Gesicht strahlt. Fast gelingt es ihr nicht mehr, ihre gewohnt traurige und resignierte Maske aufzusetzen. Eines Tages werde ich diese Maske endgültig zerbrechen.

»Und die anderen brauchen nicht enttäuscht zu sein. Dafür seid ihr in beiden Szenen dabei, und ihr wisst ja, die Solotänzerin kann nur glänzen, wenn sie ein großartiges Corps de Ballet hinter sich hat.«

Ich wende mich an Gabriel, der bisher keinen Ton gesagt hat.

»Und du, Gabriel? Was meinst du? Gefällt dir das Ballett?«

Der kleine Junge wirkt ein wenig verloren. Er überlegt kurz, bevor er antwortet.

»Soll ich es so machen wie der Tänzer im Video?«

»Hm, na ja, im Grunde schon. Ja, so ungefähr.«

»Das schaff ich nie! Hast du gesehen, wie hoch er

springen kann? Und wie er die Tänzerin trägt? Das schaff ich niemals.«

Ich gehe zu ihm hinüber und setze mich neben ihn.

»Lass dir eins gesagt sein: Du weißt gar nicht, wie viel Talent du hast. Wenn ich dir diese Rolle anbiete, dann deshalb, weil ich weiß, dass du es kannst. Ich habe dich in den letzten Wochen tanzen sehen, und du bist wirklich begabt. Vertraust du mir?«

Gabriel sieht mit seinen großen dunklen Augen zu mir hoch und mustert mich, als versuche er herauszufinden, ob ich mir einen Scherz mit ihm erlaube. Dann endlich lächelt er schüchtern.

»Einverstanden. Ich vertraue dir. Aber du hilfst mir, ja? Du zeigst es mir?«

Überglücklich umarme ich ihn.

»Ich helfe dir. Glaub mir, die Leute werden staunen.«

Als ich anschließend allein in meiner Wohnung bin, bin ich noch immer völlig aufgedreht. Ich habe bereits eine Liste gemacht mit allem, woran ich denken muss. Ich habe mir Gedanken zu den Kostümen gemacht und sogar ein paar Skizzen angefertigt. Zwar komme ich beim Zeichnen kaum über Strichmännchen hinaus, aber das Resultat kann sich dennoch sehen lassen. Ich werde die Stoffe kaufen, und Nadège übernimmt das Nähen. Nachdem ich ihr von meinem Bühnenprojekt erzählt hatte, hat sie sich sofort angeboten.

Da es noch nicht allzu spät ist, wähle ich Vivianes Nummer, um meine Freude mit ihr zu teilen. Schon nach dem ersten Klingeln geht sie ran.

»Viv? Ich bin's, Molly! Ich muss dir unbedingt von meinem Projekt erzählen. Ich habe den Schülern auf Video ein paar Auszüge aus dem *Nussknacker* gezeigt, und sie waren hin und weg. Gabriel wird super sein. Ich muss mich um so viele Dinge kümmern!«

»Du bist ja total aufgeregt. Ich freue mich für dich, Molly. Es wird bestimmt ein Riesenerfolg«, entgegnet sie in einem Ton, der erkennen lässt, wie schwer es ihr fällt, meine Freude zu erwidern.

»Stimmt was nicht, Viv? Hast du Probleme?«

»Nein, nein. Es war nur ein schwieriger Tag am Gericht. Ich hab einen Fall verloren, für den ich hart gearbeitet habe. Und jetzt bin ich einfach ein bisschen enttäuscht.«

»Oh …«

»Mach dir keine Sorgen. Ist nur ein kleiner Rückschlag. Du kennst mich ja, ich verliere nicht gerne. Morgen läuft es sicher besser.«

Eigentlich sollte ich die Gelegenheit nutzen und sie fragen, ob sie mit Nicolas über das Kind gesprochen hat. Aber ich weiß, wie Viv ist, wenn sie das Thema nicht selbst anspricht, hat sie keine Lust, darüber zu reden.

»Ja, ich kenne dich. Morgen wirst du deinen Kollegen wieder zeigen, wo's langgeht. Du bist schließlich die gefürchtetste Anwältin weit und breit. Nun gut, Viv, ich muss Schluss machen. Schönen Abend noch.«

Schließlich ist die Aufregung doch noch von mir abgefallen, und plötzlich fühle ich mich einsam in dieser

Wohnung. Und weit fort von allem. Und ob ich will oder nicht, irgendwie nehme ich es Viviane ein wenig übel, dass sie meine Freude nicht mit mir geteilt hat.

Bevor ich schlafen gehe, schreibe ich noch schnell ein paar Zeilen an Marie in mein Büchlein.

Marie,
du fehlst mir so.

Wenn du noch da wärst, hättest du dich mit mir gefreut, du hättest mit lauter verrückten und unrealisierbaren Ideen für die Aufführung nur so um dich geworfen, du hättest alles in die Hand nehmen, alles organisieren wollen. Natürlich hätte es mich geärgert. Und ich hätte mich dafür verflucht, dir davon erzählt zu haben.

Aber heute Abend würde ich sonst was dafür geben, mich darüber zu ärgern, dass du immer alle nach deiner Pfeife tanzen lassen willst.

36

1. April

Nicht das sanfte Läuten – will sagen, das nervtötend schrille Geräusch, ich bin ja schließlich nicht taub – meines Weckers holt mich aus dem Schlaf, sondern der Piepton meines Handys, der mir eine neue Nachricht verkündet.

Ich taste nach dem Teufelsgerät und lese mit einem halb geöffneten Auge die Nachricht, die, wie sich herausstellt, von Viviane ist.

WIR HABEN DEN ERSTEN APRIL. AUCH WENN ICH IMMER NOCH NICHT BEGEISTERT BIN VON DIESER GESCHICHTE MIT DEN BRIEFEN ZWISCHEN MARIE UND DIR, HABE ICH VERSTANDEN, WIE WICHTIG ES FÜR DICH IST. ICH BIN ALSO IN GEDANKEN BEI DIR, WENN DU DEN BRIEF FÜR HEUTE AUFMACHST.
DIES IST ÜBRIGENS KEIN APRILSCHERZ. DU KENNST MICH, ICH HABE KEINEN HUMOR.
KÜSSCHEN, MEINE HÜBSCHE

Ich lese die Zeilen mehrmals und fühle mich schuldig, dass ich mich über ihre mangelnde Begeisterung für den *Nussknacker* geärgert habe.

Sie hat recht. Heute ist es wieder so weit. Und ich müsste lügen, wenn ich sagen würde, ich hätte nicht mehr an die Briefe gedacht. Ganz im Gegenteil, seit Tagen schon frage ich mich, was Marie sich diesmal für mich ausgedacht hat.

Endgültig wach, springe ich mit einem Satz aus dem Bett und laufe ins Wohnzimmer, wo die Briefe noch immer fein säuberlich gestapelt unter der Couchtischplatte liegen.

Der Umschlag für April liegt obenauf. Ich fahre mit den Fingerspitzen über die Anschrift.

Nadège wollte gerne dabei sein, wenn ich den Brief öffne, aber ich ziehe es doch vor, es allein zu tun. Allein mit meiner Erinnerung an Marie. Ich sage ihr gerne, was in dem Brief steht, öffnen möchte ich ihn allerdings nicht in ihrer Gegenwart.

Ich schiebe den Finger unter die Klebelasche und mache den Umschlag auf, aus dem nur ein Blatt Papier zum Vorschein kommt. Also auch diesmal eine Aufgabe, die mich nicht allzu weit von meinen vier Wänden wegführen wird.

Molly,
wenn ich bedenke, dass wir schon April haben! Die Zeit vergeht wie im Fluge!

Ich hoffe, du hattest letzten Monat eine angenehme

Lektüre! Natürlich hege ich die leise Hoffnung, dass du auch Gelegenheit hattest, zur Praxis zu schreiten. Da ich dich jedoch kenne, gehe ich davon aus, dass die Leseabende eher in albernem Gelächter geendet haben.

Diesmal aber kannst du dich nicht drücken. Erinnerst du dich noch, dass wir uns mal vorgenommen haben, einen Tangokurs zu besuchen? Warum haben wir das eigentlich nie gemacht? Da, wo ich jetzt bin, gibt es keinen Tangokurs, sondern nur alte Leute, die den ganzen Tag Bridge spielen. Es ist zum Verzweifeln. Aber wer weiß, wenn ich mich ganz doll konzentriere, während du tanzt, kann ich vielleicht die Energie und die Sinnlichkeit bis hier oben spüren. Man kann ja träumen …

Lerne für mich Tango tanzen, Molly. Gib all deine Energie hinein. Du wirst das sicher toll machen.

Ich seufze erleichtert. Tanzen ist mein Gebiet. Und es stimmt, Marie und ich haben immer davon gesprochen, eines Tages Tango tanzen zu lernen. Ich kann gar nicht sagen, wie viele Tangovideos ich schon gesehen habe. Die Bewegungen faszinieren mich. Sie sind sinnlich und intensiv zugleich – der Tanz der Verführung schlechthin.

Diesmal werde ich die Herausforderung nicht mit Nadège bestreiten. Ich sehe nur eine Person, die mir bei dieser Aufgabe helfen kann …

JOHN, DU HAST MIR GEZEIGT, MIT WIE VIEL TALENT DU SKI FÄHRST UND RESTAURANTS AUSSUCHST. JETZT LASS MICH DIR ETWAS ZEIGEN. WIE WÄRE ES MIT EINEM TANGOKURS?

Ich sende die Nachricht und will unter die Dusche springen, um nicht zu spät ins Aux délices de Nadège zu kommen.

Aber schon nach drei Schritten holt mich der Piepton meines Handys zurück.

WAS DU NOCH NICHT WEISST: ICH BIN AUSSERDEM EIN ÄUSSERST BEGABTER TANGOTÄNZER. DU MUSST DICH WOHL DAMIT ABFINDEN, DASS ICH EINFACH ALLES KANN.

Und sofort folgt eine weitere Nachricht:

HEUTE ABEND, 19 UHR? ICH KENNE EINEN NETTEN LADEN. ICH HOLE DICH AB.

Um achtzehn Uhr fünfundfünfzig bin ich fertig und zufrieden mit dem, was ich im Spiegel sehe. Langes schwarzes Kleid mit Spaghettiträgern und Schlitz auf einer Seite, schwarzer Bolero mit Dreiviertelarm, Pumps.

Ich habe mein Haar zu einem Knoten hochgesteckt, was einen ganz schönen Wust ergibt, und mich zur Feier des Tages geschminkt – schwarze Wimperntusche und rote Lippen.

Das Klingeln an der Tür reißt mich aus meiner wohlwollenden Betrachtung. Ich öffne, und vor mir steht John, der sich ebenfalls mächtig in Schale geworfen hat. Schwarzer Smoking, weißes Hemd, schwarze Lackschuhe.

»Du siehst … zum Fürchten aus«, ruft er grinsend. »Da bleibt einem ja die Spucke weg.«

»Danke, gleichfalls. Ich hab noch nie jemanden gesehen, der im Smoking so albern aussieht.«

Er nähert sich mir, gibt mir einen Kuss auf die Wange und flüstert: »Du siehst umwerfend aus in dem Kleid.«

Sofort schießt mir wieder die Röte ins Gesicht. Als er sich von mir löst, ergreife ich die Gelegenheit beim Schopf und küsse ihn sanft auf die Lippen, ohne ihn aus den Augen zu lassen.

»Gehen wir? Der Tango wartet!«

Das Lokal, in das John mich führt, ist ziemlich dunkel, das gedämpfte Licht erzeugt eine intime Atmosphäre. Es sind schon mehrere Paare da, die sich ebenfalls dem Anlass entsprechend gekleidet haben: lange Kleider, hohe Absätze, dunkle Hemden. Durch den Saal hallen lateinamerikanische Rhythmen.

Auf der Tanzfläche befindet sich bereits ein Paar von überwältigender Eleganz. Wir sehen ihnen zu, und nach einer Weile habe ich nur noch einen Wunsch: Ich will tanzen können wie sie.

Als die Musik zu Ende ist, drehen sie sich zu uns um, und sofort brandet begeisterter Applaus auf.

»Vielen Dank und herzlich willkommen, sehr verehrte Damen und Herren. Wenn man einmal Tango getanzt hat, kann man ohne ihn nicht mehr leben. Tango ist der Tanz der Verführung. Tango ist der Tanz des Lebens. Vermutlich sind einige von Ihnen heute zum ersten Mal hier. Wir werden Ihnen also zunächst einmal die Grundschritte zeigen. Versuchen Sie danach einfach, die Musik auf sich wirken und ihre Körper sprechen zu lassen.«

Das hört sich schon einmal sehr gut an.

In der folgenden Stunde zeigen Pablo und Anna uns, wie die Grundschritte zu Schrittfolgen zusammengesetzt werden. Ich kann meinen Blick kaum von Anna lösen, beobachte fasziniert ihre Beinarbeit, vollkommen hingerissen von der Geschmeidigkeit, mit der sie ihre Füße bewegt. Ich versuche, so viele Informationen wie möglich aufzusaugen und mit John nachzumachen, was sie uns vorführen. Und John hat tatsächlich nicht gelogen: Er kann bereits Tango tanzen. Und zwar gar nicht mal schlecht.

»Nun, da Sie die Grundschritte kennengelernt haben, werde ich die Musik anmachen. Meine Damen, lassen Sie sich von Ihrem Partner führen, lassen Sie ihn nicht aus den Augen. *It's time for tango!*«

Die Lichter, die für die Unterrichtsstunde eingeschaltet waren, erlöschen, und Musik erfüllt den Saal.

Ich trete nah an John heran und sehe ihm in die Augen. Er erwidert meinen Blick, ohne zu blinzeln. Er nimmt meine rechte Hand, die andere Hand legt er auf meinen Rücken und zieht mich fest an sich. Ich kann seinen Atem an meinem Hals spüren.

Im Rhythmus der Musik gleiten wir über die Tanzfläche, und ich gebe mich ihm völlig hin.

Als die Musik schneller wird, fasst plötzlich die Hand, die bis dahin auf meinem Rücken lag, mein Bein und hebt es an. Seine warme Hand auf meiner Haut verschlägt mir für einen Augenblick den Atem. Dann kippt er mit einer sicheren Bewegung meinen Oberkörper nach hinten, mein Körper biegt sich weich, um sogleich wieder elastisch nach oben zu schnellen, wobei sich ein paar Haarsträhnen aus meinem Dutt lösen. Seine Hand kehrt an ihren Platz an meinen Rücken zurück, und wir nehmen wieder unsere Ausgangshaltung ein.

Wie lange tanzen wir wohl schon so? Ich könnte es nicht sagen. Aber als die Lichter wieder angehen und die Musik zu Ende ist, bin ich etwas außer Atem. Ich habe Schwierigkeiten, in die Realität zurückzufinden, und anscheinend geht es nicht nur mir so. John hat nicht ein Mal den Blick von mir gelöst, und noch immer sieht er mir tief in die Augen. Das Verlangen, das ich darin lese, ist dringlicher als je zuvor.

»Wie wär's, wenn wir bei dir weitermachen?«

Den Rückweg zu meiner Wohnung vollziehen wir schweigend, als könnten Worte die Intensität des gemeinsam Erlebten zerstören. Lediglich die warme Hand, die die meine hält, erinnert mich daran, dass John neben mir geht.

Auch als wir meine Wohnung betreten, wagt keiner von uns beiden, das Schweigen zu brechen. Ich stelle meine Handtasche ab und hole mein Handy daraus hervor. Durchsuche meine Musikliste, bis ich finde, wonach ich gesucht habe: »Cry to Me«, die Musik meiner Lieblingsszene aus *Dirty Dancing*. Ich habe schon immer davon geträumt, einmal schmachtend mit einem Mann zu diesem Lied zu tanzen.

Die ersten Noten erklingen, und ich drehe mich zu John um.

Er ist ganz nah bei mir. Unsere Blicke finden sich wieder. Ich schmiege mich an ihn, er schiebt sein Knie zwischen meine Beine. Dann legt er seine Hand an meinen Rücken, und wir wiegen uns im Rhythmus der Musik. Langsam.

Er nimmt mein Bein und hebt es bis zu seiner Hüfte, und ich bekomme eine Gänsehaut, als er meinen Oberschenkel berührt.

Ich biege mich nach hinten. Er legt seine freie Hand an meinen Halsansatz und lässt sie langsam zwischen meinen Brüsten hinabwandern. Dann zieht er mich zu sich hoch.

Er presst seine Lippen auf meine. Ein inniger Kuss, der seine Erregung erkennen lässt.

Ich löse mich und lege meine Hände auf seinen Oberkörper; durch den Stoff hindurch kann ich seinen Herzschlag fühlen.

Während wir weitertanzen, öffne ich nacheinander die Knöpfe seines Hemdes, und ich küsse die muskulöse Brust, die darunter zum Vorschein kommt.

Wieder greift er nach meinem Bein und fasst mein

Kleid. Ich hebe die Arme, damit er es mir ausziehen kann. Er küsst mich auf den Hals und knabbert dann zärtlich an meinem Ohrläppchen. Noch nie hatte ich solche Lust auf einen Mann. Seine Haut auf meiner.

Er umfasst meine Brüste und streichelt die Brustwarzen, die sofort steif werden. Ich schließe die Augen und lasse mich von der Leidenschaft überwältigen, die er in mir auslöst. Ich presse meinen Mund auf seinen, suche nach seiner Zunge.

Da hebt er mich hoch, um mich zum Sofa zu tragen. Ich schlinge meine Beine um seine Hüften und lege den Kopf in seine Halsbeuge, atme tief seinen männlichen Duft ein.

Seine Erregung gibt mir das Gefühl, schön und begehrenswert zu sein. Seine Liebkosungen werden immer drängender. Es gibt nichts mehr außer John und mir, nichts als diese Leidenschaft, die uns um den Verstand bringt. Meine Hände streicheln seinen kräftigen Rücken. Mein Atem beschleunigt sich, ich bebe vor Verlangen.

Mit einer gezielten Geste entledigt er sich seiner restlichen Klamotten und reißt mir den Slip eher herunter, als dass er ihn auszieht.

Unsere Körper sind fiebrig, die Bewegungen seiner Lenden werden immer schneller und heftiger, ich spüre die Lust in mir aufsteigen.

»Du machst mich verrückt, Molly.«

Die paar Worte genügen, ich lasse mich gehen, kann dem Orgasmus nicht länger widerstehen, der mich in Wellen überkommt.

Dann werden Johns Bewegungen langsamer, sein Körper wird schwer.

Minutenlang bleiben wir wortlos liegen. Dann fahre ich mit der Hand durch sein Haar, er küsst mich auf den Hals.

Die Musik ist aus. Man hört nur noch unseren Atem, der im Gleichklang geht.

Eine Molly verdient einen John.

Ganz genau, eine Molly verdient einen John.

37

2. April

Es war nicht mein erstes Mal. Ich hatte schon mehrere Männer. Klar, nicht so viele wie manch andere, aber immerhin. Und auf körperlicher Ebene war es meistens ziemlich nett. Na ja, von Germain einmal abgesehen.

Wie kommt es also, dass ich nur noch an John denken kann?

Die Nacht, die wir zusammen verbracht haben, war eine der intensivsten und leidenschaftlichsten meines Lebens. Als wären unsere Körper füreinander gemacht. Als würde er mich schon immer kennen und wüsste ganz genau, wie er dieses Feuer in mir entfachen kann.

Als ich nun im Zug nach Paris sitze, drehen sich all meine Gedanken um John, darum, was ich für ihn empfinde, was er in mir ausgelöst hat.

Kann man sich so schnell in jemanden verlieben? Ist es normal zu glauben, dass das mit uns beiden selbstverständlich ist? Meine Gefühle für ihn sind so stark, dass es mir fast Angst macht.

Noch vor ein paar Monaten hätte ich mit Marie darüber sprechen können. Wir hätten stundenlang Pläne geschmiedet und uns Szenarien ausgedacht, wie die Geschichte weitergehen könnte. Dies sind die Momente, in denen mir ihr Fehlen noch schmerzhafter bewusst wird, mehr noch als an anderen Tagen. Diejenige zu verlieren, vor der ich keinerlei Geheimnisse hatte, die mich besser kannte als jeder andere, ist einfach unfair.

Ich hole mein Handy aus der Tasche, um Viv eine Nachricht zu schicken.

HAST DU DIESES WOCHENENDE ZEIT FÜR EINEN MÄDELSABEND? ICH KOMME ZUM GEBURTSTAG MEINES VATERS NACH PARIS, ABER ICH WILL AUF JEDEN FALL EIN BISSCHEN ZEIT MIT DIR VERBRINGEN. ICH MUSS DIR DOCH ERZÄHLEN, WIE ES RAYMOND GEHT.

Ihre Antwort lässt nicht lange auf sich warten. Ich vergesse immer, dass das Handy sozusagen Vivianes verlängerter Arm ist.

ZWISCHEN ZWEI SCHEIDUNGEN SOLLTE ICH EINEN MOMENT ZEIT FINDEN. DAS WIRD MICH AUF ANDERE GEDANKEN BRINGEN. UND DA WIR GERADE VON SCHEIDUNGEN SPRECHEN: VERSPRICH MIR, DASS DU NIE HEIRATEST! BEI SCHEIDUNGEN WERDEN WIRKLICH ALLE ZU ARSCHLÖCHERN.

ICH WERDE DARAN DENKEN. KÜSSCHEN

Als ich bei meinen Eltern ankomme, empfängt meine Mutter mich in einem Zustand maximaler Gestresstheit.

Man muss dazu sagen, dass sie für den Geburtstag meines Vaters wirklich Großes geplant hat. Das Wort »einfach« ist nicht Teil ihres Vokabulars.

Wo andere einen Caterer bestellen würden, hat sie sich vorgenommen, alles allein zu machen. Vom Petit Four bis zur vierstöckigen Geburtstagstorte. Ich muss sie unbedingt mit Nadège bekannt machen.

Und wie alle überforderten, aber perfektionistischen Menschen lehnt sie jede Unterstützung ab.

Ich hüte mich davor, ihr meine Hilfe aufzudrängen, denn eigentlich bin ich ganz froh, der angespannten Atmosphäre in der Küche entkommen zu können.

Mein Vater weiß längst, dass man sich in solchen Situationen besser nicht in ihrer Nähe aufhält. Tatsächlich finde ich ihn in seinem Arbeitszimmer mit einem Roman auf dem Sofa liegend, während er gegen den Schlaf ankämpft.

Er scheint mir gealtert, seit wir uns zuletzt gesehen haben. Und er wirkt müder.

»Bitte, Papa, darf ich mich bei dir verstecken? Mama macht mich wahnsinnig mit ihrer Hektik!«

»Du kennst ja deine Mutter. Ich hab ihr tausendmal gesagt, sie soll sich nicht so viel Arbeit machen. Aber wenn sie sich etwas in den Kopf gesetzt hat …«

»… kann man sie nicht davon abbringen, ich weiß«, beende ich den Satz lachend. »Wie hältst du das bloß aus?«

»Da könnte ich dir mehrere Gründe aufzählen. Der naheliegendste ist wohl der, dass ich sie liebe«, antwortet er und zwinkert mir zu. »Erzähl du mir lieber, wie es in Grenoble läuft. Fühlst du dich wohl?«

»Ja, sehr. Ich habe eine tolle Chefin, und mein Tanzunterricht erfüllt mich. Wie konnte ich nur so viele Jahre auf den Tanz verzichten? Ich plane mit meinen Schülern gerade eine kleine Aufführung. Sie sind mit so viel Eifer bei der Sache, es ist einfach toll!«

»Ach ja, deine Mutter hat es mir erzählt. Außerdem – ich weiß nicht, ob sie es dir schon gesagt hat, falls nicht, von mir weißt du nichts! – will sie sich um das Bühnenbild kümmern. Momentan ist sie seit Wochen völlig auf meine Geburtstagsfeier konzentriert, aber danach bist du im Auge des Sturms. Mach dich auf was gefasst.«

Ich seufze.

»Ich schätze, es ist zwecklos, ihr zu sagen, dass es nicht nötig ist.«

»Zwecklos und vergeblich! Bedenke außerdem, dass dein armer alter Vater dann endlich mal aufatmen kann.«

Wir lachen. Mir wird bewusst, wie sehr es mir fehlt, meine Eltern jede Woche besuchen zu können.

Am Abend herrscht großer Trubel. Das Haus ist voll mit mir größtenteils unbekannten Gästen. Die Ausdehnung des sozialen Netzes meiner Eltern hat mich schon immer erstaunt.

In einer Ecke mache ich Charlotte und Sacha aus und stürze mich sofort auf sie.

»Endlich mal bekannte Gesichter!«

Charlottes Anblick, schmaler als je zuvor und mit durchscheinender Haut, bricht mir fast das Herz. Sie wirkt so zerbrechlich. Ich bemerke, dass Sacha einen Arm unter ihren geschoben hat, als wollte er sichergehen, dass sie nicht zusammenbricht.

»Ich freue mich, dich zu sehen, Molly«, begrüßt sie mich mit einem Lächeln. »Du siehst gut aus. Und, wie läuft es in Grenoble?«

»Sehr gut. Ich habe eine Wohnung mit Blick auf die Berge. Es ist fantastisch. Hoffentlich kommt ihr mich mal besuchen.«

»Ich wäre wahrscheinlich keine gute Gesellschaft.«

»Aber natürlich wärst du das. Ich würde mich freuen.« Ich überlege kurz, dann füge ich hinzu: »Gerade fällt mir etwas ein: Wie wäre es, wenn du mir bei meiner Aufführung hilfst?«

»Bei deiner Aufführung?«

»Ich will mit meinen Schülern den *Nussknacker* aufführen. Meine Mutter hat sich in den Kopf gesetzt, das Bühnenbild zu machen. Vielleicht kommst du mit, wenn sie mir alles bringt? Du könntest dir die Aufführung ansehen, und die saubere Luft würde dir guttun. Ein Tapetenwechsel wirkt manchmal Wunder …«

»Ich weiß nicht …«

»Molly hat recht«, schaltet sich Sacha ein, »es würde dich auf andere Gedanken bringen.«

»Und Mama würde sich auch freuen. Außerdem, wenn ich das mal so eigennützig sagen darf, mir würde es auch ganz gut passen, wenn sie zwischendurch mal abgelenkt ist!«

Um mein Argument zu untermauern, fordere ich sie auf, meine rastlose Mutter einen Moment lang zu beobachten, wie sie mit Tabletts voller Petit Fours herumgeht, Gläser nachfüllt, hier über einen Witz lacht, dort ein Kompliment fallen lässt. Bree Van de Kamp mit Duracell-Batterien.

Wir lachen, und ich spüre, wie Charlotte sich ein wenig entspannt.

»Deine Mutter ist ein ziemliches Original«, scherzt sie schließlich.

»Heißt das, du kommst mit? Kann ich auf dich zählen?«

»Ich verspreche dir, dass ich darüber nachdenken werde. Vielleicht für ein paar Tage …«

Als die Party in vollem Gange ist und der Lärmpegel mit dem eines Rolling-Stones-Konzerts mithalten könnte, habe ich mich in die Küche geflüchtet und nuckle nun auf einem Barhocker an meinem Cocktail.

»Ich wollte mich bei dir bedanken.«

Hinter mir steht plötzlich Sacha.

»Bedanken wofür?«

»Wegen meiner Mutter. Dein Vorschlag, dich zu besuchen. Das ist eine super Idee. Sie braucht mal eine kleine Luftveränderung.«

»Ihr geht es nicht besonders, stimmt's?«

»Nein«, erwidert er finster. »Sie sieht sich den ganzen Tag Fotoalben an und redet nicht mit mir. Ich weiß nicht mehr, was ich noch machen soll.«

»Das tut mir leid.«

»Es ist furchtbar, sie so zu sehen und sich ohnmächtig zu fühlen. Eine Mutter sollte niemals ihr Kind sterben sehen.«

Wieder einmal trifft mich die Wucht dieser Ungerechtigkeit. Mir fallen keine passenden Worte ein, also schweige ich. Mehrere Minuten lang schweigen wir beide, unfähig, ein leichteres Thema anzuschneiden.

Als plötzlich meine Mutter in die Küche kommt, ist das so wohltuend wie eine Schicht Biafine bei einem Sonnenbrand.

»Na, Kinder, amüsiert ihr euch? Molly, *sweety*, ich muss dir unbedingt Madeleine und Jean-Jacques vorstellen. Ihr Sohn arbeitet fürs Kino und hat sich gerade scheiden lassen. Dein Vater und ich haben ihn einmal bei einem Abendessen kennengelernt. Er würde dir sicher gefallen.«

Mütter und ihre Manie, ihre Töchter mit den Söhnen ihrer Freunde verheiraten zu wollen! Ich verdrehe die Augen.

»Mama, ich brauche dich wirklich nicht, um einen Mann zu finden. Und außerdem, wer sagt dir, dass ich nicht längst einen habe?«

Kaum habe ich den Satz ausgesprochen, bereue ich es auch schon. Sofort wird mir klar, dass mir ein Verhör nach allen Regeln der Kunst bevorsteht, sobald die Gäste weg sind.

Vorerst aber begnügt sich meine Mutter damit, mich

mit einer hochgezogenen Augenbraue zu mustern, was mir sagen soll, dass sie mich durchschaut hat, sie aber momentan noch andere Dinge zu tun hat. Und dann rauscht sie mit einem weiteren Tablett voller Köstlichkeiten aus der Küche.

»Molly, Molly, Molly, warum kannst du nur deinen Mund nicht halten«, ermahne ich mich selbst laut. »Warum musstest du ihr nur von John erzählen?«

»John?«, fragt Sacha, der zweifellos erleichtert ist über den Themenwechsel.

»Ja, John. Ich habe in Grenoble tatsächlich jemanden kennengelernt. Ein super Typ, der mir wohl ein bisschen den Kopf verdreht hat.«

Sachas Gesichtszüge verhärten sich.

»So schnell? Du hast ihn gerade erst kennengelernt?«

Oh nein, er kommt mir doch nicht wieder mit der Ist-das-nicht-ein-bisschen-schnell-Leier wie bei Germain! Anscheinend liegt in dieser Küche irgendwas in der Luft.

Aber plötzlich fällt es mir wie Schuppen von den Augen. Sacha gefiel der Gedanke nicht, dass ich Germain heirate, und nun scheint er auch was gegen John zu haben. Was bin ich bloß für eine Idiotin!

»Sacha … Jetzt verstehe ich es erst … Es tut mir leid … Du bist für mich wie mein kleiner Bruder …«

Nach einer Weile, die mir vorkommt wie eine Ewigkeit, bricht er in Gelächter aus.

»Ich weiß nicht, was daran jetzt so lustig ist«, sage ich leicht gereizt.

»Und ob es lustig ist! Wie kommst du denn auf die Idee, dass ich in dich verliebt sein könnte?«

»Na ja, zufälligerweise scheinst du immer eine Abneigung gegen die Typen zu haben, mit denen ich ausgehe. Das nennt man in der Regel Eifersucht.«

»Eifersucht, ich? Da liegst du völlig daneben. Ich will nur nicht, dass dieser John dir wehtut. Wir Jungs sind nicht wie ihr. Wir verlieben uns nicht so schnell.«

»Vielen Dank, aber ich bin schon groß! Ich kann selbst auf mich aufpassen. Außerdem ist John anders. Es ist, als würden wir uns schon seit Jahren kennen.«

»Na, wenn du es sagst … Hahaha, ich komm gar nicht darüber weg, dass du dachtest, ich könnte Gefühle für dich haben!«

»Ist ja schon gut. Jeder kann sich mal irren.«

38

3. April

»Und? Erzähl mal. Das mit John ist also was Ernstes?«

Viviane und ich sitzen im Sonnenschein auf einer Caféterrasse und genießen die frühlingshaften Temperaturen. Ich konnte meine Gefühle für John nicht mehr für mich behalten und habe ihr, kaum dass wir uns gesetzt hatten, von meinem Abend mit ihm erzählt.

»Du bist ja anscheinend wirklich verrückt nach ihm.«

»Ich kann es auch nicht erklären, es kommt mir alles so unwirklich vor.«

»Warum unwirklich?«

»Weil es sich anfühlt, als würden wir uns seit Ewigkeiten kennen. Er ist so perfekt, er hat alles, was ich mir bei einem Mann immer gewünscht habe. Da muss es doch einen Haken geben. Bestimmt werde ich irgendetwas über ihn herausfinden, einen verborgenen Makel, irgendwelche Leichen im Keller. Es kann gar nicht anders sein.«

»Oder ihr seid wirklich seelenverwandt.«

»Glaubst du an so was, Viviane?«

»Nein, aber du. Ich passe mich dir an!«

Sie lacht.

»Du siehst jedenfalls gut aus«, sage ich. »Viel besser als beim letzten Mal. Ich nehme an, du hast Nicolas von dem Kind erzählt, und alles hat sich geklärt?«

»Nicht wirklich. Ich hatte eine Fehlgeburt, Molly. Es gibt kein Kind mehr.« Für einen Moment legt sich ein trauriger Schleier über ihren Blick, der jedoch sogleich von einem strahlenden und entwaffnenden Lächeln verscheucht wird. »Es wird dir vielleicht komisch vorkommen, aber es hat auch etwas Gutes«, fährt sie fort.

»Etwas Gutes?«

»Das Baby zu verlieren, war furchtbar, es waren wahrscheinlich die schlimmsten Tage meines Lebens, aber paradoxerweise hatte der Kummer einen positiven Nebeneffekt. Dank dieser Fehlgeburt habe ich begriffen, dass ich dieses Kind wollte, Molly. Hätte ich es nicht verloren, hätte ich das vielleicht nie herausgefunden. Als ich dich in Grenoble besucht habe, war ich wie gelähmt vor Angst. Nie im Leben hätte ich mir vorstellen können, Mutter zu werden. Die Fehlgeburt hat mir die Augen geöffnet. Ich habe begriffen, dass ich mir Kinder wünsche. In gewisser Weise hat sie meine Zweifel und meine Ängste fortgewischt.«

Trotz dieses schmerzlichen Ereignisses hat Viviane ein Leuchten in den Augen, wie ich es noch nie zuvor bei ihr gesehen habe.

»Und Nico? Wie hat er es aufgenommen?«

»Er weiß nichts davon. Es ist passiert, bevor ich dazu gekommen bin, ihm von dem Kind zu erzählen. Welchen Sinn hätte es noch?«

»Viv…«

»Es ist besser so. Und jetzt, da ich mir sicher bin, dass ich ein Kind will, versuchen wir alles«, fügt sie mit einem Zwinkern hinzu.

»Ihr versucht es?«

»Und wie! Ich habe Nico gesagt, dass ich mir ein Kind wünsche und dass er sich jeden Abend bereithalten soll!«

»Du bist wirklich unglaublich, Viv! Weißt du das? Unglaublich!«

»Aber nun haben wir genug von mir geredet. Also, wann siehst du deinen John wieder?«

39

6. April

»Lou, Alice, kommt schon, ihr seid dran. Ja, genau so, ihr seid perfekt, Mädchen. Und jetzt du, Gabriel, du stellst dich hinter Lou und lässt sie eine Pirouette machen, ja, genau so. Jetzt mit Alice. Pirouette, Cambré, Pirouette. Und nun das Corps de Ballet! Alle in einer Reihe und schön alle zusammen, Arm über den Kopf, Tendu und – halten!«

Voller Stolz betrachte ich meine Schülerinnen und meinen Schüler, wie sie sich über das Parkett des Tanzsaals bewegen. Sie sind mit großem Eifer bei der Sache. Ich muss feststellen, dass sie in den paar Wochen riesige Fortschritte gemacht haben.

Alice und Lou sind als Solotänzerinnen einfach großartig. Natürlich immer auf der Suche nach Perfektion, heischt Alice nach meinem Lob. Lou dagegen tanzt mit einer Melancholie, die einen tief berührt.

Und Gabriel, was soll ich sagen? Er ist begabt und bewegt sich sehr sicher. Obwohl er noch nicht so lange tanzt wie manch eine seiner kleinen Kameradinnen, hat er bereits ein sehr viel höheres Niveau als die meisten von ihnen. Seine Bewegungen sind raumgreifend und fließend. Er kann mehrere Pirouetten nacheinander drehen, ohne das Gleichgewicht zu verlieren. Und er wirkt so glücklich – es ist eine wahre Freude, ihm zuzusehen. Sobald die Musik einsetzt und er sich zu bewegen beginnt, öffnet sich sein Blick, und er beginnt zu strahlen.

»Das genügt für heute. Ihr wart perfekt. Ich bin sehr stolz auf euch!«, lobe ich, nachdem ich die Musik ausgemacht habe. »Eure Eltern werden staunen.«

»Meinst du wirklich, Molly?«, fragt mich Alice. »Ich hab mein Cambré nicht so gut hingekriegt.«

»Meine kleine Alice, dein Cambré war sehr gut, mach dir keine Sorgen. Du tanzt wunderbar. Deine Mutter wird stolz sein.«

Ihr zweifelnd verzogener Schmollmund verrät mir, dass sie noch nicht überzeugt ist. Seit wir angefangen haben, das Stück zu proben, gibt sie sich noch größere Mühe als sonst und kritisiert sich pausenlos selbst.

Seltsamerweise habe ich die Kleine lieb gewonnen, und ich kann immer besser verstehen, was in ihr vorgeht. Jedes Mal, wenn ihre Mutter sie abholen kommt, beobachte ich sie. Sie zeigt ihr die neuen Bewegungen, die sie gelernt hat, und lechzt förmlich nach einem Lob oder einem netten Wort. Und wenn ihre Mutter dann sagt, dass es nicht übel sei, sie es aber sicher besser könne und sie bei allem, was sie tut, die Beste sein müsse, zerfällt ihr kleines Gesichtchen förmlich für ein paar Sekunden.

»Meinst du wirklich, wir sind bereit?«, fragt mich nun Gabriel.

»Ich verspreche euch, dass ihr bereit sein werdet, wenn es so weit ist. Wir haben noch ein paar Wochen bis zur Aufführung, und ihr gebt wirklich euer Bestes! Dank euch finde ich all das wieder, was ich früher am Tanzen so geliebt habe. Aber jetzt geht euch umziehen, eure Eltern werden gleich da sein.«

Wie nach jeder Unterrichtsstunde klatsche ich, und sie tun es mir nach. Mittlerweile sind wir eine richtige kleine Tanztruppe.

Während die Kinder freudig erregt zu den Umkleiden strömen, sehe ich nervös zum Eingang. Seit besagter Nacht habe ich John nicht mehr gesehen, weil er geschäftlich unterwegs war. Zwar haben wir einander ein paar Nachrichten geschickt, doch ich sehne mich schrecklich nach ihm.

Fieberhaft räume ich meine Sachen ein, schiele dabei allerdings unablässig zur Tür. Und endlich geht sie auf, und im Türrahmen steht – er. Sofort flattern in meinem Bauch tausend Schmetterlinge auf. John. Entschlossen kommt er auf mich zu. Wie ein hypnotisiertes Kaninchen rühre ich mich nicht vom Fleck.

Als er bei mir ist, legt er den Arm um mich, zieht mich an sich und presst seinen Mund auf meinen. Seine Lippen sind heiß, und meine Beine drohen unter mir nachzugeben.

»Ich kann seit heute Morgen an nichts anderes mehr denken«, sagt er, nachdem er seine Umarmung etwas gelockert hat. »Wie kommt es, dass Sie eine solche Macht über mich haben, Molly Greene?«

»Ich habe dich verhext. Wusstest du nicht, dass alle Rothaarigen Hexen sind?«

»Das erklärt einiges!«, sagt er und küsst mich erneut.

»Wenn du mich weiter so küsst, kann ich für nichts mehr garantieren. Und das wäre nicht so gut, hier schwirren nämlich ein paar Minderjährige herum.«

Wie um meine Bemerkung zu untermalen, ertönt leises Gekicher.

John aber lässt sich nicht beirren und küsst mich auf den Hals.

»Hast du heute Abend Zeit? Magst du zum Essen kommen?«

»Ähm … Ja, ich habe Zeit. Und was ist mit Lou?«

»Sie wird begeistert sein.« Er flüstert mir ins Ohr: »Zum Glück geht sie früh schlafen. Und sie hat einen festen Schlaf …«

40

Am Ende habe ich mich für ein halbwegs bequemes Outfit entschieden, das, so hoffe ich, trotzdem sexy ist. Eine schwarze Slim-Jeans und ein feiner hellblauer Kaschmirpulli mit V-Ausschnitt, der meinen Busen zur Geltung bringt. Das Ganze vervollständigt mit hochhackigen schwarzen Stiefeln.

Einen Hauch Make-up und dreißig Minuten später, na gut, fünfundvierzig Minuten später[11] stehe ich vor Johns Wohnung.

»Ja, bitte, worum geht es?«, fragt John, nachdem er mir die Tür geöffnet hat.

»Sorry, ich bin ein bisschen spät. Mein Goldfisch wollte sich wieder umbringen.«

»Tut mir leid, Mademoiselle, aber um diese Uhrzeit lassen wir nur noch junge Damen im kleinen Schwarzen rein.«

Er tut so, als wollte er die Tür wieder schließen.

11 Solange brauche ich, um Raymond nach einem erneuten Selbstmordversuch wieder in seine Vase zu verfrachten.

»Und wenn ich Ihnen sage, dass ich unter diesen Sachen Dessous aus schwarzer Spitze trage, die wahnsinnig sexy sind?«

»Dann würde ich sagen, dass das eine ausreichende Entschädigung ist«, entgegnet er und tritt beiseite, um mich hereinzulassen.

In der Wohnung duftet es unglaublich gut.

»Sag nicht, du kannst auch noch kochen.«

»Nein, damit kann ich leider nicht punkten. Meine Kochkünste beschränken sich auf Nudeln mit Butter. Ich bin auf dem Rückweg noch beim Feinkostladen vorbeigefahren. Ich hoffe, du hast Hunger! Anscheinend habe ich mit der Menge etwas übertrieben.«

»Keine Angst, ich habe einen Bärenhunger.«

Und nicht nur auf Essen …

»Schläft Lou schon?«

Langsam, Molly, langsam …

»Nein, sie spielt oben in ihrem Zimmer. Zur Feier des Tages darf sie heute etwas länger aufbleiben.«

Hoffentlich nicht zu lange …

»Darf ich kurz zu ihr, um ihr zu sagen, dass ich da bin?«

»Natürlich, ich hab in der Küche sowieso noch zu tun. Ihr Zimmer ist oben, erste Tür rechts.«

Oben angekommen, gehe ich leise zu Lous Zimmer, um sie zu überraschen. Die Tür ist nur angelehnt, und ich kann sie reden hören.

Ich schleiche nahe heran und beobachte sie wortlos. Sie sitzt mit drei Puppen auf dem Bett. Zwei Puppen hält sie in der Hand, die dritte hat sie am Bettende platziert.

»Mama, Mama«, fragt sie mit Kleinkindstimme, »guck mal, das kleine Mädchen da hinten. Hat sie keine Mama?«

»Nein, sie hat keine Mama. Und weißt du, warum? Ihre Mutter hat sie alleingelassen. Das kommt davon, wenn man nicht hübsch ist, oder wenn man böse war. Dann gehen die Mamas fort.«

Erschrocken stoße ich, ohne lange zu überlegen, die Tür auf und trete ins Zimmer. Lou lässt ihre Puppen sinken und dreht sich zu mir um.

Ich setze mich zu ihr aufs Bett, doch sie starrt nur vor sich hin. Ich fühle, dass ich in eine Welt eingedrungen bin, die sie für sich behalten wollte.

Schließlich lege ich ihr die Hand auf den Kopf und beginne langsam, ihr Haar zu streicheln. Damit bricht der Damm, und die Tränen, die sie bis zu diesem Moment zurückgehalten hat, sprudeln endlich hervor.

»Weißt du, Süße, ich glaube, deine Puppe irrt sich. Eine Mama geht nicht fort, weil sie ihre kleine Tochter nicht hübsch findet. Außerdem finden alle Mamas ihre kleinen Töchter hübsch.«

Mit tränennassem Gesicht sieht Lou mich an. »Warum gehen Mamas denn dann fort?«

Erschüttert nehme ich sie in die Arme.

»Ich weiß es nicht, aber du darfst nicht denken, dass es die Schuld des kleinen Mädchens ist. Du bist sehr hübsch, und du hast nichts falsch gemacht. Es ist nicht deine Schuld, Lou.«

»Aber warum ist meine Mama denn weggegangen, Molly? Wenn sie mich lieb hätte, wäre sie hiergeblieben. Und Papa? Glaubst du, er geht auch weg?«

»Süße, ich weiß nicht, warum deine Mama weggegangen ist. Sicher aus Gründen, die nur Erwachsene verstehen können. Allerdings weiß ich ganz sicher, dass es nicht deinetwegen ist. Und dein Papa wird dich niemals alleinlassen. Du bist das Allerwichtigste für ihn. Hast du ihn mal gefragt, warum die Mama weggegangen ist?«

»Nein … Papa mag es nicht, wenn ich von Mama rede. Ich glaube, das macht ihn wütend.«

»Nein, Kleines, das macht mich nicht wütend. Überhaupt nicht.«

Plötzlich ist John hinter mir aufgetaucht.

»Wie kannst du nur denken, dass es deine Schuld ist, dass Mama weggegangen ist? Du bist ein so wundervolles kleines Mädchen, Prinzessin. So wundervoll.«

Lou wirft sich ihrem Vater in die Arme, und ich nutze den intimen Moment zwischen John und seiner Tochter, um mich zurückzuziehen und ins Wohnzimmer hinunterzugehen.

Der Tisch ist gedeckt, und John hat sogar ein paar Kerzen angezündet. Nun werde auch ich von meinen Gefühlen überwältigt. Arme kleine Lou, die sich all die Jahre für das Verschwinden ihrer Mutter bestraft hat und sich verbietet, glücklich zu sein.

Ich weiß nichts über diese Frau, ich weiß nicht, wie ihr zumute gewesen sein muss, aber ich kann nicht verhindern, dass ich Wut auf sie empfinde. Wie hat sie einfach alles so hinter sich lassen können?

Es vergeht eine ganze Weile, ehe John sich zu mir aufs Sofa setzt.

»Wie geht es ihr?«

»Sie ist eingeschlafen. Ich wusste immer, dass irgendwas nicht stimmt. Aber ich hätte nie gedacht, dass sie sich die Schuld dafür gibt, dass ihre Mutter weggegangen ist. Ich mache mir Vorwürfe, dass ich das nicht gesehen habe.«

»Du bist ein großartiger Vater, John. Außerdem hast auch du unter der Situation gelitten. Euch trifft beide keine Schuld, weder dich noch deine Tochter.«

Er nimmt zärtlich meine Hände. Und sieht mir tief in die Augen. Diesmal fällt es mir schwer zu erkennen, was in ihm vorgeht.

»Du bist wirklich was ganz Besonderes. Sie hatte recht.«

»Wer hatte recht?«, frage ich lächelnd.

Er scheint einen Moment zu überlegen.

»Marie.«

41

»Marie? Welche Marie?«

»Marie, deine beste Freundin. Die, die …«

Sofort ziehe ich meine Hand zurück.

»Woher weißt du von Marie? Ich hab dir nie von ihr erzählt.«

Ich sehe ihn an, als er aufsteht und ein paar Schritte auf den Tisch zumacht, der für das Abendessen gedeckt ist, ehe er sich wieder zu mir umdreht.

»Hör zu, Molly, ich will seit Tagen mit dir darüber reden, es brennt mir schon die ganze Zeit auf der Zunge. Aber ich hatte Angst, dass … Und nachdem ich dich eben gehört habe, wie du meine Tochter getröstet hast, ist mir klar geworden, dass ich es dir nicht länger verheimlichen darf. Du musst die Wahrheit erfahren.«

»Du machst mir Angst, John …«

»Ich kannte Marie, wir waren befreundet. Ich habe sie letztes Jahr kennengelernt, als sie mit ihrem Bruder hier war, und wir waren uns gleich sympathisch. Sie war jemand, der schnell Freundschaften schließt.«

Als er von meiner Freundin spricht, werden meine

Augen feucht. Ich begreife immer noch nicht so recht, was John mir sagen will.

»Wir haben regelmäßig telefoniert. Und dann hat sie mir von ihrer Krebserkrankung erzählt. Irgendwie wusste sie damals schon, dass sie es nicht überleben würde. Dabei war sie die Lebensfreude in Person. Und dann hat sie mir von dir berichtet. Sie war überzeugt, dass wir füreinander geschaffen sind. Und dass du aus Paris rausmusst.«

Vor mir taucht ein Bild vom Tag der Beerdigung auf, und als hätte mich etwas gestochen, springe ich vom Sofa auf.

Ich bin wieder im Mittelgang der Kirche und zwinge mich, nicht zum Sarg hinzusehen, und dort, neben einem Pfeiler, abseits von allen anderen …

»Du warst da, am Tag der Beerdigung? In der letzten Reihe, das warst du?«

»Ja …«

»Deshalb kam mir dein Gesicht so bekannt vor, als wir uns das erste Mal gesehen haben. Unsere Blicke haben sich getroffen, während ich Hals über Kopf aus der Kirche gerannt bin. Jetzt fällt es mir wieder ein. Aber ich verstehe es nicht. Warum hat Marie mir nie von dir erzählt? Das ergibt doch keinen Sinn, sie und ich, wir hatten keine Geheimnisse voreinander.«

Offenbar hatten wir das sehr wohl, und das herausfinden zu müssen, macht alles noch schmerzhafter.

»Und warum hast *du* mir nichts gesagt?«

»Ich weiß es nicht. Anfangs fand ich es wohl amüsant.

Und ich war gespannt darauf, die Frau kennenzulernen, von der Marie mir in höchsten Tönen vorgeschwärmt hat. Dann habe ich angefangen, Gefühle für dich zu entwickeln, und irgendwann war es zu spät.«

Nach und nach setzt sich das Puzzle zusammen.

»Wusstest du, dass ich nach Grenoble kommen würde?! Ich meine, an dem Tag auf der Piste, als du mich angesprochen hast, wusstest du da vorher, dass ich komme? Du wusstest, dass ich es bin? O Gott, bin ich blöd, natürlich wusstest du es! Warum sonst hättest du mich ansprechen sollen?«

»Ja, ich wusste, dass du kommen würdest. Marie hatte alles geplant. Ich frage mich heute noch, wie sie es geschafft hat, mich in diese Inszenierung hineinzuziehen …«

»Ganz einfach. Weil niemand sich Maries Überzeugungskraft und ihrer Begeisterungsfähigkeit widersetzen konnte«, flüstere ich mehr zu mir als zu John.

»Eines Tages habe ich am Telefon erwähnt, dass Lous Tanzlehrerin weggezogen ist, und sie meinte sofort, dass das ein Wink des Schicksals sei. Und dass sie das unbedingt noch machen müsse, bevor sie geht. Dass sie es für dich tun müsse.«

Eine Molly verdient einen John …

Und außerdem ist da Sacha … Also, ich möchte, dass du an meiner Stelle für ein Wochenende nach Grenoble fährst. Und ihn begleitest.

Sacha …

»Sacha wusste auch Bescheid, stimmt's? Ich war mit

ihm zusammen, als ich den Aushang für die Stelle als Tanzlehrerin gesehen habe. Das war also auch kein Zufall?«

»Molly, es tut mir leid …«

»Ach, es tut dir leid? Es tut dir leid, dich über mich lustig gemacht zu haben?«

»Du darfst es nicht falsch verstehen …«

»Nicht falsch verstehen? Wie bitte soll ich es denn verstehen? Alles, was ich in den letzten Monaten erlebt habe, ist hinter meinem Rücken geplant worden. Mir sind alle Entscheidungen aus der Hand genommen worden. Das alles war nur ein riesiges Lügengebäude, das gerade komplett in sich zusammengefallen ist. Ich war so stolz auf mich! Und jetzt erfahre ich, dass in Wirklichkeit jemand anders die Fäden gezogen hat.«

Ich beginne zu weinen.

»Und wir beide … Ich habe mir die ganze Zeit gesagt, dass es sich anfühlt, als würden wir uns schon immer kennen. Als würdest du erraten, was du sagen oder tun musst, damit ich verrückt bin nach dir. Dabei wusstest du ja alles. Du wusstest alles über mich. Es ist gar nichts Magisches an unserer Beziehung. Es war alles nur inszeniert. Du hattest die Karten schon in der Hand, du musstest sie nur noch ausspielen.«

John versucht, mich in den Arm zu nehmen, doch ich mache mich sofort unsanft von ihm los.

»Molly, bitte, ich schwöre dir, dass ich immer aufrichtig zu dir war.«

»Aufrichtig? Soll das ein Witz sein?«

»Meine Gefühle für dich waren immer aufrichtig.«

»Ach ja? Und wenn Marie dir nichts von mir erzählt hätte, hättest du auf der Piste dann auch angehalten? Hättest du dich dann auch für mich interessiert? Sei ehrlich. Hätte es ohne Marie ein ›Wir‹ gegeben?«

»Das spielt doch keine Rolle. Was zählt, ist, was zwischen uns ist.«

»Nein, tut mir leid, für mich spielt es sehr wohl eine Rolle. Du hast dich nicht von dir aus für mich interessiert. Ihr habt mich manipuliert, ein Spiel mit mir gespielt. Egal, was heute zwischen uns ist, es ist nicht echt.«

Tränenüberströmt stürze ich zum Eingang, schnappe mir meine Tasche, öffne die Tür und stürme die drei Stockwerke hinunter.

Warum hast du mir das angetan, Marie? Warum?

Als ich wieder zu Hause bin, kann ich mich kaum beruhigen. Ich bin enttäuscht und stinksauer. Sosehr ich auch versuche, das alles für mich zu ordnen, finde ich einfach keine logische Erklärung, die mich beruhigen würde. Es ist fast, als würde ich Marie ein zweites Mal verlieren, als wäre sie eine andere Marie gewesen, die ich gar nicht kannte. Warum hat sie mir nicht einfach von John erzählt, wenn sie überzeugt war, dass er der richtige Mann für mich ist? Sie hätte doch nur sagen müssen: *Molly, ich hab in Grenoble einen Typ kennengelernt, der würde perfekt zu dir passen*. Ganz einfach.

Aber nein, stattdessen hat sie mir lieber gar nichts gesagt und einen aberwitzigen Plan ausgeheckt.

Während ich im Wohnzimmer auf und ab gehe, fällt mein Blick auf den Stapel Briefe unter dem Couchtisch. Hastig beuge ich mich hinab und klaube sie zusammen.

Ich möchte, dass du für mich lebst. Du hast Nerven! Das war alles die reinste Manipulation.

Und da, mit einem Mal, weiß ich, was ich tun muss. Wütend stopfe ich die Briefe in meine Tasche, nehme mein Handy und wähle Nadèges Nummer.

»Ja, bitte?«

»Nadège, ich bin's, Molly.«

»Ist alles in Ordnung? Du hörst dich so komisch an.«

»Es tut mir leid, dich darum zu bitten, Nadège, aber ich brauche ein paar Tage Urlaub. Ich muss zu meinen Eltern fahren.«

»Es ist hoffentlich nichts Schlimmes?«

»Doch. Na ja, eigentlich nicht. Ich muss unbedingt etwas klären. Ich verspreche dir, dass ich dir alles erzählen werde. Wenn ich es jetzt versuche, breche ich wieder in Tränen aus.«

»Du bist ja total aufgewühlt«, sagt sie merklich beunruhigt. »Soll ich mit dir fahren? Ich kann den Teesalon für ein paar Tage schließen. Es würde mir guttun, mal rauszukommen.«

»Das ist lieb, Nadège, ich bin gerührt. Aber du musst wirklich nicht für mich den Laden zumachen …«

»Keine Widerrede. Ich merke doch, dass etwas nicht in Ordnung ist. Wenn du willst, können wir noch heute Abend losfahren. Dann bist du morgen früh zu Hause.«

»Ich weiß gar nicht, was ich sagen soll, Nadège …«

»Dann sag eben nichts. Wozu hat man Freunde? Ich bin in einer Viertelstunde bei dir.«

Ich bin derart gerührt, dass ich ihr nicht einmal danken kann, und eine Sekunde später hat sie aufgelegt.

Ich haste in mein Zimmer, um ein paar Sachen einzupacken.

Ich kann gerade noch meine Mutter anrufen, um ihr zu sagen, dass ich am nächsten Morgen komme – was sofort eine wahre Flut an Fragen auslöst –, da klingelt Nadège schon an der Tür.

Ich mache ihr auf und breche erneut in Tränen aus. Sie nimmt mich in die Arme.

»Was ist denn passiert, Molly? Ist es wegen Viviane? Oder wegen John?«

»Es ist wegen Marie.«

»Marie?«

»Ich erzähl dir alles auf der Fahrt, das hält uns wenigstens wach«, bringe ich zwischen zwei Schluchzern heraus.

42

7. April

Ich werde von Sonnenstrahlen geweckt, die durch die Vorhänge in mein Zimmer fallen.

Die Autofahrt verlief ohne irgendwelche Vorkommnisse, und gegen vier Uhr morgens sind wir bei meinen Eltern angekommen.

Für Nadège war das Gästezimmer vorbereitet. Nachdem ich mich zum tausendsten Mal bei ihr dafür bedankt habe, dass sie für mich da war, bin ich erschöpft ins Bett gefallen. Und obwohl ich dachte, dass ich sicher kein Auge zutun würde, bin ich, kaum dass mein Kopf das Kissen berührt hat, in einen tiefen Schlaf gefallen.

Zu meiner großen Überraschung ist es bereits elf, als ich meine Augen wieder öffne. Sofort springe ich aus dem Bett. Ich muss unbedingt Sacha sehen. Ohne mich mit Duschen aufzuhalten, schlüpfe ich in meine Jeans vom Vortag und tausche den Kaschmirpulli gegen ein bequemeres Sweatshirt.

Ich verlasse mein Zimmer und steuere auf die Küche

zu, aus der Gelächter kommt. Drinnen stehen Nadège und meine Mutter am Herd. Süßer Pfannkuchenduft lässt meinen Magen knurren, der ziemlich unzufrieden darüber ist, dass seine Enzyme gestern nichts zu tun hatten.

»Guten Morgen, ihr zwei.«

Mit dem Schneebesen in der Hand dreht meine Mutter sich strahlend zu mir um.

»Hello, sweety. Hast du gut geschlafen? Wieso hast du mir Nadège nicht schon früher vorgestellt? Sie ist eine geniale Köchin!«

Auch ich muss lächeln. Ich wusste, dass meine Mutter Nadège lieben würde. Sie beide haben so viel gemeinsam.

»Es riecht unglaublich gut. Was macht ihr da Leckeres?«

»Pancakes mit Bananen und Ahornsirup«, verkündet Nadège und stellt einen vollen Teller vor mich hin.

Mein leerer Magen lässt ein noch zornigeres Knurren vernehmen.

Ich setze mich auf einen Barhocker und greife mir eine Gabel. Die Pancakes sind köstlich, und ich stelle fest, dass meine Enttäuschungen in Freundschafts- und Liebesdingen keinerlei Auswirkung auf meinen Appetit haben. Verräter!

Während ich mein Frühstück hinunterschlinge, beobachte ich meine Mutter und Nadège, die sich wieder über die Töpfe gebeugt haben und ihre kulinarischen Diskussionen fortsetzen, sichtlich absorbiert von einer Aufgabe von allerhöchster Wichtigkeit.

Als ich endlich gesättigt bin, verdrücke ich mich in

Richtung Ausgang, um mir ein Paar Turnschuhe anzuziehen. Leise schleiche ich aus dem Haus und laufe zu Charlotte und Sacha hinüber.

Wenn auch meine Wut sofort wieder hochkommt, ist meine Enttäuschung doch um ein paar Grad gefallen. Ich bin nicht mehr ganz so aufgebracht wie gestern und danke im Geiste noch einmal Nadège dafür, dass sie mich begleitet hat. Die beruhigenden Worte, mit denen sie mich während der Fahrt bedacht hat, haben ihre Wirkung offenbar nicht verfehlt.

Ich klingle, und Charlotte öffnet mir die Tür.

»Molly? Was machst du denn hier? Es ist doch hoffentlich nichts mit deinen Eltern?«

Liegt es an dem Verlust eines nahestehenden Menschen, dass sie alles, was passiert, unweigerlich aus diesem Blickwinkel sehen muss?

»Nein, Charlotte, keine Sorge. Meine Mutter ist mit Nadège in der Küche, die beiden bereiten haufenweise Köstlichkeiten zu. Du solltest mal zu ihnen gehen.«

»Nadège?«

»Ach ja, entschuldige. Nadège ist meine Chefin. Und Freundin. Sie hat mich gestern Nacht mit dem Auto hergebracht.«

»Ihr seid die ganze Strecke in der Nacht gefahren? Bist du dir sicher, dass alles in Ordnung ist?«

»Ist Sacha da?«, weiche ich ihrer Frage aus.

»Äh – ja. Er muss im Garten sein. Er verbringt immer mehr Zeit dort. Wahrscheinlich ist meine Gesellschaft nicht gerade erheiternd.«

»Ein Grund mehr, dass du zu Mama und Nadège rübergehst. Du wirst bestimmt auch von ihr begeistert sein. Außerdem fühlst du dich dann nicht so verloren, wenn du in ein paar Wochen mit Mama nach Grenoble fährst.«

Ich zwinkere ihr zu, was sie mit einem schüchternen Lächeln quittiert. Immerhin ein Anfang.

»Du hast recht, ich muss mal rauskommen. Ich habe das Gefühl, mit jeder Sekunde ein wenig mehr zu ersticken.«

Ich küsse sie auf die Wange und sehe ihr nach, als sie zum Haus meiner Eltern geht. Dann mache ich mich auf den Weg in den Garten, um Sacha zu suchen.

Ich finde ihn, als er gerade eine Pflanze von Unkraut befreit.

»Wie konntest du mir so etwas antun?«

Beim Klang meiner Stimme zuckt er zusammen und richtet sich mit einem Ruck auf. Ich warte nicht, bis er antwortet.

»Du bist wie mein Bruder, Sacha, wie konntest du mich nur so manipulieren und mich in dem Glauben lassen, dass alles, was passiert ist, reiner Zufall war?«

Ihm fällt fast das Gesicht runter.

»Ah … dann weißt du also Bescheid.«

»Ja. Stell dir vor, John hat mir gestern alles gesagt. Er dachte wohl, jetzt, da ich mein ganzes Leben auf den Kopf gestellt habe, habe ich vielleicht ein Anrecht darauf zu erfahren, warum ich das getan habe.«

»Ich habe gleich gesagt, dass es keine gute Idee ist. Ich

schwöre es dir. Und dass du es herausbekommen würdest.«

»Wem hast du das gesagt? John?«

»Nein. Marie.«

Er lässt die Schultern hängen. Genau wie mir fällt es auch ihm immer noch schwer, ihren Namen auszusprechen.

»Aber sie wollte es einfach nicht hören«, fügt er hinzu. »Sie hat mir gedroht, dass sie mir Tag und Nacht erscheinen würde, wenn ich nicht mitmache. Sie hat mich damit erpresst, dass sie stirbt, ich musste es ihr versprechen. Du weißt, wie sie war.«

Ja, das weiß ich nur zu gut. Stur. Entschlossen.

»Ich habe halt gedacht, dass es eh nicht klappen würde und dass du bestimmt in Paris bleibst. Als du mir dann gesagt hast, dass du fortgehst und Germain verlässt, da habe ich mich schuldig gefühlt. Ich habe dich mehrmals gefragt, ob du es wirklich willst. Aber du schienst so überzeugt!«

»Warum hat sie das gemacht? Warum hat sie mir nicht einfach von John erzählt, anstatt alles zu inszenieren? Es ist mein Leben! Ich bin doch diejenige, die entscheiden muss, wo es damit hingehen soll. Ihretwegen weiß ich jetzt gar nicht mehr, was ich glauben soll. Ich fühle mich total verraten. Und sie ist nicht einmal mehr da, um es mir zu erklären.«

Meine Beine versagen, und ich sinke zu Boden.

»Sie hat dir ein Video dagelassen.«

Ich blicke zu Sacha hoch. Erst nach und nach nehmen

seine Worte in meinem Geist Gestalt an, aber bevor ich irgendetwas sagen kann, fährt er fort: »Als sie im Krankenhaus war, hat sie mich gebeten, ihr einen Camcorder mitzubringen. Sie hat sich selbst gefilmt und mir die Aufzeichnung gegeben. Für den Fall, dass du es herausfinden würdest …«

43

Sacha hat den Camcorder an den Fernseher angeschlossen, mir die Fernbedienung in die Hand gedrückt und mir gezeigt, auf welchen Knopf ich drücken muss. Dann ist er rausgegangen.

Seitdem sitze ich wie gelähmt auf dem Bett und schaffe es nicht, auch nur irgendetwas zu tun.

Ich versuche, mich seelisch auf das vorzubereiten, was ich gleich zu Gesicht bekommen werde, auch wenn ich weiß, dass es mich vermutlich umbringen wird, sie gleich auf dem Bildschirm zu sehen.

Ich drücke auf den Knopf, und das Video startet. Zunächst sehe ich nur Maries Arme, während sie versucht, den Camcorder richtig zu positionieren, dann tritt sie ein wenig zurück und ist in voller Größe auf dem Bildschirm zu sehen.

Fieberhaft suche ich nach dem Pausenknopf und drücke ungeschickt darauf herum. Das Bild bleibt stehen.

Marie. Sie sieht blass und abgemagert aus, ein Zeichen, dass die Krankheit schon gewonnen hatte, als sie das Video gedreht hat.

Die Heftigkeit des Gefühls, das ihr Anblick in mir auslöst, verschlägt mir den Atem. Ich spüre, wie Tränen in mir hochsteigen. Ich brauche ein paar Minuten, ehe ich den Mut habe, das Video weiterlaufen zu lassen.

»Coucou … Ja, ich weiß, was du denkst, dieses Video ist wirklich ein bisschen morbide, aber ich hatte keine Ahnung, wie ich es sonst machen soll … Da du es dir gerade ansiehst, bist du nun also über John auf dem Laufenden. Ich weiß natürlich nicht, wie du es herausgefunden hast oder wie lange du es schon weißt, aber da ich dich kenne, weiß ich, dass du ziemlich sauer bist …

Bitte sei nicht sauer, Molly, ich bitte dich.

Ich würde sonst was dafür geben, dass es anders wäre, aber mir bleibt nur dieses Video, um dir alles zu erklären. Also vertrau mir bitte.

Ich habe John kennengelernt, als ich die Woche mit Sacha und seinen Freunden Ski fahren war. Ich habe ihn bei einer Abfahrt aus Versehen umgenietet. Das tat mir so leid, dass ich ihm vorgeschlagen habe, am Abend mit uns essen zu gehen, damit ich es wiedergutmachen kann. Er hat angenommen, und so haben wir Bekanntschaft geschlossen. Er war mir auf Anhieb sympathisch. In der Woche haben wir uns noch ein-, zweimal gesehen und haben Telefonnummern ausgetauscht, um in Kontakt zu bleiben.

Nicht dass wir uns was Besonderes zu erzählen gehabt hätten. In den folgenden Wochen haben wir uns ab und zu Nachrichten geschickt, haben auch mal telefoniert. Und nach und nach ist mir aufgefallen, dass ihr beide eine ganze Menge gemeinsam habt, und irgendwann dachte ich, dass ihr perfekt zueinanderpasst. Aber du warst gerade von Hugo sitzen gelassen worden und warst nicht so richtig auf der Höhe. Und dann kam sofort Germain ... Mein Gott, wenn ich nur an ihn denke, werde ich schlagartig müde ...

Damals dachte ich, ich würde dich im Januar einfach mitnehmen nach Grenoble und ihn dir persönlich vorstellen. Das wäre natürlich das Beste gewesen, der Zauber hätte gewirkt, und du hättest dich auf den ersten Blick in ihn verliebt.

Aber dann habe ich plötzlich erfahren, dass ich krank bin ...

Du denkst jetzt bestimmt, dass ich dir trotzdem noch von ihm hätte erzählen können. Ich schwöre dir, ich habe mir darüber Gedanken gemacht. Aber dann dachte ich, wenn ich dir gesagt hätte: ›Ach übrigens, ich hab da in Grenoble einen super Typ getroffen, der perfekt zu dir passen würde‹, hättest du nur gelacht, und damit wäre das Thema abgehakt gewesen. Du wärst niemals hingefahren, um ihn zu treffen, das musst du ja wohl zugeben.

Und trotzdem war ich so überzeugt, dass ihr füreinander geschaffen seid, dass ich einfach nicht hinnehmen wollte, dass ihr einander nicht kennenlernt. Eines Tages hat er dann diese Tanzlehrerin erwähnt, die weggezogen ist. Da war ich mir sicher, dass das Schicksal sein muss.

Also habe ich dieses Szenario erfunden und die Briefe geschrieben.

Du hast so viel mehr verdient, Molly! Ich wollte dir nur einen kleinen Schubs geben. Und vielleicht habe ich tief in mir drin auch gehofft, dass das Ganze meinen Tod für dich etwas leichter machen würde.

Es war nicht einfach, John und Sacha zu überzeugen. Vor allem Sacha lag mir die ganze Zeit damit in den Ohren, dass es keine gute Idee wäre und dass ich dein Leben nicht so beeinflussen dürfte. Aber wenn es dein Leben besser macht, wenn es dich glücklicher macht, warum nicht? Es war natürlich ein Risiko, doch ich habe beschlossen, es auf mich zu nehmen. Denn ich liebe dich, Molly, und ich wünsche mir nichts mehr, als dass du aufblühst.

Du darfst John und Sacha nicht böse sein. Ich kann sehr dickköpfig sein, wenn ich will, und ich habe ihnen wirklich keine Wahl gelassen. Wenn du auf jemanden böse sein willst, dann sei auf mich böse.

So, jetzt weißt du alles. Ich hoffe, du verzeihst mir, und du verstehst meine Gründe. Du musst endlich richtig leben, Molly. Du musst lachen, lieben, tanzen, fallen und wieder aufstehen und vor allem niemals aufgeben. Niemals.

Und wenn du mir trotzdem böse bist: Macht nichts. Das bist du mir wert.«

Dann streckt sich ihr Arm wieder zum Camcorder, und der Bildschirm ist schwarz. Sie ist nicht mehr da.

Wie in Zeitlupe lege ich die Fernbedienung aufs Bett, strecke mich darauf aus und schließe die Augen.

44

»So, jetzt weißt du alles.«

Ich hebe den Blick zu Viviane, die ich während meines Berichts nicht anzusehen gewagt habe.

Nachdem ich das Video angeschaut hatte, habe ich ihr eine Nachricht geschickt, in der ich sie, ohne auf Einzelheiten einzugehen, bat, zu meinen Eltern zu kommen, sobald sie Zeit hätte. Ich musste mir einfach alles von der Seele reden.

Ihre erstaunte Miene sagt mir, dass sie nicht eingeweiht war. Das tröstet mich, denn ich weiß nicht, ob ich es ertragen hätte, wenn auch sie mit den anderen unter einer Decke gesteckt hätte.

»Mit so was hätte ich im Leben nicht gerechnet!«

»Frag mich mal.«

»Wie fühlst du dich? Blöde Frage, ich weiß. Du siehst furchtbar aus.«

»Ich fühle mich ... als hätte man mir mein Leben weggenommen. Als wäre mir auf einmal alles entglitten. Als ob nichts mehr mir gehören würde. Es ist ein merkwürdiges Gefühl. Nicht sehr angenehm.«

»Kann ich mir vorstellen. Und John? Hast du seit gestern Abend noch mal mit ihm gesprochen?«

»Nein … Und ich will auch nie wieder mit ihm reden.«

»Molly …«

»Was, Molly?«

»Ich verstehe, dass du sauer bist, aber du solltest erst mal in Ruhe über alles nachdenken.« Sie schweigt ein paar Sekunden und fügt dann hinzu: »Ich brauche dir nicht zu sagen, dass Marie und ich nicht gerade die besten Freundinnen waren. Da gibt es nichts zu rütteln, das war nun mal so. Aber eines weiß ich sicher: Ihre Zuneigung zu dir war aufrichtig. Ihr beide wart wie Schwestern.«

»Das ist es ja, was mir so wehtut. Mir eingestehen zu müssen, dass sie mich manipuliert hat. Ausgerechnet Marie.«

»Also, diese Briefe … Ich fand das ja von Anfang an ganz schön seltsam. Aber jetzt, wo ich die ganze Wahrheit kenne, muss ich zugeben, dass ich es besser verstehe.«

»Du verstehst es?«

»Ja. Das war ihr Geschenk an dich. Bevor sie gegangen ist. Sie wollte dir ein besseres Leben schenken. Eigentlich ein schönes Geschenk …«

»Ein Geschenk? Mich in dem Glauben zu lassen, dass …«

»Hast du in letzter Zeit mal in den Spiegel gesehen, Molly?«, fällt Viviane mir ins Wort. »Hast du dich mal richtig angesehen?«

»Ich …«

»Du wirkst so viel glücklicher. So viel enthusiastischer. Und das ist Marie zu verdanken. Vielleicht solltest du es einfach akzeptieren und das Beste daraus machen. Im Grunde ist doch gar nicht so wichtig, wie und warum das alles angefangen hat, wenn du nur glücklich bist und John wirklich liebst.«

»Genau das hat er auch gestern gesagt.«

»Na siehst du!«

»Nur dass ich es einfach nicht aus dem Kopf kriege. Ich stelle mir vor, wie John auf der Piste angehalten hat, und sage mir, dass alles geplant war. Ich sehe mich die Straße entlangrennen, um Sacha einzuholen, und diese Stellenanzeige entdecken, und sage mir: Auch das war geplant. Ich sehe John und mich Tango tanzen – alles geplant …«

Als Viviane meine Hand nimmt, steigen Tränen in mir hoch.

Nein, ich kann das nicht einfach alles so abtun.

45

8. April

Ich sitze auf meiner alten Schaukel im Garten meiner Eltern und lasse meine Gedanken wandern. Immer wieder taucht das Bild von Marie im Video vor mir auf, hallen ihre Worte in meinem Kopf wider.

Du hast so viel mehr verdient, Molly! Ich wollte dir nur einen kleinen Schubs geben. Und vielleicht habe ich tief in mir drin auch gehofft, dass das Ganze meinen Tod für dich etwas leichter machen würde.

Wie könnte ihr Tod je leichter für mich sein? Wie? Jetzt ist es sogar fast noch schlimmer.

Wenn ich dir gesagt hätte: ›Ach übrigens, ich hab da in Grenoble einen super Typ getroffen, der perfekt zu dir passen würde‹, hättest du nur gelacht, und damit wäre das Thema abgehakt gewesen. Du wärst niemals hingefahren, um ihn zu treffen, das musst du ja wohl zugeben.

Woher wollte sie das wissen? Vielleicht hätte ich ihr vertraut, vielleicht wäre ich hingefahren, um ihn kennenzulernen.

Und doch, eine leise Stimme tief in meinem Inneren flüstert mir zu, dass sie vermutlich recht hatte, dass ich niemals hingefahren wäre. Und dass ich heute meine Hochzeit mit Germain vorbereiten würde.

»Darf ich dir Gesellschaft leisten?«

Auf einmal steht Sacha neben mir. Ich deute auf die zweite Schaukel. Die für Marie, als wir damals alles zusammen machten. Ein wenig unbeholfen setzt er sich darauf.

»Bist du mir böse?«, beginnt er.

»Nein.«

Meine Antwort war spontan, aufrichtig. Nein, ich bin Sacha nicht böse, dessen bin ich mir sicher. Immer wieder hat er mich gefragt, immer wieder hat er herauszufinden versucht, ob ich glücklich bin.

»Und … bist du ihr böse?«

»Ich … Ehrlich gesagt weiß ich es nicht. Ich denke, sie wollte wirklich nur mein Glück. Aber ich fühle mich trotzdem elend.«

»Sie hat dich geliebt wie eine Schwester. Sie war bereit, alles über den Haufen zu werfen, wenn das der Preis für das Leben war, das sie für dich wollte.«

»Eben: das sie wollte … Das ist ja das Problem. *Sie* wollte das alles für mich. Das Tanzen. Grenoble. Und John … Aber wollte ich das auch? Ich weiß gar nicht mehr, was ich eigentlich will. Ich will *mein* Leben. Das Leben, das *ich* mir aufbaue, für das *ich* mich entscheide, ob meine Entscheidungen nun richtig sind oder nicht.«

»Ich habe dich zu der Stellenanzeige geführt, das war

mein Auftrag, Molly, dich hinzuführen, sonst nichts. Du bist diejenige, die entschieden hat anzurufen, du bist diejenige, die nach Grenoble gehen wollte. Niemand anders als du. Du hättest ja auch einfach nichts machen können, einfach nur die Anzeige lesen und nach Paris zurückkehren, zu Germain und deinem Job als Kellnerin. Und glaub mir, ich hätte nicht versucht, dich davon abzubringen, ganz gleich, wie Marie dazu stand.«

Ich wollte dir nur einen kleinen Schubs geben.

»Und John? *Er* ist auf *mich* zugekommen, *er* hat *mich* verführt. Und das nicht aus den richtigen Gründen.«

»John ist ein anständiger Typ. Er … er hat mich heute Morgen angerufen und nach dir gefragt. Er war deutlich beunruhigt und, wenn du meine Meinung hören willst, ziemlich unglücklich mit der Situation. Ja, Marie hat ihn auf dich angesetzt, aber du hast ihm gefallen. Marie konnte ja nicht eure Gefühle steuern.«

»Willst du mir jetzt auch sagen, dass es keine Rolle spielt, wie und warum alles angefangen hat?«, frage ich ihn mit einem Lächeln.

»Ich würde eher sagen, dass du diejenige bist, die bestimmt hat, wo es hingeht. Es hätte Paris sein können mit Germain oder mit sonst wem. Doch du hast entschieden, dass es nach Grenoble geht, zu John.«

»Ich wusste gar nicht, dass du so ein Philosoph bist.«

Wir schweigen eine Weile. Sacha hat seinen Vater und seine Schwester verloren. Er sieht mit an, wie seine Mutter jeden Tag tiefer in ihrem Kummer versinkt. Und ich beschwere mich. Ich denke an meine Schüler, daran, mit welcher Freude sie für das Stück proben. Ich denke daran, dass ich es kaum erwarten kann, Gabriel vor den Augen seiner Eltern tanzen zu sehen. Ich denke an meine Begegnung mit Nadège. Daran, wie viel Spaß wir miteinander haben. Und dann denke ich an John …

»Was ist das?«, fragt mich Sacha plötzlich und deutet auf die Schachtel neben mir.

»Das sind Maries Briefe. Für die nächsten Monate.

»Ah …«

»Ich habe entschieden, dass ich sie nicht aufmachen werde. Jetzt, wo ich weiß, wozu sie all das inszeniert hat, habe ich Angst vor dem, was darin stehen könnte. Ich habe Angst, dass sie erneut mein Leben beeinflussen könnten.«

»Willst du sie wegwerfen?«

»Ich habe dran gedacht. Aber ich weiß, dass ich es nicht fertigbringen werde. Willst du sie für mich aufheben? Vielleicht werde ich sie ja eines Tages doch lesen.«

46

12. April

Die kleinen Betriebsferien des Aux délices de Nadège haben sich durchaus positiv ausgewirkt, jedenfalls habe ich seit heute Morgen ich-weiß-nicht-wie-viele Tassen Tee und Cookies mit Erdnussbutter serviert.

Nadège ist mit diesem uramerikanischen Rezept meiner Mutter im Gepäck nach Hause gefahren und hat bei den Kunden damit Riesenerfolg.

»Ich muss unbedingt deine Mutter anrufen und mich bei ihr bedanken! Hast du gesehen, wie viele Cookies wir heute verkauft haben? Die machen ja sogar meinen Eiersandwiches Konkurrenz.«

Nachdem sie den Salon geschlossen hat, läuft Nadège in die Küche und kommt mit einem Tablett voller Sandwiches und einer dampfenden Teekanne zurück.

»Bedien dich!«

Wir setzen uns, und ich beiße genussvoll in einen Bagel.

»Hast du das Rezept von dem hier auch geändert?«, frage ich Nadège mit vollem Mund.

»Ja. Ein paar Tage mit deiner Mutter in der Küche, und ich muss meine Karte noch einmal gründlich überarbeiten. Vielleicht sollten wir zwei uns zusammentun.«

»Sie würde dich verrückt machen! Hast du gesehen, was für ein Theater sie mit meinen Ballettkostümen macht? Sie würde deinen Teesalon völlig auf den Kopf stellen. Wieso hast du ihr überhaupt angeboten, dass sie die Kostüme näht? Du bist mir vielleicht eine!«

Wir lachen.

»Sie ist eben begeisterungsfähig. Ich mag solche Menschen.«

»Tja, ich würde es eher ›überdreht‹ nennen«, erwidere ich.

»Wie läuft's denn mit den Kostümen? Hat sie wenigstens gute Ideen?«

»Ja, ich muss zugeben, das hat sie. Sie werden sicher großartig. Für solche Sachen hatte sie immer schon ein Händchen. Beim Karnevalsumzug hatten Marie und ich oft die unglaublichsten Kostüme. Einmal hat sie uns Ahörnchen- und Behörnchen-Kostüme gemacht. Ein Ballett-Ahörnchen für mich und ein Piraten-Behörnchen für Marie.«

»Du hast doch hoffentlich noch Fotos davon. Die können wir für deine Hochzeit brauchen!« Angesicht meines etwas zerknirschten Lächelns schiebt Nadège schnell hinterher: »Entschuldige, da hab ich wohl was Dummes gesagt.«

»Ach was, macht nichts. Eines Tages werde ich bestimmt heiraten. Ihn oder jemand anderen.«

»Hast du was von ihm gehört?«

»Er hat ein paarmal angerufen. Ich bin nicht drangegangen.«

»Es geht mich ja nichts an, Molly, aber ihr beide solltet das klären.«

»Wozu? Es ist doch alles klar.«

In dem Moment klopft es dreimal schüchtern an der Tür des Salons.

»Wenn man vom Teufel spricht …«, flüstert Nadège, nachdem sie sich umgedreht hat.

Und tatsächlich steht John vor der Tür. Auf seine Anrufe nicht zu reagieren, ist eine Sache, ihm die Tür nicht aufzumachen, wenn er uns drinnen sitzen sehen kann, eine andere.

»Soll ich ihn reinlassen?«, fragt Nadège.

Ich nicke, und sie steht auf, um zur Tür zu gehen. Ich sehe, wie die beiden ein paar Worte wechseln, die ich kaum verstehen kann. Bei Johns Anblick krampft sich mein Herz zusammen, und ich kann kaum einen klaren Gedanken fassen. Er ist so nah – und natürlich sieht er noch besser aus als in meiner Erinnerung.

Als er näher kommt, stehe auch ich auf. Sein Parfüm erfüllt den Raum, meine Beine werden zu Wachs[12].

»Hallo, Molly. Ich freu mich, dich zu sehen.«

Diese volle und sinnliche Stimme. Warum kann er nicht ein Zwerg mit Hakennase und Fistelstimmchen sein und nach Mülltonne riechen?

12 Was im Stehen eher unpraktisch ist …

»Hallo, John.«

Schon der Name ist sexy.

»Ich … ich hab mit Sacha telefoniert. Er hat mir von Maries Video erzählt. Ich kann mir vorstellen, wie sehr dich das durcheinandergebracht haben muss.«

Maries Gesicht taucht wieder vor mir auf, ihre Worte hallen wider wie ein Echo.

»Molly«, fährt John fort, »glaub mir, ich wollte nie mit deinen Gefühlen spielen. Zu keinem Zeitpunkt. Das schwöre ich dir.«

»Ich glaube dir.«

Merkwürdigerweise stimmt das. Wie ich ihn so vor mir sehe, leicht mitgenommen, weiß ich, dass er ehrlich ist.

Mit einem schüchternen Lächeln tritt er auf mich zu.

»Aber trotzdem, irgendwie ist etwas kaputtgegangen, John. Es tut mir leid. Ich möchte darüber hinwegkommen, aber im Moment schaffe ich es nicht.«

Sein Lächeln erstirbt.

»Ich verstehe. Meinst du, dass du eines Tages …?«

»Ich weiß es nicht. Vielleicht, ja. Eines Tages.«

»Gut. Ein Vielleicht ist immer noch besser als ein Niemals. Bis dahin werde ich an meinem Tango arbeiten.«

Die letzten Worte garniert er mit einem kleinen Zwinkern. Er und ich, tanzend, zwischen uns knistert es spürbar, wir beide, eng aneinandergeschmiegt, seine Hände auf meinem Körper … Doch während die Gefühle jenes Abends wieder in mir hochkommen, wird ein kleines Stimmchen in mir laut: Wenn Marie nicht gewesen wäre, hätte er damals auf der Piste nicht angehalten, er hätte dich nicht einmal angeguckt. Und schon weicht das warme Gefühl meiner Verletztheit.

Eines Tages vielleicht, aber nicht jetzt.

»Ich muss gehen, John. Nadège braucht mich in der Küche, wir müssen die nächste Schicht vorbereiten.«

47

12. Mai

Im Tanzsaal herrscht ein unbeschreibliches Durcheinander. Wohin man auch blickt, nichts als Stoffe, Bänder, Tüll. Meine Mutter und Charlotte sind gestern in einem voll beladenen Wagen hier angekommen, offenbar wild entschlossen, meinen bescheidenen Tanzsaal in die Mailänder Scala zu verwandeln.

»Und, *sweety*, wie findest du es?«

Am hinteren Ende des Saals hat meine Mutter von Wand zu Wand eine Leine gespannt, an der sie zwei rote Samtvorhänge befestigt hat. An jeden Vorhang hat sie unten eine mehrere Zentimeter breite goldene Borte genäht, die dem Ganzen eine schicke und sehr professionelle Note verleiht.

»Das ist wunderschön, Mama. Du hast mir ja gar nicht gesagt, dass du einen Bühnenvorhang gemacht hast!«

»Wenn ich es dir gesagt hätte, wäre es keine Überraschung mehr gewesen. Immerhin organisierst du eine *Nussknacker*-Aufführung und keine Dorfkirmes.«

Meine Mutter und ihr Sinn für Verhältnismäßigkeiten.

Begeisterungsrufe hinter mir verraten mir, dass meine Schüler eingetroffen sind. Ich drehe mich um und sehe zu meiner Freude lauter leuchtende Augenpaare.

»Ist das schön, Molly! Hast du das gemacht?«, fragt Gabriel.

»Oh nein, so was kann ich nicht. Für mich ist es schon eine Herausforderung, ein Möbelstück aufzubauen[13], also nein, einen Samtvorhang schneidern … Damit hat meine Mutter mich überrascht.«

Ich rufe die kleine Truppe in der Mitte des Saals zusammen, wo noch genügend Platz ist, damit sich alle hinsetzen können.

»Ich möchte euch meine Mutter Kathryn vorstellen, und das ist Charlotte, eine Freundin der Familie. Die beiden sind extra angereist, um mir bei der Aufführung zu helfen. Vor allem aber hat meine Mutter euch Kostüme genäht.«

Wieder erheben sich erstaunte und freudige Rufe. Voller Ungeduld schielen die Kinder nach den überall verteilten Säcken.

»Ich mach euch einen Vorschlag: Ich schiebe erst mal die Säcke auf die Seite, dann könnt ihr meiner Mutter und Charlotte eine kleine Kostprobe von eurem Talent geben. Und anschließend machen wir eine kleine Anprobe. Einverstanden?«

13 Kein Kommentar … wobei sich mein Fernsehschränkchen tapfer hält.

Mit begeistertem Gejohle springen meine Schüler auf, bereit, Pirouetten und Arabesken vorzuführen.

Eine Stunde später applaudieren meine Mutter und Charlotte enthusiastisch. Während die Kinder getanzt haben, habe ich sie beobachtet, und ich bin beruhigt und entzückt zugleich. Und ich muss zugeben, auch ein bisschen stolz. Die Mädchen haben allesamt mit größtem Eifer getanzt. Und Gabriel erst …

»Was für einen wunderbaren kleinen Jungen du da hast!«, ruft meine Mutter aus. »Unglaublich, wie er tanzen kann.«

»Ja, das finde ich auch. Wenn er so weitermacht, wird er bestimmt Solotänzer. Und dabei tanzt er erst seit ein paar Monaten, kannst du dir das vorstellen?«

Wir sehen Charlotte zu, die zu Lou und Alice geht, um sie zu beglückwünschen.

»Mädchen, ihr habt wirklich wundervoll und mit so viel Anmut getanzt. Eure Mütter müssen stolz auf euch sein!«

Bevor ich eingreifen kann, haben sich die Gesichter der beiden schon verfinstert.

»So, es ist Zeit, die Kostüme anzuprobieren! Mama, verteilst du sie?«

Die Kinder stürzen sich auf die Säcke, gefolgt von meiner Mutter, die sichtlich beglückt ist, da zu sein.

»Hab ich was Falsches gesagt?«, flüstert Charlotte.

»Na ja, sie haben beide eine relativ schwierige Beziehung zu ihren Müttern. Mach dir keine Sorgen, du konntest es nicht wissen. Alices Mutter ist etwas … nennen wir es mal fordernd. Sie will um jeden Preis, dass ihre Tochter die Beste ist, sie soll immer perfekt sein. Doch sosehr Alice es will und sosehr sie sich auch abmüht, es ist nie genug. Und was Lou betrifft … Lous Mutter ist fortgegangen, als sie noch klein war. Anscheinend hatte sie psychische Probleme, aber so genau weiß ich es nicht. Und Lou redet sich ein, dass es ihre Schuld sei, dass ihre Mutter sie verlassen hat.«

»Die armen Kleinen.«

»Ja, sie tun mir schrecklich leid. Inzwischen kommt mir Lou allerdings schon weniger traurig vor. Ich glaube, es hat ihr gutgetan, ihrem Vater zu sagen, was sie fühlt. Aber es wird sicher noch eine Weile dauern, bis sie ihr Selbstvertrauen zurückgewinnt. Bei Alice weiß ich nicht so recht, wie ich ihr helfen kann. Ich dachte, wenn ich ihr eine Hauptrolle gebe, wäre ihre Mutter stolz auf sie, aber alles, was sie dazu gesagt hat, war: ›Das wäre ja noch schöner, wenn meine Tochter nicht die Beste wäre.‹«

Wir werden von einem Ringelreihen kleiner Tänzerinnen in Kakigrün, Zartrosa und Perlgrau unterbrochen.

»Ihr seht wirklich fantastisch aus, Mädchen! Die Kostüme stehen euch hervorragend.«

»Die sind so schön, Molly. Ich liebe mein Kostüm!«

48

16. Mai

»Du, Molly? Magst du Papa meinetwegen nicht mehr?«

Ich hocke gerade auf dem Boden und setze Pappmascheedeko zusammen. Erschrocken springe ich auf. Hinter mir steht Lou und sieht mich aus ihren großen traurigen Augen an. Dabei knetet sie unablässig das Satinband, das Charlotte ihr ins Haar gebunden hat. Seit Charlotte ihre Geschichte kennt, kümmert sie sich liebevoll um sie.

»Aber nein, Süße, das hat doch nichts mit dir zu tun. Wie kommst du denn darauf?«

»Seit du bei mir im Zimmer warst, besuchst du Papa gar nicht mehr. Und da dachte ich, es wäre vielleicht meine Schuld.«

Voller Schuldgefühle nähere ich mich dem Mädchen und nehme es in die Arme.

»Du kannst nichts dafür, Lou. Es hat nichts mit dir zu tun. Das darfst du niemals denken.«

»Ist das so eine Erwachsenensache? Hoffentlich hab ich so was später nicht auch. Das macht einen nur traurig.«

»Ach, Lou … Es tut mir wirklich leid.«

»Papa ist auch traurig. Ich glaube, er hatte dich sehr gern.«

In den letzten Wochen habe ich mir verboten, an John zu denken, und mich voll und ganz auf die Aufführung konzentriert. Er geht mir ebenfalls aus dem Weg, er kommt nicht mehr rein, wenn er Lou nach der Stunde abholt, und inzwischen wartet sie draußen auf ihn.

»Ich hatte ihn auch sehr gern, weißt du?«

Da mir nichts einfällt, was ich noch sagen könnte, nehme ich sie noch etwas fester in den Arm. Wie soll sie das alles verstehen?

»Papa sagt, wenn man jemanden liebt, kann man alles verzeihen.«

Auch sie zieht mich fester an sich.

»Kommst du, Lou? Ich habe mir schon Sorgen gemacht, weil du nicht draußen warst.«

Am Eingang des Saals steht John. Als unsere Blicke sich treffen, kann ich einen Schauer nicht unterdrücken.

Eine Molly verdient einen John …

49

28. Mai

Zu sagen, ich wäre aufgeregt, wäre noch stark untertrieben. Vermutlich habe ich letzte Nacht überhaupt nicht geschlafen. Hätte mir vor ein paar Monaten jemand gesagt, dass ich diese Tanzaufführung organisieren würde, hätte ich ihn für verrückt erklärt.

Meine Schüler haben unermüdlich geprobt. Ich bin so stolz auf sie!

Während ich versuche, meine Haare in einem Dutt zu bändigen, wie es sich für eine Solotänzerin gehört, gehe ich im Geiste noch einmal durch, was mich erwartet.

Ich denke an Gabriel, der seine Eltern überraschen wird. Ich habe mir mit ihm eine Ausrede überlegt, damit er sich gar nicht erst zu seinen Eltern in den Zuschauerraum setzen muss.

An Alice, die sich nach nichts mehr sehnt, als danach, endlich einmal Stolz im Blick ihrer Mutter zu sehen. Ich glaube, von allen hat sie am härtesten gearbeitet. Sie hat die Bewegungen ewig lange vor dem Spiegel geübt, bis sie das perfekte Cambré, die perfekte Balance hinbekommen hat. In Charlotte hat sie die denkbar beste Zuschauerin gefunden, die mit Komplimenten nicht gespart hat. Und für dieses kleine Mädchen, dem so lange der Zuspruch fehlte, hat sich alles verändert. Man konnte förmlich zusehen, wie Alice innerhalb weniger Proben ihre gespielte Überlegenheit abstreifte und auf einmal den anderen gegenüber eine ungeahnte Hilfsbereitschaft an den Tag legte.

Und schließlich an die traurige Lou. Auch wenn sie inzwischen öfter lächelt, ist der Mangel an Zuneigung noch immer spürbar. Und ob ich will oder nicht, ich fühle mich daran mitschuldig. Natürlich kann ich ihr niemals die Mutter ersetzen, doch die Worte, die sie vor Kurzem zu mir gesagt hat, hallen noch immer in mir nach.

Zwischen uns ist ein echtes Band entstanden, auch wenn mein kurzes Gastspiel im Leben ihres Vaters in ihr Hoffnungen hat aufkeimen lassen, die enttäuscht worden sind.

Und natürlich denke ich an John. Und zwar seit Tagen ohne Unterlass. Er fehlt mir, es wäre zwecklos, es zu leugnen. Die Verbindung zwischen uns war einfach zu intensiv. Natürlich hat Marie ihm den Weg zum großen Teil geebnet, aber wäre es nicht vielleicht genau so gelaufen, wenn wir uns zufällig begegnet wären? Diese Hypothese arbeitet unablässig in meinem Kopf. Und die Tatsache, dass das Wie und Warum von Marie arrangiert worden sind, beginnt, ein wenig an Bedeutung zu verlieren.

Ich lächle meinem Spiegelbild zu. Der Dutt sitzt perfekt, mein Make-up ist leicht und natürlich. Ich bin bereit für den vielleicht wichtigsten Tag in meinem Leben.

Wie jedes Mal, wenn ich den Tanzsaal betrete, verschlägt es mir fast den Atem. Nach der Umgestaltung durch meine Mutter ist der Raum nicht wiederzuerkennen. Der schwere rote Vorhang, hinter dem sich die Bühne verbirgt, die zahlreichen Pappdekorationen und die Stühle, die auf einem riesigen beigen Stoff im Halbkreis aufgestellt sind, verleihen dem Saal ein warmes, plüschiges Flair.

Ich werde von meiner Mutter, Charlotte und Nadège empfangen. Auch ihnen ist die Ungeduld anzumerken. An einer Wand hat Nadège ein Büfett aufgebaut, auf dem sich Berge von Leckereien türmen.

Die drei verstehen sich prächtig, besonders seit meine Mutter und Charlotte bei Nadège übernachten, die nicht zulassen wollte, dass sie ins Hotel gehen.

Verstohlen beobachte ich Charlotte, die wie ausgewechselt wirkt. Ihr Gesicht hat wieder eine schöne rosige Farbe angenommen, und ihr bezauberndes Lächeln macht sie wieder zu der Erscheinung, die sie immer war. Einmal von zu Hause, von all den Erinnerungen fortzukommen, hat ihr unzweifelhaft dabei geholfen, den Kummer ein wenig hinter sich zu lassen. Das Leben scheint wieder zu seinem Recht gekommen zu sein.

Und nicht zuletzt ist es auch meinen Schülern zu verdanken. Alle haben sie sofort ins Herz geschlossen, vielleicht, weil ihre mädchenhafte Zurückhaltung sie gleich für sie eingenommen hat.

»Ich kann euch gar nicht genug für das danken, was ihr aus diesem Saal gemacht habt! Wahrscheinlich hab ich es euch schon hundertmal gesagt, aber das Ergebnis ist einfach unglaublich.«

»Für das Debüt meiner Tochter als Choreografin ist nur das Beste gut genug.«

»Na ja, ›Choreografin‹ ist vielleicht ein bisschen übertrieben.«

»Überhaupt nicht. Was du mit den Mädchen auf die Beine gestellt hast, ist perfekt. Von Gabriel ganz zu schweigen.«

»Ich bin aufgeregt wie ein Kind!«, fällt uns Nadège ins Wort. »Übrigens, Molly, ich habe Antoine, ich meine Monsieur Louvier, gefragt, ob er mich begleiten möchte. Das stört dich doch nicht?«

Ich zwinkere ihr zu.

»Natürlich nicht. Aber lenk ihn während der Aufführung nicht ab.«

Sie errötet, sehr zur Belustigung meiner Mutter und Charlottes. Wahrscheinlich haben sie abends bei Nadège nicht nur gekocht. Siedend heiß fällt mir ein, dass ich die erotischen Romane gar nicht mehr gesehen habe …

Eine halbe Stunde später füllt sich der Saal langsam. Ich begrüße sämtliche Gäste persönlich an der Tür, führe die Tänzerinnen hinter den Vorhang, damit sie ihre Kostüme anziehen können, und weise den Eltern ihre Plätze. Alle sind völlig aus dem Häuschen und hochgespannt.

»Zoé redet seit Wochen von nichts anderem mehr«,

sagt Zoés Mutter. »Sie geht zu Hause nicht mehr, sie springt.«

Ich lächle.

»Ich hoffe, das Ergebnis gefällt Ihnen.«

»Ganz bestimmt«, erwidert sie und steuert auf einen Stuhl zu.

Endlich kommen auch die Eltern von Maddie und Gabriel. Maddie strahlt übers ganze Gesicht, während ihr Bruder fürchterlich nervös wirkt und immer wieder verstohlen zu seinem Vater sieht.

»Hallo, Maddie. Willst du schon mal hinter den Vorhang gehen und dich fertig machen?«

»Ja!«

Mit dem Zeigefinger bedeutet sie mir, mich zu ihr hinunterzubeugen, und flüstert mir ins Ohr: »Siehst du, Molly? Ich hab nichts verraten!«

Ich beglückwünsche sie mit einem Kuss auf die Wange und schicke sie hinter die Kulissen zu meiner Mutter, die heute Garderobiere ist.

»Madame und Monsieur Hermant, darf ich mir Gabriel für die Aufführung ausleihen? Ich brauche seine Hilfe, um das Bühnenbild umzubauen. Er war bei allen Proben dabei, er kennt die Reihenfolge auswendig.«

»Aber selbstverständlich«, antwortet mir Gabriels Mutter. »Geh ruhig, mein Großer.«

Sichtlich erleichtert läuft der kleine Junge seiner Schwester und dem Rest der Truppe hinterher und verschwindet hinter dem roten Vorhang. Bisher hat alles geklappt, bleibt nur zu hoffen, dass die Freude über diese

Überraschung ebenso groß sein wird wie das Talent des Kleinen.

»Wir können es kaum erwarten. Maddie liegt uns schon die ganze Zeit damit in den Ohren, dass es eine Überraschung geben soll«, schickt die Mutter der beiden noch hinterher.

Oha. Das ist ja noch mal gutgegangen …

Als endlich alle Eltern Platz genommen haben, verschwinde auch ich hinter dem Vorhang, wo die Truppe bereits startklar ist. Sie alle in ihren Kostümen zu sehen, frisiert und geschminkt, ist ein wahrhaft ergreifender Moment für mich.

»Ihr seht toll aus. Eure Tanzlehrerin sein zu dürfen, ist mit das Schönste, was mir je passiert ist. Ich bin so stolz auf euch. Aber das Allerwichtigste ist: Wenn gleich die Musik beginnt, möchte ich, dass ihr Spaß habt, dass es euch Freude bereitet, vor euren Eltern zu tanzen. Das ist euer Moment, eure Belohnung für all die Stunden harter Arbeit.«

Ich gehe zu den Mädchen, um sie eine nach der anderen zu umarmen. Als Gabriel an der Reihe ist, flüstere ich ihm ins Ohr: »Du wirst großartig sein. Deine Eltern werden staunen. Hab keine Angst, wenn gleich die Musik losgeht, musst du nur noch tanzen, so wie du es immer getan hast. Dann kommt der Zauber von ganz allein.«

Er schlingt seine Arme um meinen Hals und küsst mich auf die Wange.

»Und jetzt gibt es nur noch eins: tanzen!«

Ich stelle die Mädchen auf, ermutige Lou und Alice ein letztes Mal und gehe zum Computer, um die Musik zu starten. Ich hole noch einmal tief Luft, und dann erfüllen die ersten Noten der Ballettmusik den Saal.

Jedes Mal, wenn ich die Bühne betrat – ich weiß es noch genau, auch wenn es schon viele Jahre zurückliegt –, war ich augenblicklich in einer anderen Welt, in der nur noch die Musik und die Bewegungen zählten.

Doch nie zuvor habe ich derartige Emotionen erlebt wie jetzt, da ich meine Schüler tanzen sehe und sie die einzelnen Bilder ohne Schwierigkeiten aneinanderreihen. Während der gesamten Aufführung hat mein Körper nicht aufgehört zu zittern. Und als ich Gabriels Eltern beobachtet habe, musste ich mir die Tränen abwischen. Die anfängliche Überraschung und gleich darauf der unendliche Stolz in ihren Augen werden für immer in mein Gedächtnis eingebrannt sein.

Als dann nach der Vorstellung der Applaus aufbrandete, wurde ich von Glücksgefühlen nur so überflutet. Das Schönste aber war der Stolz, den ich in den Gesichtern meiner kleinen Tänzer gesehen habe, ihr Strahlen bis über beide Ohren, ihr Freudengeheul.

Und plötzlich, während ich zuschaute, wie meine Schüler aufgeregt zu ihren Eltern eilten, ist Maries Gesicht vor mir aufgetaucht. Und ich habe instinktiv Dankbarkeit empfunden. Ich habe ihr im Geiste dafür gedankt, mich auf diesen Weg geführt zu haben, mir die

Chance gegeben zu haben, diesen unbezahlbaren Moment zu erleben.

Ich betrachte jedes Mädchen, wie es von seinen Eltern empfangen wird, ich höre die Glückwünsche und Komplimente. Ich beobachte die Eltern von Maddie und Gabriel. Zwar weiß ich nicht, was genau sie zu ihnen sagen, aber Gabriels strahlendes Lächeln sagt mir, dass meine Überraschung gelungen ist.

Du hattest recht, Marie. Jetzt begreife ich es.

Mit dem Blick suche ich Lou und ihren Vater, finde sie aber nicht. Ich muss John sagen, dass ich unrecht hatte, dass es ganz egal ist, wie genau etwas angefangen hat, wenn man am Ende des Weges die gleichen Gefühle teilt.

Ich gehe zum Vorhang, in der Hoffnung, sie dahinter zu finden, stoße aber stattdessen auf Alice und ihre Mutter.

»Du hast einige Fehler gemacht, Alice, du musst härter arbeiten, wenn du eine große Tänzerin werden willst.«

Alice lässt den Kopf hängen, und ihre Augen füllen sich mit Tränen. Das hat sie wirklich nicht verdient; sie hat sehr gut getanzt und dabei die ganze Zeit den Blick ihrer Mutter gesucht. Ich will mich gerade einschalten, als mir Charlotte zuvorkommt, die ein Stück hinter mir steht und ebenfalls alles mitangehört hat.

Schnell geht sie zu Alice und nimmt sie in die Arme.

»Weine nicht, meine kleine Alice, weine nicht. Ich habe nur dich angesehen, und was ich gesehen habe, war eine richtige Solotänzerin. Du warst perfekt, absolut perfekt. Und ich bin nicht die Einzige, die das so sieht. Komm, trockne deine Tränen und geh zu den anderen. Nadège hat leckere Cookies gebacken.«

Nicht ohne zuvor ihre Mutter um Erlaubnis gefragt zu haben, entfernt Alice sich.

»Für wen halten Sie sich? Ich bin Alices Mutter, ich weiß ganz genau, was für meine Tochter gut ist. Mischen Sie sich nicht in Dinge ein, die Sie nichts angehen.«

»Ich bin vielleicht nicht Alices Mutter, aber ich kann das nicht einfach wortlos mit ansehen«, widerspricht Charlotte unbeeindruckt. »Alice hat in den letzten Tagen von allen am meisten gearbeitet. Sie hat unermüdlich geübt. Und warum? Damit Sie stolz auf sie sind. Meinen Sie tatsächlich, wenn Sie sie immer herunterputzen, helfen Sie ihr, besser zu werden? Sie braucht Ihre Ermutigung, Ihre Liebe.«

»Aber ich liebe meine Tochter! Was erlauben Sie sich!«

»Dann zeigen Sie es ihr! Sie können sich glücklich schätzen, eine so wunderbare Tochter zu haben. Aber sie wird bald denken, dass sie nicht gut genug ist. Ich würde alles dafür geben, wenn ich meiner Tochter noch sagen könnte, wie stolz ich auf sie bin!«

Ohne auf eine Antwort zu warten, dreht Charlotte sich um und wendet sich zum Gehen, das Gesicht verzerrt vor Verzweiflung und Wut.

Ich greife nach ihrer Hand, um sie zurückzuhalten.

»Es tut mir leid«, stammelt Charlotte, »ich konnte mich einfach nicht zurückhalten. Diese Frau …«

»Wenn du nicht eingeschritten wärst, hätte ich es getan. Du brauchst dich nicht zu entschuldigen. Ich weiß nicht, ob es etwas nützen wird, aber auf jeden Fall hat es Alice gutgetan, und das ist im Moment das Wichtigste.«

Dann drehe ich mich rasch um. Alices Mutter hat sich nicht vom Fleck gerührt. Wer weiß, ob Charlottes Worte nicht doch eine Wirkung auf sie haben.

Ich schüttle Hände, beantworte die Komplimente mit einem Lächeln, nicke zustimmend, als staunende Eltern mir von den Leistungen ihrer Kinder erzählen, aber in Gedanken bin ich woanders. Nämlich bei jemandem, den ich immer noch nicht entdecken konnte. Wo kann er nur sein? Lou ist bei den anderen Kindern und stopft sich mit Cupcakes voll. Er kann also nicht weit sein.

Und schließlich entdecke ich ihn. Er lehnt neben der Eingangstür an der Wand und scheint auf mich zu warten. Ein paar Sekunden lang rühre ich mich nicht, sondern begnüge mich damit, ihm in die Augen zu sehen, mich an der Aufrichtigkeit zu laben, die ich darin lese.

Dann lächle ich.

Molly und John. Du hattest recht, Marie, du hattest recht.

Epilog

30. Oktober 2016

Charlotte hatte die Idee zu diesem Essen. Marie hätte nicht gewollt, dass wir traurig sind, hat sie gesagt. Marie hätte sich gewünscht, dass wir uns alle zusammen amüsieren.

Und so seltsam es auch scheinen mag, ich bin mir sicher, dass das der Fall sein wird. Mittlerweile schaffen wir das. Marie fehlt uns immer noch genauso wie am Anfang, aber die Zeit hat begonnen, ihr Werk zu vollbringen. Und Lachen erscheint uns nun nicht mehr als unpassend.

Wir haben uns also bei meinen Eltern versammelt. Um den Tisch sitzen Charlotte und Sacha, mein Vater und meine Mutter, Viviane und Nicolas, Nadège und Monsieur Louvier, John, Lou und ich.

Nadège und meine Mutter haben den ganzen Tag am Herd gestanden, um uns mit ihren Kochkünsten zu verwöhnen. Wie früher, als meine Mutter Thanksgiving mit der ganzen Familie in Chicago gefeiert hat.

»Bedient euch, solange es heiß ist!«, fordert meine Mutter uns auf, als würden wir nicht von selbst drauf kommen.

Also bedienen wir uns einer nach dem anderen. Außer Viviane, die nur einen winzigen Löffel Püree auf ihren Teller fallen lässt.

»Magst du keinen Truthahn?«, fragt meine Mutter.

»Das ist die blöde Übelkeit. Seit Wochen kriege ich nichts runter. Eins sage ich euch, ein zweites Mal will ich bestimmt nicht schwanger werden. Nach dieser Schwangerschaft werde ich meine Babyfabrik gerichtlich schließen lassen.«

Ich lache. Viviane ist im vierten Monat schwanger, und trotz der körperlichen Beschwerden strahlt sie übers ganze Gesicht.

»Wie laufen die Geschäfte?«, erkundigt sich mein Vater. »Haben sich dieses Jahr auch so viele Paare scheiden lassen?«

»Fragen Sie nicht! Ich kann's nicht mehr hören: ›Ich hab dieses Sofa bezahlt‹, ›Wie, du willst die Kinder? Du hast nicht ein Mal die Windeln gewechselt, als sie klein waren‹, ›Natürlich behalte ich den Goldfisch[14], er ist wie mein Kind‹. Wird Zeit, dass ich das Gebiet wechsle.«

»Ach wirklich? Hast du schon eine Idee?«

»Ja, ich denke, Serienmörder würden mir gefallen.«

Ich spucke meine Erbsen wieder aus. Viviane lacht.

14 Raymond ist inzwischen in die ewigen Jagdgründe eingegangen. *Rest in fish*, alter Freund.

»Und wie laufen deine Kurse?«, fragt Charlotte mich, um das Thema zu wechseln.

»Sehr gut. Ich hätte nie gedacht, dass mir das Unterrichten so viel Spaß macht. Dieses Jahr werde ich mit den Schülern vielleicht *Schwanensee* aufführen.«

Ich drehe mich zu Lou um, deren Augen vor Aufregung leuchten, dass es eine wahre Freude ist.

»Tanzt Gabriel auch noch?«

»Natürlich! Und stell dir vor, mittlerweile holt sein Vater ihn ab. Er ist immer schon eine Viertelstunde früher da, um ihn in Aktion zu sehen.«

»Und die kleine Alice?«, forscht Charlotte weiter.

»Bei ihr scheint auch alles in Ordnung zu sein. Nicht dass sie jetzt mit Lob überhäuft wird, aber offenbar fordert ihre Mutter nicht mehr ganz so viel von ihr. Wer weiß, mit der Zeit ...«

»Wie wär's, wenn du ein paar Tage vorbeikommst?«, schlägt Nadège Charlotte vor.

»Das ist eine super Idee!«, bekräftige ich sofort. »Alice würde sich freuen. Sie fragt oft nach dir.«

Ein Lächeln hellt Charlottes Gesicht auf.

»Also abgemacht!«, entscheidet Nadège. »Das heißt ... wenn du nichts dagegen hast, Antoine. Ich vergesse immer, dass ich jetzt nicht mehr allein bin.«

Es war gar nicht so leicht gewesen, die beiden zusammenzubringen. Aber zu hören, dass ihr Exmann sich fünf Monate nach der Hochzeit von seiner Amerikanerin hat scheiden lassen, hat sie wieder mit sich versöhnt.

Die Stimmung ist harmonisch, die Gespräche ergeben sich ganz natürlich, und wie üblich unterhält mein Vater alle mit Geschichten von seinen merkwürdigen Patienten. Ja, Marie hätte ihren Spaß gehabt.

Unter dem Vorwand, Brot holen zu gehen, stehe ich auf. Als ich an John vorbeigehe, greift er nach meiner Hand.

»Alles in Ordnung?«, fragt er besorgt.

»Ja. Es ist nur, dass …«

Der Druck seiner Hand sagt mir, dass er versteht. Ich brauche etwas frische Luft. Ich gehe in die Küche und lehne mich an die Arbeitsplatte, auf der mehrere Teller mit Gebäck stehen.

»Anscheinend treffen wir beide uns immer in der Küche.«

Ich kann mir ein Lächeln nicht verkneifen.

»Ich hoffe, du wirst mir diesmal keine Liebeserklärung machen«, sage ich und drehe mich zu Sacha um. »Du weißt doch, dass das mit uns beiden nichts wird.«

»Du ahnst nicht, was dir entgeht. Unter diesem Hemd verbirgt sich ein gestählter Körper!«

Wir lachen beide.

»Was ich dir sagen wollte, Molly … Wegen der Briefe von Marie …«

Ich errate mühelos, was er mir sagen will.

»Du hast sie gelesen. Stimmt's?«

»Nur einen! Aber nur, weil der Umschlag so dick war. Ich habe mich dauernd gefragt, was da drin ist.«

»Tja, ich gebe zu, das habe ich mich auch gefragt.«

Er zieht einen Umschlag aus seiner Tasche.

»Ich dachte, dass du vielleicht heute Lust hast, ein paar Zeilen von ihr zu lesen.«

Da ich mich nicht rühre, legt er den Umschlag auf die Anrichte und verschwindet wieder zu den anderen. Der dicke Umschlag ist der für den Monat Juli.

Ich weiß, dass ich sowieso lesen werde, was drinsteht, aber ich will mir Zeit lassen. Im Nebenzimmer untermalt noch immer Gelächter die Anekdoten meines Vaters.

Schließlich nehme ich den Umschlag und ziehe ein gefaltetes Blatt Papier heraus.

Molly,
»Start spreading the news, I'm leaving today, I want to be a part of it, New York, New York ...«

Wie oft haben wir davon geträumt, zusammen nach New York zu fliegen? Du wolltest immer in die Carnegie Hall, ich wollte mit dem Rad durch den Central Park fahren.

Es ist Zeit, mit dem Träumen aufzuhören und einfach hinzufliegen, findest du nicht auch?

»I want to wake up in a city that never sleeps ...«

PS: Es ist genug Geld für zwei ... Ich meine ja nur ...

Ich falte den Brief wieder zusammen und stecke ihn in den Umschlag zurück. Dann lächle ich und hebe den Blick zur Decke.

Ich werde weiter für dich leben, Marie. Das verspreche ich dir.

Dann schnappe ich mir einen Teller mit Gebäck und kehre zu den anderen zurück.

»Möchte jemand ein Dessert?«

Dank

Einen zweiten Roman zu schreiben, ist noch viel stressiger als einen ersten.

Man möchte natürlich die Leser, die den ersten mochten, nicht enttäuschen. Und man möchte es beim zweiten noch besser machen. Darin bin ich keine Ausnahme. Ich schreibe, um den Lesern ein paar schöne Momente zu schenken. Und ich hoffe, dass mir das mit Molly, Marie, Viviane, John und all den anderen gelungen ist.

Wie beim ersten Roman ist die Liste derer, denen ich danken möchte, lang. Denn ich habe das große Glück, dass ich unglaublich viel Unterstützung bekommen habe.

Unendlicher Dank geht an meinen Verleger Michel Lafon für das Vertrauen, das er mir entgegengebracht hat, und für das Wohlwollen, das ich seitens des Verlags erfahren habe.

Danke an Florian Lafani, der mir immer geduldig auf meine (zahlreichen) Mails geantwortet hat, ohne die Augen zu verdrehen (oder vielleicht doch? Das ist eben der Vorteil von E-Mails, man sieht es nicht ;-)). Danke,

Florian, für dein offenes Ohr, deine Aufrichtigkeit und deine Transparenz. Und danke, dass du meine bekloppten Ideen gar nicht so bekloppt findest.

Danke an Denis Bouchain dafür, dass er mit mir an diesem Roman gearbeitet hat. Ich liebe diese Phase der Korrekturen, in der der Lektor sich mit Profiblick über den Text beugt, um ihn besser zu machen. Danke, Denis, für deine Ratschläge und deine scharfsinnigen Anmerkungen. Und wie du an Kapitel sechsunddreißig siehst, habe ich deinen Rat befolgt. Deswegen gleich zu behaupten, dass der Lektor immer recht hat … Tja, das tue ich hiermit.

Danke an Cécile Majorel. Auch wenn du mich nicht bei diesem Text begleitet hast, warst du doch beim Schreiben immer bei mir. Ich habe durch deine Korrekturen von *Un merci de trop* so viel gelernt. Ich hoffe, du bist stolz auf mich, wenn du diesen Roman liest.

Danke an Charlotte Allibert und Laure Prételat, auf ewig meine Patinnen und guten Feen.

Danke an Amélie Antoine. Man sagt ja immer, dass Autoren nicht gut miteinander auskommen und da stets dieser Konkurrenzkampf ist. Ich möchte glauben, dass es auch Ausnahmen gibt. Die Begegnung mit diesem wahrhaft großen Talent gehört für mich zu den wohl einprägsamsten Erlebnissen während meines Abenteuers beim Verlag Michel Lafon. Danke, dass du da bist. Danke für den täglichen Austausch, deine Unterstützung und danke, dass du mich aufmunterst, wenn ich deprimiert bin (ich muss noch heute lachen, du weißt schon, worüber).

Danke an alle Leser, denen *Un merci de trop* gefallen hat. Ich weiß jede Nachricht zu schätzen, die ich bekomme. Ihr wisst gar nicht, wie wertvoll das für mich ist.

Danke an alle, die mich bei diesem Abenteuer begleiten, meine Freunde, meine Familie, meine Kinder. Ich weiß, dass die Launen einer Autorin nicht immer leicht zu ertragen sind …

Und schließlich danke ich dem Mann an meiner Seite. Dafür, dass du da bist, dass du mich zum Lachen bringst und die Netzpolizei für mich spielst. Du gibst mir Kraft. Ich liebe dich.

So ewig wie das Meer.
So unvergesslich wie der erste Kuss.
Manchmal ist Liebe für immer.

An einem Sommermorgen erlebt die zwölfjährige Maeve an einem Strand in Florida zwei Dinge, die ihr Leben für immer verändern: Sie küsst Daniel, ihre erste große Liebe. Und sie wird von einem Hai gebissen. Achtzehn Jahre später reist Maeve als Meeresbiologin um die Welt und erforscht das Verhalten von Haien. Doch an ihrem dreißigsten Geburtstag kehrt sie zurück in das Hotel ihrer Großmutter, in dem sie aufwuchs. Und an den Strand, den sie noch immer mit Daniel verbindet. Als sie dort einem kleinen Mädchen begegnet, wird ihr klar, dass sie nicht ewig fliehen kann. Vor ihrer Vergangenheit, vor der Liebe – und vor dem Mann, der ihr Herz brach.

PENGUIN VERLAG